集英社オレンジ文庫

宝石商リチャード氏の謎鑑定

夏の庭と黄金《ドール》の愛

辻村七子

本書は書き下ろしです。

CONTENTS

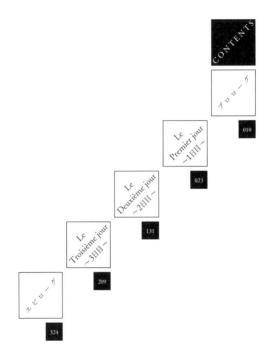

CHARACTER

中《なか》田《た》正《せい》義《ぎ》

東京都出身。大学卒業後、アルバイトをしていた縁で宝石商の見習いに。名の通り、まっすぐだが妙なところで迂闊な〝正義の味方〟。

リチャード・ラナシンハ・ドヴルピアン

日本人以上に流麗な日本語を操る英国人の敏腕宝石商。誰もが啞然とするレベルの性別を超えた絶世の美人。甘いものに目がない。

イラスト／雪広うたこ

宝石商リチャード氏の謎鑑定

夏の庭と黄金《ドール》の愛

どうして美しいものは悲しいの？

そんなことを尋《たず》ねたことがあった気がする。

美しいものは悲しいものだと祖母が言った日ではない。目の前に当たり前に存在するものを評するように、意味深な言葉を告げた彼女に、それはどういうことなのかと尋ねるのは、幼い私には度胸が必要なことだった。

その日の祖母は誰かに手紙を書いていた。彼女はいつも誰かに連絡をとっていた。誰に書いているのと尋ねても「友達」としか答えてくれない。彼女に親しく付き合っている相手がいないことなど屋敷中の誰もが知っているのに、臆面《おくめん》もなくそう答える彼女は、やはりべたべたした友情など欲しくもなかったのだろうか。ひょっとしたら秘密の友達が多いのかもしれないと、私は無邪気に考えていた。

書き物机に向き合っていた彼女は、ゆっくりと立ち上がり、どぎまぎしている私に向き直ると、魔女のように首をかしげた。

「もし世界中に、美しいものしかないのだとしたら、お前は何かを『美しい』と思えるかい？」

その質問は、当時の私には難しすぎた。もし世界中が、美しいもので満たされていて、醜《みにく》いものがなにもないのだとしたら、いつもいつも美しいと思っていられて快適ではないだろうか？　私のことを子どもらしくなくて不気味だという使用人たちもいない、大して顔も合わせないのに私を持ち物のように扱う父もいない、どこもかしこも心地よい世界なら、そこはきっと居心地がいい場所なのではないだろうか？

そう言うと、祖母はからすのような声で笑って、私の頭に手を置いた。

「『心地よい』と『美しい』は、全く違うものだよ。とても美しいものは、時々は恐ろしいものにもなるし、身を苛《さいな》むような苦しみを連れてくることもある。そして何より大事なことはね」

美しさというものは、自分で持っていられないのだと。

何故《なぜ》なら美というものは、誰かに観測され、『美しい』と賞賛されることでしか、そこに存在し得ないものであるからと。

つまり、誰かが美しいと言ってくれなければ、とびっきり美しい落ち葉でも、存在しないのと同じなの、と私が尋ねると、祖母はまあそうだねと言った。そして私が庭からおみやげに拾ってきた金色の落ち葉を差し出すと、まあと目を細めた。

「美しい葉を拾ったね。お前は花より葉が好きなのかい」

その時に何と答えたのかは覚えていない。どちらも好きではあるけれど、花はちぎるとすぐに枯れてしまうので、落ちている葉っぱのほうがいいかと思ったのだ。書き物机の上にある手紙と、その横にあるブレスレットのようなものが目に入り、私は尋ねたような気がする。あれは何？　とか、あるいは、あれは誰かがくれたもの？　とか。おもちゃのように天然石がつらなった、何ということはない品物だったと思う。それにしては少し、古ぼけていたが。

　彼女は答えず、ただ木の葉をくるくると指先で回していた。楡《にれ》の葉か、樫《かし》の葉だったろうか。虫食いが一つもない、左右対称の紡錘《ぼうすい》形で、宝石を愛する祖母は、こういうものが好きかもしれないなと思ったのだ。隅々まで整えられた、自然の神秘がつくりだしたものが。だが私はそうと伝えられなかった。

　宝石のようにきらきら光る目を持っていた祖母は、彼女を見上げたまま黙り込んでいる子どもを見下ろすと、呆《あき》れたように笑った。

「もっとおしゃべりをたくさんおし、リチャード。お前はとてもきれいな星の下に生まれた子なんだから、もっとたくさん自分のことを伝えられるようになったほうがいい。別にシンハラ語を覚えろなんて言っているわけじゃない。お前の言葉でいいんだよ。そういうふうにおし」

　私はシンハラ語を覚えた。フランス語とスペイン語とイタリア語と、その他のヨーロッパ系の言語はそれよりも早く覚えた。勉強のしすぎで頭が壊れるよと揶揄《やゆ》されながらアジアの言語にも熟達した。語学は私という魚をいかしてくれる命の水のようなものだった。だが異なる言語に親しめば親しむほどつのるのは寂寥《せきりょう》感だった。どの言語の水も私が住まう水ではないのだ。私はただ水が欲しかっただけなのに、どこにもないものを探してさまよう、かぐや姫の求婚者になったような気分だった。従兄《いとこ》の一人はそれを傲慢《ごうまん》だと言いながら見守り、もう一人は才能だと褒《ほ》めそやしつつ見ないようにしていた。どちらでもいい。どちらでも同じことだった。私の世界には私一人しか住んでいなかったのだ。

私が彼女に出会ったのは、そういう季節を抜け出せないまま、日々をやりすごしていた頃だった。

プロローグ

八月九日
こんにちは、スリランカのイギーです。作文力向上のために始めたブログも、途切れ途切れとはいえ何とか続いています。読んでくださる人、ありがとうございます。

今回はラトゥナプラでの値段交渉の記録を書いておきます。ログを漁《あさ》ってもらえばわかると思うのですが、七月の終わり頃はずっと、山間《やまあい》の小さな街、ラトゥナプラというところで仕事をしていました。宝石の仕入れ、つまり買い付けです。昔からある鉱山の街で、今でもサファイアやトルマリンがよくとれる現役の鉱山です。街の名前は、シンハラ語で『宝石の都』。大航海時代から、この街で産出した宝石が売買され、ヨーロッパの国々に渡った記録が残っています。

世界有数の面白い街、というのがボスの評価で、行けども行けども宝石商しか存在しないんじゃないかというくらい、人々がみんな、懐《ふところ》に宝石のパーセル（包みのこと。包装紙をパーセル・ペーパーとよびます）を持っています。目と目が合ったら宝石の売買が始まる場所です。

そして誰もが、誰かと目を合わせたがっています。

今回は俺の初・買い付け研修でした。

研修などと書くと、システマティックな工程表があり、報告、連絡、相談などが重視されそうなイメージですが、全くそういうことはなく、『高く売れそうなものを安くたくさん仕入れて、いらないものはなるべく仕入れない』という達成目標のために、大量の宝石商と会っては商談、会っては商談という地道な作業を、時間の許す限り繰り返すだけです。

ただしここにいる『宝石商』とは、『売りたい宝石を預かっている人』という意味で、サロンという男性向けスカートをはいて、ビーチサンダルのようなはきものをつっかけた男性が多いです。気負ったビジネスの雰囲気はありません。街の様子も、完全にスリランカのスタンダードで、地面はほとんど舗装されていないし、大自然の中に人間が間借りしている感がすごいし、コロンボからもキャンディからも、アクセスは自動車一択の山道で、シートベルトをがっちりしめても、四、五時間かけて到着する頃には疲労困憊《こんぱい》になっていること請け合いです。

ただ、街の中の繁華な通りの建物は、一軒一軒にしっかりお金がかけられている雰囲気です。うまく表現できないのですが、キャンディやコロンボの商店街を見慣れてからあの商店街を見ると、一軒《も》あたりにかけている予算の違いがわかります。初めて訪れた時、ボスにそういう感想を漏らしたら、よく観察していると褒《ほ》められました。大体、建物の持ち主は、高く売れる宝石を掘り出した人が多く、莫大《ばくだい》な資金を手に入れたのだからパーッと使おう！　という感じで、お店を造ってしまうそうです。何だか可愛《かわい》いですね。

街の中央部には、商談をしたい人のための商工会議所のような施設があるのですが、俺はそこから少し離れた、小高くなった場所にある小屋で、ひたすら石を見ました。人気《ひとけ》のない山奥に、せいぜい六平方メートルくらいの床面積の、机、椅子、ライトしかない、日当たり抜群の掘っ立て小屋が並んでいて、その中の一つに何時間も居座りました。

携帯電話にボスの店の人がやってきたという連絡を受けると、ボスに宝石を定期的に購入してもらっている、ある意味『信用できる』売り手の人たちが小屋にやってきて、今売りたい品物を次々に見せてくれます。

これが壮観です。

ルビー、サファイア、キャッツアイ、アレキサンドライト、トルマリンはもちろんのこと、ムーンストーン、スピネル、クンツァイト、ツァボライト、スフェーン、タンザナイト、果ては翡翠《ひすい》まで、その場で宝石店が開店できそうな勢いで、多種多様な石が集まってきます。大粒、小粒。スターあり、なし。現地でとれたもの、どこからか転がり込んできたもの。加熱、非加熱。高価な石の名前をまとった石、安価な石だと勘違いされている石。本物、偽物《にせもの》。なんでもござれ。『玉石混交《ぎょくせきこんこう》』という中国のことわざは、こういう状況を目《ま》の当たりにした人のイマジネーションから生まれたのかなと、ちらりと思いました。価格帯は、ご想像にお任せしたいのですが、ミネラルショーのお土産《みやげ》によさそうなものから、高級宝石店のウィンドーに並ぶ可能性もなきにしもというものまで、レンジの広さも果てしなかったです。

ボスが最初から俺をこの世界に放り込まず、ひたすらいろいろな本物の石ばかりを見せてくれたことに、今は感謝しています。

売り手あるいは売り手を派遣している宝石の持ち主が、俺に提示してくる金額で、売買が成立することは、ほとんどありませんでした。定価が存在しない世界です。

売り手と値段交渉がかみ合えば、その値段で宝石が購入できます。

相手がノーと言えば、交渉決裂です。その人は別の相手に宝石を売りに行きます。

当たり前のことですが、相手が俺に売りつけようとしているものが、本物なのか、偽物なのかも、誰も教えてくれません。仮に、どう見ても偽物だと思われる石を、道端の誰かが高値で購入していても、そこに介入するような人もいません。

宝石の真贋《しんがん》を、間違いなく証明するためには、大規模な機械が必要になります。だだっぴろい田んぼの真ん中では、そんなことは証明不可能です。

決められるのは、自分がその石を買うか、買わないか。
頼りになるのは自分の目と、経験と、勘だけです。

もちろん、ボスに石を売りつけに来るのは百戦錬磨《れんま》の猛者《もさ》ばかりです。そんな場所に新人宝石商見習いが一人で放り込まれたら、いいカモとして散々におもてなしされることは想像にかたくありません。そんなわけでラトゥナプラ研修の間、俺の後ろにはずっと、頼りになる先輩がいてくれました。

眼差《まなざ》しが鋭いのと、容貌《ようぼう》が独特なのとで、彼は『ハキーヤイ』とよばれていました。シンハラ風の『鷹の目《ホークアイ》』の意です。

別に目つきが悪いわけではないのですが、あの目に睨《にら》まれると竦《すく》んでしまうと、冗談交じりに俺に言った宝石商の気持ちはよくわかります。

掘っ立て小屋の机に陣取って、次、次、と宝石商たちと面談する俺の背後に立ち、俺の判断が明らかにおかしいと思った時には、「もし」と声をかけて、商談にアドバイスをしてくれます。早い話がセーフティーネットです。

商談の終わりに、耳元で「もし」が聞こえると、死ぬほど緊張しました。

休憩を挟みつつ、半日で百五十人ほどの相手と会い、最終的なスコアは十四「もし」でした。これがビギナーズラックなのか最悪なのか、本当のところはまだ誰にもわかりません。全ては今後の売り上げ次第です。

ラトゥナプラの人たちは、日が暮れてくると宝石を見ません。

石を『美しく、正しく』見ることができるのは、午前の光だと知っているからです。

これは『石を一番美しく見せてくれる自然光』という意味では、とても正しい言葉だと思います。つくづく買い手に優しくない街です。でも午後は商売モードをきりかえて、何故《なぜ》か存在するイギリス風のカフェで、優雅に紅茶とケーキを飲食したりできるため、そういうところはいいなと思います。

とはいえその弊害《へいがい》で、朝の買い付け開始時刻はとても早く、スタンバイは五時ごろだったので、『鷹の目』先輩はちょっと苦労していたのですが、その話は今回は割愛します。

買い付けの大原則こと「顔に出すな」「しがらみを持つな」「欲しいものを悟られるな」の三点は、何とか固守したと思うのですが、おかげで夕方には顔面が筋肉痛になっていて、先輩に心配されました。ビジネスの面では怖いくらいに厳しい相手ですが、オフになるとのんびりさせてくれる、ありがたい存在です。

お目付け役をつけてもらいつつ、でも自分が会社の予算を（たくさん！）使って、宝石を大量に購入したんだという体験は凄《すさ》まじく、その夜はなかなか寝つけませんでした。興奮していたのではなく、あの石は本当にあの値段でよかったのだろうかとか、あの石は見送らず購入すべきだったのではとか、えんえんと反省会を繰り広げてしまいました。でも「まだ結果が出ていないことで思い悩むのは労力の無駄」「反省は必要な時にだけするもので、他の時には楽観的に構えていること」と先輩に諭《さと》され、何とか均衡を保っています。何事も慣れるしかありませんね。

長くなりましたが、ラトゥナプラでの買い付けの記録は、さしあたりこれまで。次はもっとうまくやりたいです。うまくやろう。

追記

書き忘れましたが、この街で宝石の売買に携《たずさ》わっている人間は、俺が今回の研修で出会った限り、百パーセント男性でした。あの通行人でゴミゴミした宝石商通り（勝手に命名しています）を女性が歩いていたら、それだけで目立ちそうな気がします。そして田んぼの真ん中に忽然《こつぜん》と開いている縦穴の鉱山にも、女性の姿はありませんでした。こちらは力仕事だし、とても危険なので、当然なのかもしれませんが、それでも不思議なくらい男ばかりです。

ジュエリーを身につける人は、男性よりも女性のほうが多いのに、売買の現場の比率はほぼ男性のみというのは、不思議というより、少し皮肉な感じがします。

八月十日
今日は乗り物の話です。先日入手したスリーウィラーの運転にも慣れてきました。今日はとうとう写真をアップします。

じゃーん。スリランカのあちこちで見かける自動三輪です。

車体は赤で、シートと幌《ほろ》は黒です。

見ての通り風とおしが抜群です。運転席の後ろに二人がけの座席がついていますが、扉はないので後ろの席に座る人には注意が必要です。これでフロントガラスにお香や仏像ステッカーやヒンドゥーの神さまステッカーを貼れば、どこにでもあるタクシーの完成。

この自動三輪は俺が新車で購入したものではなく、近所の人から安く譲ってもらったものです。インドやタイに行ったことがある人なら何となく想像がつくかもしれませんが、スリーウィラーはタクシーとして活用される車両で、自家用の用途のみに使う人はほとんどいません。四輪自動車に比べれば安価に購入できる乗り物ですが、それでも大きな買い物には変わりないので、大量のスリーウィラーを所有してリースしている人から借りて、賃料を払いつつタクシー運転手をしている人もいます。

　実は俺の所在地の近くに、自動三輪リース業をしている人がいて、俺が細い道での車の運転に辟易《へきえき》していると知り、持て余している分を格安で譲ってくれたという経緯がありました。
　数年後には、誰かに譲ることになると思うので、できるだけきれいに使います。

　それにしてもスリランカは、運転免許取得の料金が安くて驚きました。国際免許証は持っているのですが、気になったのでいきつけの定食屋のご主人に尋《たず》ねてみたら、概算で三万スリランカ・ルピーとのこと！　ちなみに俺の国だと、何十万スリランカ・ルピーが入用になります。そう教えたところ、その場にいたスリランカ人が全員爆笑して「そんなにお金がかかったら、誰も免許をとれなくなってしまうよ！」と言われました。確かにこの国の一般的な月収を考えると、何十万ルピーは現実的ではなさそうです。運転免許に限らず、生活にかかるお金も、国ごとに相対的なものなんですね。
　海外で暮らすのは初めてなので、こういうことに一つ一つ、感動しています。

　今日の夕食は何にしようかな。あまり家事にかまけると勉強がおろそかになるのですが、気分転換には最高です。そして三輪のおかげで買い物の手間がぐっと省けるので、今後のブログは写真が増えるかもしれません。それは語学学習になるのか……？　まあいいか！

　最近、干し魚でダシをとったスープを飲んでいたら、こぎれいな雑種の野良犬が迷い込んできたので、余っていた魚をひと切れあげて、一緒に夕食をとりました。このあたりには野良犬が山ほどいますが、地域の人がそれぞれ食べ物をあげたりあげなかったりして、ゆるく面倒を見ているようです。俺の国に比べると、生物を飼って、可愛がるという感覚に馴染《なじ》みがないのかな？　食べるための鶏《にわとり》を飼育している人は、田舎《いなか》に行くとよく見かけます。

　可愛い犬でした。あいつはまた来てくれるかな。

　今夜も星がきれいです。

八月十一日
　忙しくなってきました。
　八月のお祭りの準備かって？　実は違います。キャンディに住んでいるのに、このお祭りに出ないなんてもったいないという声が聞こえそうですが、実はちょっと長い出張の予定が入っているのです。詳細は例によって帰ってきてから記述します。
　どうなるのかな。不安もあります。

でも久しぶりの友達に会う予定もあるし、くよくよしていても始まりませんね。
気合を入れて準備をします。

八月十二日
スリランカのお土産に悩みます。象のグッズ？　でも、ものを飾るタイプの相手ではなさそうだし、うーむ。それとも酒？　とはいえスリランカの人はあまりお酒を飲みません。俺がこっちで一番飲んでいるのも、ジンジャービアと呼ばれる甘いジンジャーエールです。
キャンディといえば、大きな仏さまのお寺があるし、無難に仏教グッズかな。

そういえば質問をいただいたのですが、今のところこのブログを見ている人は、自力でブログにたどりついてくださった方だけで、身内には公開していません。ボスにすすめられた英語作文力向上のために始めたブログではありますが、彼はそんなに干渉してくる人ではないので「書いてます」とだけ言ったら、特にアドレスも質問されず、にこにこされて終わりました。忙しい人だしな。でもネットは公共の場なので、しれっと読まれている可能性もありますね。
うーん。もし、俺の本名を知っている人がこれを読んでいたら、恥ずかしいから「読んでるよ」って言ってくれる？

いつものメールアプリか、電話でいいよ。よろしく。

八月十三日
仏教グッズは無難ではない、宗教的にNGの可能性があるのではとご心配くださった方、ありがとうございます。俺も相手もある程度気ごころが知れているので、多分仏教NGはないと思いますが、ご助言に感謝いたします。

思えば自分の住んでいた国では、お土産の宗教性を気にしたことがありませんでした。違う宗教や国籍をオープンにしていた友達が、あまりいなかったせいだと思いますが、こういうことをあまり気にせずに生活していたことを、今は少し不思議に思います。

それから、例の件は、誰からも連絡がありませんでした。本当かなあ。

確かめる方法はないので、ここが俺の『聖域』であることを、暫定《ざんてい》的に信じようと思います。


さて、荷造りは終わった。出かけてきます。仕事の関係なので、例によって行き先は書けないのですが、食べ物のおいしそうなところです。楽しみだな！　せめて気持ちは明るく持とう！　無事に帰ってくることを祈ってください。

それでは、行ってまいります。

Le Premier jour ～1日目～

世界の国際空港は、兄弟姉妹かというくらいよく似ている。

今まで俺が利用したのは、日本、イギリス、スリランカ、アラブ首長国連邦のドバイにフロリダのフォートローダーデールと、十にも満たないのだが、規模の差はあれみんな似ていた。航空会社のエンブレムだらけの広大なエントランスホール、荷物の預け入れカウンター、搭乗券《とうじょうけん》のセルフ発券機、手荷物検査場、免税店、数字で管理された搭乗ゲート。やることが同じなのだから当たり前だ。流暢《りゅうちょう》な英語を喋《しゃべ》るスタッフと、国際色豊かな利用客も同じ。

このラインナップの中に、今回はフランスのシャルル・ド・ゴール国際空港が加わった。挨拶《あいさつ》して入国管理官に会釈《えしゃく》する。いろいろな肌の色の人がブースの中に横並びになって、世界各国のパスポートにスタンプを捺《お》しまくっていた。大きなバックパックをベルトコンベアから引き取って、アップダウンは激しいが段差のない地下道のベルトコンベアを歩き続けると、お待ちかねの外の世界に到着だ。

ここからタクシーで二十キロ行けば、花の都、パリに到着である。

EUに所属する中で、最も国土面積の大きな国。世界で一番観光客が多い国。食料自給率世界第四位の農業大国。公務員試験対策で覚えた知識は、こういう時にはお役立ちだ。スリランカからやってきたので、湿度の違いが肌に痛い。地中海性気候のフランスは乾燥している。日差しもちりちりするから、道行く人のサングラス率が高いのも納得だ。

大学時代に訪れたイギリスに続いて、俺には人生二度目のヨーロッパである。

滞在予定期間は一週間ほど。『ほど』というのは、もっと短くなったり、逆に長引いたりする可能性があるためだ。ありがたいことに季節は夏なので、洗濯したらすぐ乾く着替えを詰め込んできた。どんとこいである。

さっそくタクシーをつかまえ、後部座席に滑り込むと、俺は約束の場所を告げた。運転手さんは怪訝《けげん》な顔をする。それはホテルか？　と。いやホテルではない。ただの待ち合わせ場所だ。念のためプリントアウトしてきた目的地の地図を渡すと、彼は困惑した顔で笑った。そんなところに行くのなら先に荷物をどこかに置かなくていいのか、と尋《たず》ねられ、預ける場所がないからいいと答える。どうせ背負える重さだ。

「遊びに来たんじゃないの？」

ちょっと癖のある、早口な発音の英語だった。半分禿《は》げた頭に、ちりちりした茶色い髪の中年のドライバーさんで、優しそうな眼をしている。

「遊びかもしれないし、仕事かもしれない。気の持ちようです」

「そりゃあ厄介《やっかい》だね。どこから来たの？」

「スリランカ」

「へえ、スリランカ人？」

いいえ日本人です、と答えると、彼は何故《なぜ》か楽しそうに笑った。

「スリランカから来た日本人、イン・フランス」

「その通り」

オーケー、オニヴァ、と言って彼は車を出した。タクシーの窓は開けっぱなしだ。オニヴァ。フランス語でレッツゴーの意のはずだ。風がびゅうびゅう吹き込むのが心地よい。

俺の年齢や出身地など、定番の情報を幾つか聞きだしたあと、彼は自分の話をしてくれた。妻はアルジェリア人、子どもは六歳で、数学がとても得意、日本食が好き。でも家賃がとても高くて、パリの郊外からもっと田舎《いなか》に引っ越そうかとも思っている。高速道路を十分も走った頃、彼が耳につけている端末に連絡が入ったようで、愉快なおしゃべりが始まった。どうやら相手は家族のようだ。にこにこしながら喋っている。

部外者になった俺は、空港で買ったＳＩＭカードを挿入した端末で、待ち合わせの相手に連絡をいれた。英語ではなく、日本語で。

『定刻に到着しました。所定の場所にタクシーで向かっています』

返事はすぐ来た。

『ゆっくり』

『待っています』

ありがたい。

時折犬の声がまじる、賑やかな家族団欒《だんらん》の声を傍受《ぼうじゅ》しながら、俺は時差ボケの緩和ついでに目を閉じた。スリランカの庭で、誰かとお茶を飲んでいる夢を見たような気がする。目覚めた時には思い出せなかった。


巨大なバックパックを受付に預け、鍵を受け取ると、俺は館内に足を踏み入れた。タクシーの下車時には、運転手さんに本当にここかと何度も確認されたが、俺は看板を指さし、合っているから大丈夫だと請け合った。心配してくれたのも無理はない。明らかに、空港からタクシー一本で向かう場所ではなさそうだからだ。

狩猟《しゅりょう》自然博物館。

北マレ地区という場所にある、この貴族趣味なお屋敷は、博物館である。駅でもホテルでもない。もし旅の目的が観光であれば、どこかに荷物を置いてから行くべき場所である。飲食店やホテルがひしめく、東京の中心部のような風情《ふぜい》の中に、庭園つきの大理石建築がいきなり姿を現す違和感たるや。空気を読む気が全くない潔《いさぎよ》さに俺は感嘆した。それにしても着陸前に飛行機の中で着替えを済ませておいてよかった。サイズ感は全く違うが、この雰囲気はあの家そっくりだ。ロンドン郊外にある、クレアモント家の広大な屋敷に。

クレアモント家とは、語学堪能《たんのう》にして頭脳明晰《めいせき》、言葉を尽くすのが愚《おろ》かしく思えてくるような美貌《びぼう》の持ち主にして伯爵家の末裔《まつえい》、ついでに俺の上司でもある、リチャードの実家である。キャビアとトリュフとフォアグラのプレート、ウニイクラアワビ添えみたいな経歴の持ち主だ。あの屋敷は俺にも彼にも、いろいろなことがあった場所である。

俺はあの後、英国貴族は複数の屋敷を持っているのが普通だと知った。ロンドン市内のタウンハウス、田舎の別荘カントリーハウス、所領を持っているのならばその領内にあるマナーハウスなど。不動産の所有はタダではない。どうやってその管理費を払っているのかと尋ねたことがあったが、何とかなるものですという投げやりなリチャードの言葉で、その話はお開きとなった。なるほど、猛烈な勢いで金が回っていれば、何とかなってしまうらしい。

パリの博物館だというのに、この館はひんやりとして静まり返っている。同じ街のどこかにあるはずのルーブル美術館は浅草仲見世《あさくさなかみせ》のような賑わいだろうが、ここは本当に静かだ。ひょっとしてしれっと貸し切りにしているのだろうか？　そんな表示はどこにもなかったが、ありそうな話で空恐ろしい。

幾何学模様に刈り込まれた庭を横目に、八ユーロの入館料を払って、大理石の階段をあがってゆく。ちゃんと会えるだろうか。待っていてくれているはずだ。

階段を上りきると、果たして彼が、壁の陰から姿を現した。

金茶色の髪。淡いベージュの上下、同じく淡いブラウンのタイ。白のシャツ。こういうスタイルは知っている。『コロニアル』というのだ。意味は『植民地風』。イギリス人が昔、スリランカやインドなどの植民地に赴く時に着用した、サファリ系の着こなし風だからと。淡く輝く青い瞳と、どこか不健康に見えるほど白い肌。

俺の姿を認めると、彼は軽く手を挙げて挨拶してくれた。

「ご無沙汰《ぶさた》してます、ジェフリーさん」

「どうも」

ジェフでいいのに、と彼は笑った。今日は縁なしの眼鏡をかけている。初めて見る姿だが、いつもはコンタクトなんですよと、彼は屈託なく笑った。

ジェフリー・クレアモント氏は、リチャードの兄貴分のような従兄《いとこ》である。まだ存命の第九代クレアモント伯爵の実子だが、次期伯爵になるのは彼の兄、クレアモント家の長男、ヘンリー氏である。こういう二番手以降の人のことを、イギリスでは『オナラブル』と呼ぶそうで、フォーマルな場であったら、俺は彼のことを『オナラブル・ジェフリー』と呼び、然《しか》るべき作法でへりくだらなければならない。でも彼はとても気さくで、リチャード同様日本語堪能なお兄ちゃんキャラである。スーツよりもブレザーが好き。靴は黒よりも茶色の紐《ひも》付きが好き。明るいムードメーカーだ。常であれば。

　かっちりと着込んだ彼は、挨拶もほどほどに奥へと俺を誘《いざな》った。黒い靴がコツコツと音を立てる。服だけではなく雰囲気までも、いつもとは違う様子だ。

「迷いませんでしたか？」

「タクシーでしたから。でも運転手さんに変な顔をされましたよ。空港から向かうならホテルじゃないのか？　って」

「あ、そうか。しまったな。荷物を預ける場所がなかったか。君はこのあと、電車ですよね？　人をやって運んでおいてもらいましょうか。パリ・リヨン駅だったっけ」

「大丈夫です、大丈夫です。俺頑丈なんで」

「……君は、変わってないなあ」

　リチャードのぶっとんだ美貌に慣れてしまうと頭の中の物差しがおかしくなるが、彼も相応の顔面偏差値の持ち主である。丸眼鏡のジェフリーは優し気な文系の雰囲気を漂わせている。困ったような顔で微笑《ほほえ》まれると、何だか胸がかきむしられるような気がするが、これは俺が勝手に、彼にリチャードを重ねてしまうからだろう。

「それにしても……すごいところですね、ここは」

「わりと新しい博物館《ミュゼ》なんですよ。静かなところで、日本人もあまり来ませんから、君と会うのにいいかなって」

猪《いのしし》。豹《ひょう》。鹿。鹿。鹿。仁王立ちする白熊。天井から来客者を見下ろすフクロウの群れ。聞き分けのよい猫のようなおすわりの姿勢で、ずらりと並んだライオンたち。そして無数の銃。美しい細工の施された火薬入れや、狩猟をテーマにした絵画。

東京は上野《うえの》の科学博物館で剝製《はくせい》は見慣れていたが、ここは展示の意図が違う。壁から首だけつきだしたサイや水牛や鹿たちは、いわゆる『ハンティング・トロフィー』だ。ワシントン条約などなかった時代に狩りに興じた身分の高い人々が、「こんなにすごい獲物《えもの》を獲《と》りました！」と、カジキの魚拓《ぎょたく》をとるような感覚で保存させたスコア自慢の名残である。身分の高い人たちの遊びの記録には、確かに歴史的な意義はあるだろうが、あまりにも彼らの愉《たの》しみの痕跡《こんせき》がダイレクトに残っていて、なかなか素直に楽しめない。テレビ中継もネットもない、広大無辺な世界を生きていた彼らにとって、未開の土地の動物たちは、平らげるべき成果物のようなものだったのか。

他に入館者らしき人影も見えないのに、ジェフリーはあまり喋らず館内を奥に進み、たどりついたのは青い部屋だった。壁一面に金の額縁の絵画が飾られた応接間で、壁紙はサファイアのようなブルー、天井にはシャンデリアがきらめいている。小花柄の布張りのソファ。この博物館の調度品には『お手を触れないでください』札がない。触れる展示物が多いのだ。

どうぞと促《うなが》された先を見ると、先客がいた。狐《きつね》の剝製が体を丸めている。うわっと俺が後ずさりすると、後ろから快活な笑い声が聞こえた。

「あっはっは。ひっかかった、ひっかかった」

「やめてくださいよ、うっかり座ったら困るでしょう。弁償《べんしょう》できませんよ」

「『弁償できない』ねえ。君がそういうことを言います？」

ジェフリーは俺を見て、胸が痛くなるような顔で笑った。この人のこんな顔は久しぶりに見る気がする。きっと悪人の顔で笑っているつもりなのだろうが、深くお世話になった知り合いのお兄さんにそんな顔をされても、以前のような効果はない。彼だってそのくらいのことはわかっているだろうし、やっていることは大真面目だ。

「ここにお呼びたてした理由は他でもありません。フォートローダーデールでのことです」

「お詫《わ》びの話は、もう一万回くらい聞きましたよ」

「そうじゃなくて」

今度こそ安全なソファに腰かけたジェフリーは、隣に俺を招いた。まるで彼の屋敷でもてなされているゲストになった気分だ。ずっと携《たずさ》えていた、軽そうな革の書類入れを開き、彼はクリアファイルを取り出した。俺に差し出す。

人物資料のようだった。Ａ４の紙がひと綴《つづ》り。親指の腹でぱらぱらと枚数を数えると、ちょうど十枚。一枚目には顔写真が印刷されていた。アジア人の男性だ。見覚えがある。

「ヴィンセント梁《ライ》。知っていますね」

「…………はい」

モデルのようなツーブロックの茶髪と、切れ長の一重の瞳。フロリダ沖のクルーズ船で、俺とリチャードが巻き込まれたトラブルの解決を手伝ってくれた恩人で、その実トラブルの大本とも、素知らぬ顔で繋《つな》がっていたくわせもの。香港《ホンコン》で働いていた時分の、リチャードのアシスタント。シャウルさんを老師と呼ぶ、自称アメリカ在住の香港人。

ヴィンスさん。

ジェフリーの書類にあった写真は、カッターシャツに仏頂面《ぶっちょうづら》のバストショットだった。まるでパスポートの添付写真のようにそっけない。そして俺が出会った時よりも、写真の彼は少しだけふくよかだ。リチャードに見せてもらった『昔の写真』とは比べるべくもないけれど、ひょっとしたらこれもいくらか昔の写真なのかもしれない。

どうしてこんなものを俺に、ジェフリーが。

残りの資料をめくらずに、俺がジェフリーの顔を見ると、彼は張りつけたような笑みを浮かべ続けていた。もう胸がきりきりしてくる。

「簡潔にまとめましょう。彼は二十一歳から二十二歳の間、香港でリチャードのアシスタントを務めていました。当時の彼は今よりもう少しぽっちゃりした可愛《かわい》い子で、裏の顔がありました。僕のスパイです」

「……スパイ」

「はい。僕がリチャードの情報を手に入れるために買収して、情報を横流しさせていました。初めからではなく、アシスタント一年目の後半から。家族が病気になって、突然お金が必要になったそうでしたから、僕には渡りに船の逸材《いつざい》でした」

ためらいのない言葉に、俺は逆にひるんだ。

何故、今、こんなことを俺に。

問いかけを見越していたように、ジェフリーは足を組み、肩をすくめた。

「この状況で、君にこの話を隠しておいても、百害あって一利なしだからですよ。さあどんどん行きましょう。個人情報の暴露大会です」

「……俺のパスポート番号を抜いた、秘書さんっていうのは」

「スパイ関係者との情報のやりとりを一手に握っていた人でした。通称『暗部担当』。状況が解決したと思っていた頃は、手切れ金のことばかり考えていたんですが、想像以上にひどいことになりました。我ながら詰めが甘い。もっとこう、颯爽《さっそう》とした悪役になりたかった」

俺は資料を慌ててめくった。彼が暮らしていた場所や、彼がジェフリーに送ったと思《おぼ》しき文章。お金のやりとりのコピー。すごい桁《けた》の送金が何回も。顧客の個人情報は含まれていないが、リチャードに関する情報は詳細だ。曜日ごとの行動パターン。よく行く店。ヴィンスさんにかけた言葉も。ジェフリーの隣でこれを見なければならないのが苦しい。

ヴィンスさんのことが書かれているのは最初の七枚だった。後半の三枚は別の人物のものだった。

可愛い女の子の写真が入っている。金色の髪、琥珀《こはく》の瞳。

「さすがお役人志望、チェックが早いな。こちらの可愛いお嬢さんがオクタヴィアです。知っていますよね、リチャード宛ての動画メッセージを君も見たでしょう」

俺は頷《うなず》く。豪華客船での一件のあと、『犯行声明』を動画で送ってきたお嬢さんである。ヴィンスさんを船に送り込み、俺に陰謀を仕掛け、リチャードをストレスの渦中に放り込むには飽き足らず、彼と二人の従兄、ヘンリーとジェフリーに『これから私がすることを、どうか不当な扱いだと思わないでください』と宣言した、絵に描いたような暴君である。

写真の彼女は笑っていない。ただぼんやりと、宙を見るような顔をしている。背景は一律灰色だ。証明写真のブースか何かだろうか。女の子の写真を撮るのに、カメラマンは「笑って」と言わなかったのだろうか。

「オクタヴィア・マナーランド。現在スイスのサン・モリッツにお住まいの大富豪です。国籍はイギリス。十七歳。過去イギリスに住んでいた頃に、リチャードが家庭教師をしていたお嬢さんです。両親は既《すで》に故人で、あまり人を傍《そば》に寄せつけません。日本風に表現するなら、気合の入った引きこもりと言ってもいいでしょう。頭はとてもいいのですが、学校も好きじゃないみたいです。もちろん彼女は未成年なので、後見人の承諾がなければ財産を動かすことはできませんが、彼女の意にそわない後見人は早々にくびにされます。言いなりになる相手しか傍におかないので、何というか……」

「やりたい放題ってことですか」

「まあそうですね。可愛い子ではありますが」

可愛い。ジェフリーは俺の知らないオクタヴィア嬢のことを知っているようだ。彼の言葉は続く。

「彼女がヴィンセントを手ごまにしてきたのは、どちらかというとリチャードではなく僕に対する当てつけでしょう。彼女の復讐《ふくしゅう》宣言動画は、僕とリチャードとヘンリーの分、全部違うものがありまして、僕だけは全部見てるんですが、ありがたいことに僕宛ての分が一番大ボリュームでした。いやあ泣きそうになりましたよ、感謝で。ほっとしました。彼女はあの事件の首謀者を勘違いしていない」

「その話なんですけど、彼女はどうして」

「動機ですか？　簡単です。彼女はリチャードに、デボラと結婚してほしかったんです。遺産相続のごたごたで、どうしても僕が別れさせなきゃいけなかった二人にね」

リチャードの結婚にまつわる遺産相続のトラブルは、もう過去の話だ。弁償できないものをぶち壊そうとした俺の所業は、認められるものではないだろうが、結果オーライでクレアモント家の歴史によい影響を及ぼし、ほどほどの解決を得た。得はしたのだが。

過ぎてしまったことは、もうやり直せない。

リチャードの二人の従兄が、彼の婚約者に別れろと迫り、実行したことも。リチャードがそれで彼らと縁を切り、スリランカ、香港、日本と、あちこち逃げ回るような日々を送らざるをえなかったことも。かつての恋人デボラさんとリチャードが、今はもう、昔のような関係ではないことも。

「二人はオクタヴィアの家庭教師をしていたご縁で、仲を深めたようなところがありましてね。あの子は二人の最高のサポーターだったんです。彼女が初めて持った夢は、二人の結婚式に出ることだったんだって。あーあ」

ジェフリーは子どものようにため息をつくと、ソファの上で脚《あし》をぶらぶらさせた。リチャードがイギリスで家庭教師をしていた頃。大学生か、大学院生の時代か。ヴィンスさんとリチャードが出会ったのは五年前のはずで、それよりさらに前の話になるのだから、オクタヴィア嬢は十歳かそこらだったはずだ。

自分が十歳だった頃のことを思い出してみる。小学五年生。案外よく覚えているものだ。いいことも、嫌なことも。

どんなに小さな頃の記憶でも、一生思い出しそうな悪夢も、許せないと思うことも、当たり前のようにある。でも終わってしまったことだ。タイムマシンがある世界でもなし、どうしようもないことだと、年をとるごとに少しずつわかってきた気がする。これは「仕方ないさ」と自分に言い聞かせるのがうまくなってきただけで、納得できるかどうかとはまた別の話だ。それでも年をとると、そういうことはだんだんうまくなる。

俺は資料を眺める視線を上げて、ジェフリーを見た。博物館見学ではなく、ちょっとしたパーティに行くような格好だ。彼は若いお金持ちで、主にアメリカで活動する投資会社の重役としての顔も持っている。華やかな格好はよく似合う。

だが今回の服をチョイスした彼の気分は、きっとそんなふうに浮《うわ》ついたものではなかったのだろう。

颯爽とした悪役、あるいは悪役になり損ねた善玉のような顔で、彼はため息をついていた。

「……本当に、どうにか三人分、僕にまとめてくれないかな。そういう落としどころがあったら大歓迎なんですが。でも今の彼女には理屈が通じそうにないし……」

「そんなことを言っているって知られたら、ヘンリーさんが雷《かみなり》を落としに来るんじゃありませんか」

「あはは。君がヘンリーのことを言うとは思わなかった。そうそう、最近の彼はとっても いい感じなんですよ。昔みたいに車も運転しているし、インターネットを介して他の音楽家とアンサンブルなんかしているみたいだし、時々《やや》は人がたくさんいるところに買い物にも出かけます。もちろんうちで働いている人を遣って代行してもらえば、そんな必要はないんですけど、本人がやりたいって言ってね。そういう気持ちが出てくるのが、一番すごいことでしょ」

「すごいと思います」

「ありがとう。君が本気で言ってくれているのがわかります。だからここでもう一度、彼を泥沼に引き戻そうとするようなやつは、天使だろうが悪魔だろうが、因果応報だろうが信賞必罰だろうが許すわけにはいかないんですよ。何故ならこの戦いを始めたのは僕ですから。誰かのためにって理屈をつけて、状況をどうにかする力のない自分から逃げるために、二度と戻れない線を越えたのは僕ですからね」

遺産相続のトラブルを巡って、ジェフリーの実兄、ピアノを愛する次期伯爵のヘンリー氏は心身のバランスを崩した。リチャードが遺産を相続してしまったら自分は一体どうなるのかという恐怖の出所は、世間体や見栄《みえ》やプライドや嫉妬《しっと》心、お世辞にもきれいとは言えないものばかりだったが、それを外ではなく内に向けたところが、ヘンリーさんの一番の強さだろう。だが強さにも限度がある。内部から暴発しかけている彼の器《うつわ》を救うために、ジェフリーは弟分のリチャードと永遠に相容《あいい》れなくなる決断を下し、結果リチャードは姿を消した。

全員の決断が百パーセント正しかったと言うことはできない。でも事情を知った上で、百パーセント全員がダメなことをしたと言い切れる人間が、この世界にいるとも思えない。

それがどんな子どもであっても。話せば少しはわかってもらえそうな気がする。わかってもらえると信じたい。

オクタヴィア嬢が許さないと言っているのが、彼らのそれぞれの弱さだというのなら、原因は相互理解不足ではないだろうか。そんな話で済むのなら、この騒動は起こっていないのかもしれないが、そもそものコミュニケーションが足りていない気がする。彼女と話し合いを持つことはできないのだろうか。何より彼女はまだ未成年だ。勧誘方法は定かではないが、犯罪すれすれの行為をヴィンスという成人男性に行わせていることを、今の彼女はさておき、将来の彼女はどう受け止めるつもりなのだ。

リチャードやジェフリーが、そういうことを考えていないとも思えない。

どうなっているのか、という探りをこめて、俺がじっと顔を見ると、ジェフリーは一歩引いた大人っぽい顔で笑ってみせた。

「こっちの斟酌《しんしゃく》はさておいて、まずは法的な措置《そち》をとるなり、彼女の『誤解』をとくよう働きかけるなりすることはできないのか、って言おうとしてます？」

「そうです。あの、本当に、あなたもリチャードも……何でわかるんですか……」

「やだなあ、強《し》いて言うならクレアモント家の血ってところですかね。僕たちのおばあちゃんはすごい人で、人の心の闇《やみ》を見抜く名人だったんですよ。多分それを一番色濃く受け継いでるのはリチャードでしょうけれど、それは君もご存知の通り」

「おばあちゃん？」

それはもしかして、スリランカに帰化した白人で、当時の次期伯爵と恋に落ちたという、大変な恋愛履歴をお持ちの方かといぶかったが、質問する暇《いとま》は与えられなかった。ジェフリーはぽんぽんと言葉を重ねてゆく。

「やろうとはしています。引きこもりっていっても地球上にいるんですから、完全に没交渉なんてことは不可能ですしね。でも無理やり彼女の意にそわない行為を強行するのはNGで、機会を待つという結論が、僕とヘンリー、そしてリチャードの間で出ています」

「いつ鼎談《ていだん》なんかしたんです？」

「サンキューインターネット」

歌うようなカタカナ発音に、思わず脱力する。なるほどネット会談だったのか。輝く笑顔でごまかされそうになったが、その結論は、つまり。

これからも俺たちは、とくにリチャードは、彼女の無茶ぶりに応《こた》え続けることになるのではないだろうか。

俺の目が厳しくなったのか、でもねとジェフリーは優しい声で続けてくれた。

「この件には付帯事項があります。オクタヴィアの計画で、部外者、特に中田正義《なかたせいぎ》くんの身に、何らかの不可避的状況がふりかかることが予想される場合には、万難を排し、大人の手段に訴える。これもまた、僕たち三人一致の見解です」

「俺のことはいいです。でも、すぐ介入することが一番彼女のためになるって結論にはならなかったんですね」

「今のところはね。今のところは、ですよ。後手後手で申し訳ありませんが、まだいろいろ調査が足りないんです。ただの復讐案件だったら、心配はないんでしょうけれど」

ジェフリーはふと遠い目をする。確かにこの話にはもっと調査が必要だろう。だがそれ以前に、リチャードやジェフリーたちが知っていて、俺にはまだ明かされていない手札がありそうだ。オクタヴィア嬢に会えないのは何故なのかとか、まだ介入しないと決断した理由は何なのか、とか。

今すぐ教えてほしいとせがんだら、この人は教えてくれるだろうか。教えてくれると思う。だが教えないことにもまた意味があるのだろう。初めて出会った時は、俺はこの人が憎くて憎くて仕方がなかったが、今はそんなふうに思おうとしても思えない。

もう少し待つべきだろうか。どっちだ。俺はどっちをとりたい。

ジェフリーさんはどこか薄っぺらな笑みを浮かべている。さあどこからでも殴ってください、とでも言わんばかりに。

微笑む顔を見返して、俺は頷いた。

「わかりました。何か続報があったら、俺にも知らせてください」

「もちろん。ありがとうね、中田くん。あんまり心配しないでください――って言っても、情報漏洩《ろうえい》の前科がありますから無理でしょうが、これ以上君に迷惑をかけることはしません。約束します。僕たちの最大の恩人にこれ以上迷惑をかけたら、オクタヴィアの憂《う》さ晴らしに付き合わされる前にリチャードのサンドバッグにされます。少しはいいところも見せなきゃね。きっとこれから先は、リチャードだけじゃなくて、もっと僕の格好いい姿もお見せできると思いますよ」

ヘンリーの格好いい姿もねと言って、ジェフリーは笑った。謝意を示すように目礼したあと、そういえばと俺は切り出した。極力、何気ないことのように。

「ヴィンスさんのスパイの件を、リチャードは知っているんですか」

「……ええ。途中で気づいたようでした。もし気づかなかったら、あいつは銀座《ぎんざ》には行かなかったかもしれませんね」

「逆に、ヴィンスさんは？」

「スパイ行為をリチャードに知られたことを、彼自身が認識していたかどうか？　さあ。僕はそんなことは知りませんね。彼とはもう没交渉なので」

俺の頭の中で、エトランジェのような店の姿が像を結んだ。二人の人間がいる。俺とリチャードではない。ヴィンスさんとリチャードだ。二人がどんな付き合いをして、どんな関係を構築してきたのか、俺には全く想像もつかなかったが。

今の言葉で、少し、腑《ふ》に落ちた気がする。

他に質問は？　と両腕を広げるジェフリーに、俺は思い出したように言った。

「今日のその服、格好いいですね」

「ほんと？　成金趣味すぎない？　でも嬉《うれ》しいな、ありがとう。コンセプトはね、『一見そうは見えない好青年の悪役、腹黒知能派、十九世紀風』」

「『気のいいお兄ちゃんが無理してるおしゃれスーツ、文系メガネ男子、十九世紀風』って感じです」

「……中田くん、ちょっと最近リチャードに感化されすぎてない？　隣にあいつがいるのかと思っちゃった。前に僕の電話に英語で応対してくれた時もめまいがしたよ。誰と喋ってるのか一瞬わからなくなった。無理しないで、君は君らしく、ね」

「調子のいいこと言っても駄目ですって。本当に、無理はしないでください。お願いですよ。リチャードのためにも、ヘンリーさんのためにも」

「わかってます、わかってますよ」

本当にわかってくれていたらいいのだが。

七代目クレアモント伯爵の地獄《じごく》の相続メッセージのおかげで、ヘンリーさんは鬱《うつ》病に苦しみ、リチャードは恋人と別れることになり、それぞれ苦しみの沼に身を沈めることになったが、今なお最も深く沼に身を沈めているのは、このよく笑うお兄ちゃんなのではないかと俺は思っている。一番手を汚した人だからだ。誰かがどうにかしなければならないという状況に置かれた時、誰より先に汚れた仕事をキャッチしてしまう人なのだ。俺も似たようなことをしてしまう癖があるが、この人は俺の何倍も有能なので、そうとは見せない手段にも長《た》けている。心配しがいのある相手だと思う。ありすぎる気もする。

しょぼくれた顔をする俺の頭に手を置き、ジェフリーは犬にするようにわしゃわしゃかき混ぜた。

「わっ、ちょっと、俺そろそろ四捨五入すると三十ですよ」

「二十三歳が何を言ってるんだか。歳《とし》は関係ないよ、あなどっているように感じたならごめん。ちょっと元気をもらっただけです。さてと、学芸員さんに『うるさい』って怒鳴られる前に退散しますか」

狩猟自然博物館は豪華だが小規模な建物だ。荷物を受け取って外に出ると、すぐパリの街並みが広がっている。パリ。俺のイメージはエッフェル塔に革命にクレープという驚きの貧しさだが、ここがその場所なのだろうか。丸《まる》の内《うち》の新開発地区ですと言われても、まだ信じられそうな風情ではある。

タクシー乗り場を探す俺の前で、ジェフリーは携帯端末をいじっていた。彼はこれから空港のはずだ。俺がフランスにやってくると知って、半日だけ、と予定をねじこんできたのだ。俺だってパリ観光に来たわけではない。本当の目的地はもう少し南のほうだ。ジェフリーもそのことは知っている。

荷物を担《かつ》ぎ、いよいよ別れの挨拶という局面になると、ジェフリーはそわそわし、俺のほうを見て何かを気にし始めた。どうしたんだろう？　素直に尋ねてみたところ、

「いやあ、中田くんはしっかり者だけど、たまにうっかりしてるから、何か忘れてるんじゃないかなって。たとえば、希望的観測だけど……」

僕にお土産とか？　と。

語尾を上げる声は、わざとらしく、可愛らしかった。

気まずい沈黙が俺たちの間を流れる。お土産。そういえばそういう話を、俺は出立間際に漠然と書き残した覚えがある。誰かへのメールなどではなく、ブログに。

だが俺はあのブログのことは、この人に教えていない。リチャードにも教えていない。オフラインで顔見知りの相手とオンラインでも繋がることは、誤解やすれ違いにも繋がりやすいという話を聞いて、じゃあとりあえず誰にも言わず書こうと思ったのだ。ちょっと恥ずかしかったが、名義は『イギー』でいいかと開き直った理由もそのあたりにある。

だが。

「……読んでます？」

「えっ何を？」

「読んでます？」

「目的語を省かないでくださいよお、僕はリチャードほど日本語が上手なわけじゃないいん

ですから。特に僕に対して、もう用事がないならそれでいいんです、あはは。期待したわけじゃないですしね、ほんとに」

「はあ。じゃあこれ、本当につまらないものですけど」

俺は懐《ふところ》から飴玉《あめだま》を取り出し、ジェフリーに差し出した。平和なロイヤルミルクティー味で、時々『先輩』に差し入れてもらう日本のお菓子だ。ありがとうと輝く笑顔でお礼を言ってくれたジェフリーに、俺はもう一度だけ駄目押しをした。

「読んでます？」

「だから意味がわからないですよ。やだなあもう、本当に何にも知りませんったら。さてと、これからすぐパリ・リヨン駅ですか？　ＴＧＶに乗るんですよね。駅まで同じタクシーで行きたいな。そのまま空港まで行きますから」

「いえ」

他にもここで会う人がいるのでと言うと、ジェフリーはくしゃっと顔を崩して笑った。

「そっかあ。友達がたくさんいるのはいいことですね。楽しんできてください」

「ジェフリーさんにだってたくさんいるでしょう」

「そうかな。バリバリ仕事をしてるとね、『知り合い』は増えますが、『友達』は減ることも多いんですよ。ああでも、君にそういうことはなさそうだな。僕の生き方の問題か」

「……じゃあ、俺も『知り合い』ですか」

生意気なことを言うやつもあったものだと、口に出して一秒で俺は後悔したが、百年前の特権階級のような雰囲気のジェフリーは、屈託のない声で快活に笑ってくれた。

「君はね、そのどっちでもなかったらいいのになって、僕やヘンリーが思ってる人ですよ。体を大事にしてください。もちろん心も。じゃあ」

ちょうどタクシーがつかまったので、俺はねんごろに感謝と別れの挨拶をし、博物館前の通りをあとにした。建物の前でジェフリーが手を振ってくれている。立ち姿と建物とが調和しすぎて悪趣味なほどだ。彼にもこれ以上つらいことがなければいいのに。

どこまで？　という運転手さんの声に現実に戻され、俺は明快に答えた。

「トゥール・エッフェル！」

エッフェル塔。待ち合わせにはぴったりの場所だ。

バックパックの中の、不格好に膨らんだ部分を、俺はそっと撫《な》でた。ブッダさん、もうしばらく辛抱してください。

今回の旅のはじまりは、リチャードが受け取ったメールだった。説明を受けたのは七月の終わり、俺のラトゥナプラでの初・買い付けの翌日、キャンディの家でのことだ。メールを受け取ったのはラトゥナプラからの復路、車の中だったようだが、その時には詳細を教えてもらえなかった。

　差出人なし、件名が『リチャードを助けて』だったら、前回の一件の再来だが、今回の差出人はリチャードの母親、カトリーヌさんだった。件名は『バカンス！』。フランス語で長期休暇という意味だ。最近は日本でもお馴染《なじ》みの言葉だろうか。

　スリランカの社宅で話を切り出してきた瞬間からもう、リチャードは四十時間くらい偏《へん》頭痛《ずつう》に悩まされているような顔をしていた。

「彼女が……この夏のバカンスの間に……あなたに会いたがっているようです」

　俺？　と自分で自分を指さすと、リチャードは力なく、無言で数度頷いた。

　リチャードの母、カトリーヌ・ド・ヴルピアン。貴族の血を引くフランス人女性で、リチャードの父と恋愛結婚して一子をもうけたあとに離婚、今はシングルの生活をしている。経済的にはあまり恵まれていない生活をしているとも聞いた。周囲にお金に困った親族がたくさんいるそうなのだ。女王さま然とした性格の持ち主で、過去の容姿は息子にそっくり。絶世の美人の系統だ。それ以外のことを、俺は何も知らない。

　そのカトリーヌさんが何故、俺のことを知っているのか。数年前までの断絶期間のせいもあるだろうが、リチャードは頻繁《ひんぱん》に肉親と連絡を取り合うタイプではない。人付き合いで苦労してきたことも知っている。本人が嬉々《きき》としてカトリーヌさんに「実は日本人の徒弟をとってスリランカで宝石商修行をしている」などと話すとも思えない。

どこから情報が出て行ったのかと俺が問うと、リチャードはぼやけた偏頭痛の顔から、戦う宝石商の顔にシフトチェンジした。

「私もその点が気がかりなのです。メール自体は、最初から最後までこれといった脈絡のない、自分の要件しか伝えない、ひたすら陽気でところどころ情報の欠けている、いつもの彼女の文面ではあるのですが」

「いつもそんな感じなのか」

「語弊《ごへい》がありましたね。『いつもの』と言えるほど、最近の彼女を知っているわけではありませんので、『以前の』彼女と訂正します。しかし……」

情報の出所だけがわからない、と。

突然のメールから始まるお招きにほいほいついていったら、罠にかけられてリチャードが大変な目に遭《あ》う。どこかで聞いたパターンだ。あんなのはもう金輪際《こんりんざい》御免である。しかしこれはただの偶然かもしれない。リチャードが迷っているのは、彼女のメールの中に、そういう不穏さを感じさせるものがなかったからだろう。そうでなければ今のようなくたびれた顔を見せたりしない。

「いいんじゃないかな」

「……とは？」

「俺、会いに行くよ。カトリーヌさんに」

リチャードの返事は、たっぷりの沈黙のあとの「は?」だった。そんなに驚くような返事だったろうか。

「だってどっちみち、お前は行くんだろ」

美貌の男は返事をしなかった。沈黙もまた答えだ。あの時のリチャードは白いシャツに淡いグレーのパンツという服装だったと思う。直前まで俺のラトゥナプラ研修に同行してくれた上、あの長く曲がりくねったアップダウンしかないガタガタ道を片道分四時間も運転してくれたのだ。復路の四時間は俺が運転した。疲れが出ていた日だったと思うが、そういう時でもやっぱり、太陽の光がきらきらまとわりついているようなオーラをまとっているのはさすがと言うほかない。

「何故そう思うのです」

「それ、言う必要あるか?」

逆に考えてみてほしい。自分を罠にかけようとしている相手がいて、もしかしたらその相手が、自分の母親にコンタクトをとり、利用しようとしている可能性がある。真偽はどうあれ確実に心配だ。顔くらいは見に行きたくなるだろうし、見に行かなければちょっと気が休まらないだろう。

だからそう思ったと俺が告げると、リチャードは呆《あき》れたように嘆息した。

「誰もが皆、あなたのように優しければいいのにと時々思います。暑苦しくて不自由になるかもしれませんが」

「全く同じことを俺もお前に感じてるよ。ってことは、正解でいいのか」

「否定はしません」

声には思いのほか濃淡がない。お母さんに会えて嬉しいという感じでも、困った人に会わなければならないというふうでもない。俺がいきなり母のひろみに会わなければならない局面に陥《おちい》ったとしても、似たような顔をする気がする。二人で仲良く映画を観に行ったり食事をしたりする友達のような親子ではないのだ。気まずいわだかまりがいろいろある。それでもまあ親子なので、仲良くすることはできる。

そのあたりのことをリチャードがよく察してくれた理由に、俺は遅まきながら納得した。仲間同士ということか。

バナナやマンゴーの果樹に囲まれ、ポーチにタイルの貼られた南国の庭の寝椅子に、リチャードは寝返りを打ったような姿勢で横たわっていた。俺が一度家の中に引っ込み、お楽しみの準備を整えて戻ってきても、まだ同じ体勢だった。外でお茶を飲む時のテーブルの上に、木の盆を置く。バナナチップスとココナッツの砂糖漬け、とっておきのプリンと、冷やしておいたロイヤルミルクティー。スペシャルセットだ。くたびれた風情の男は顔を上げ、微《かす》かに笑んだ。

「……感謝します」

「何か食べろよ。疲れた時には甘いものが効くし」

「その通りです。しかし、先ほどのあなたの返答はいかがなものかと。彼女の要求はさておき、あなたがついてくる必要は」

リチャードは寝椅子の上から手を伸ばし、俺は盆を引いた。

えっという表情をする男の前から、甘いものの盆が十センチ後ずさりする。

「…………」

「もう一回言ってくれないか」

「……あなたが私と行動を共にする必要は」

言葉の途中でリチャードは手を伸ばした。フェイントか。甘い。琉球《りゅうきゅう》空手の師範にぼこぼこにされたおかげで、動体視力にはそこそこ自信がある。さっと盆を持ち上げて、川から水をくんでくる女性のように頭上に上げてしまうと、リチャードは唇をきっと引き結んで俺を見た。すっぱい果物を食べてしまい、やりきれない怒りのやり場を探す小学生のようだ。俺は知らん顔をする。

「もう一回言ってくれないかな」

「あなたもなかなか強《したた》かになってきましたね」

「おかげさまで。お荷物にはならないよ。フランス語も勉強する。この前みたいな醜態《しゅうたい》は絶対に晒《さら》さないって約束する」

「学習なさい。あなたが私に約束すべきは、あなたの見栄《みば》えや私に対する貢献度ではなく、あなた自身を守ることだと散々申し上げたはずです」

「それも含めての話だよ」

　絶対に耐えられないと思うのだ。

　船の上でこいつがどこでどんな目に遭ったのか、俺は一生忘れないと思う。スリランカ帰還後の俺が大反省会を繰り広げていた時、今までにもああいうことはあったと、うかつにもこいつは口走ったが、だったとすればなおのこと、ああいう局面からリチャードを引っこ抜いて安全圏まで連れてゆく役割が必要だろう。そういう人間が必要なのにいないかもしれないと思ったが最後、俺の給料はフランス行きの航空券に化けるだろう。そしてほうぼう手を尽くして、見つかるまで上司の居場所を探す。何故追いかけてきたと怒られて、謝罪して、最終的には許される。こいつはとても優しいから。

　だったら最初から俺を連れてゆくほうが、明らかにお互い楽だろう。

　そう思わないかなと、俺は盃を胸の前に抱えて問いかけた。譲る気はない。今日の中田プリンはやや柔らかめで、最近リチャードが好きで食べているココナッツのサブレにつけてもぴったり合うし、冷凍庫のバニラアイスクリームに添えても名脇役になってくれるだろう。そういう情報を付け加えると、リチャードはさらに渋い表情になった。もうひと押しが必要だろうか。

「…………フランス語を、勉強するとのことでしたが」

「ウィー！　ボンジュールのメルシーのマドモワゼルだ」

「独創的な決意表明をどうも。ですが、二週間です」

寝椅子に腰かけ、背もたれの上に頬《ほお》をつけたまま、リチャードは指を二本突き出した。背後で揺れる緑の美しさも相まって、まるで映画のワンシーンだ。

「彼女のバカンスのお誘いは八月でした。あなたに許された言語習得の時間は二週間。期間中、私があなたと過ごせる時間はせいぜい二日か三日、それもラトゥナプラやコロンボでの実地研修の際のみです。電話連絡は可能ですが、毎日とはいきません。フランスはあなたが思っている以上にフランス語の国です。気合を見せていただけますか、ムッシュー・セイギ・ナカタ？　難関と名高い公務員試験の一次を突破した将来有望な若者として、私にあなたの本気を見せてください」

クレアモント屋敷にいる間、カトリーヌさんは英語でやりとりをしていたはずだ。それでもフランス語がわかったほうがいいということなのだろうか。リチャード先生のお返事は厳しい眼差《まなざ》しだけだった。四の五の言わずやると言ったことはやれと。了解だ。それにフランスに滞在している間、話す相手がカトリーヌさんとリチャードだけで済むとも思えない。何より『本気を見せろ』という言葉が気に入った。このスリランカで俺が打ちこんでいる石の鑑定鑑別や価格交渉は、自分の力だけではどうしようもない複合要因だらけの仕事だが、語学学習は、学校の勉強と同じ、ひたすら自分の中に単語や構文という栄養を取り込む効率的早食い競争のようなものだ。苦手ジャンルではない。ここで本気を見せろと言ってくれるなら、いくらでも見せてやりたい。とはいえ。

「履修範囲を示してもらえると助かるな……」

俺がそう言うと、リチャード先生は俺の携帯端末を差し出させ、勝手に何かの決済を済ませたあと、盆を受け取って、おいしそうにおやつを食べ始めた。水を与えられた植物のように、偏頭痛顔が少しずつ生き生きしてくるのでほっとした。やはり疲れているリチャードには甘いものを食べてもらうに限る。一カ月に数日会えればいいほうなので、大半は俺が作って俺が消費している。おかげで冷蔵庫のプリンの備蓄が増える一方だ。こいつに食べてもらえるプリンは幸福だろう。

そんなわけでこの旅までの二週間、俺は携帯端末に組み込まれていた電子書籍とネット動画でコツコツと、フランス語習得に勤しんできたわけだが。

「君は、いつからフランスにいるの？　住んでるの？」

エッフェル塔に向かうタクシーの中で、俺は内心ガッツポーズをつくった。狩猟自然博物館を出たあと、俺は頭の中のギアを覚えたてのフランス語に切り替えた。接続法とやらは未習得なので、単純なことしか喋れないが、日常会話程度なら不自由はないはずだ。

自分は旅行者で、フランス人とフランス語でおしゃべりをするのはこれが初めてなんですと俺が言うと、運転手さんはよしてくれよという顔をした。信じていないらしい。第一関門クリアという感じがする。これは現地で『本気を見せろ』と言ってくれた誰かと合流するのが楽しみだ。

まあ、今から会いに行こうとしている相手は、リチャードではないのだが。

「しかし、いい趣味をしているね。リヴォリ通りをドライブなんて。ずっと窓の左側を見ているといいよ。ルーブル、チュイルリー、コンコルド広場。ひと通り観光できる」

「ありがとうございます。どのくらいで到着しますか」

「渋滞してなけりゃ二十分かな」

目的地は、フランスと言えばここ、というあのランドマークである。

エッフェル塔。英語ではアイフル・タワーだが、フランス語ではトゥール・エッフェル。固有名詞がこれほど変化してしまうのならば、自分の国の言葉で話してほしいと思う気持ちもよくわかる。

観光バスの行列に巻き込まれて、出発から三十分後、俺はエッフェル塔を眺めるのに最高という、シャン・ド・マルス公園に到着した。慣れないユーロの紙幣《しへい》で支払いを済ませると、俺が降りるのを待ちかねていたように道端に立っていた観光客が入れ替わりに乗り込んでくる。さすがの観光大国だ。

とりあえず到着したぞと、待ち合わせの相手に連絡をしようとした時。

何かの音が聞こえてきた。音楽だ。

ギター。細かく指先で弦《げん》をつま弾く、フラメンコ風の音色。

わかりやすくて助かるなあと思いながら、音の出所を探すと、あたり一面広がった、だだっ広い芝生《しばふ》の上で、アジア系の顔立ちの男がギターを弾いていた。笑ってしまう。この世界各国からやってきた観光客だらけの芝生の上に、苗字《みょうじ》名前を知っている相手がいて、それが自分を待っていてくれるということが嬉しい。

「下村《しもむら》！　しもむらー！」

周囲の人々にぎょっとされつつ、俺は手を振った。ギターの男が顔を上げる。赤い野球帽で隠れていた顔が俺を見て、にかっと笑う。日焼けしたようだ。

「はるよし、晴良《はるよし》な！」

ギターを背に回して歩み寄ってくる、俺の大学時代の友人、下村晴良は、屈託のない笑顔で俺をハグしてくれた。

「すごいんだぜ、もう誰も俺のこと『はるよし』って呼んでくれないのな。『アルヨシ』になる。パスポートコントロールでも『アルヨシ』」

「そうか、フランス語だけじゃなくて、スペイン語もHを発音しないいんだな」

「その通り。おかげであだ名が『アル』とか『ヨッシー』でさ。せめて『ハリー』がいいんだけどなあ」

「……俺も『セイギ』って呼んでもらうのは、けっこう難易度高いな。日本語を勉強してる人たちもいるから、そういう人にはわかってもらえるんだけど」

「贅沢《ぜいたく》ものめ」

「まあまあ、このブッダで気を静めてさ」

「バックパックにブッダを入れて持ってくる友達って、レアだよな」

「グラナダからパリまで会いに来てくれるやつのほうがレアだろ」

「お前、ヨーロッパの土地勘全然ないだろ。グラナダ・パリ間なんてな、高低差を除けば青森・山口間と同じくらいなんだぞ。日本なら国内旅行だ。グラナダ・キャンディの何分の一だと思ってるんだよ。これは会わなきゃだろ」

新幹線はないから片道一日かかるけど、と笑う男は、芝生の上で話している間もギターを離そうとしなかった。

晴良と俺の縁は、東京の笠場《かさば》大学に始まる。一緒に経済学を勉強していたはずなのだが、俺は宝石商見習いになり、こいつはスペインはグラナダでフラメンコギターを極めていた。各界で多種多様に活躍する卒業生が存在します、とはマンモス校笠場大学の売り文句だが、多様にもほどがある。経済学はどこへやらだ。

俺がスリランカで暮らし始めたのは大学卒業後だが、晴良は大学を三年の春に休学して、スペインのお師匠さんのところに旅立った。そのまま旅行者用ビザで一年間勉強し、本腰をいれる覚悟を決めたそうで、大学を中退、現在は芸術留学用のビザを取得してグラナダに滞在している。こういう話はネット回線を介したテレビ電話で聞いた。

学校にいた頃よりも今のほうが、俺は彼と親しくやりとりしていると思う。日本を離れて、珍しいジャンルに打ち込んでいる仲間という理由が第一。でも最近は、隠れた理由がもう一つ。

「晴良、そういえば……例の件はどうなってる？」

「どうもこうも」

はいこれと、彼は小さな肩掛け鞄《かばん》から四角いケースを取り出し、俺に手渡した。ジャケット写真入りのプラスチックケース。ギターを構えて物憂げに空を見つめているのは、どう見ても俺の知っている晴良だ。中身は手焼きのＣＤである。

「くれるのか！　ありがとう、お金払うよ。へえ……タイトルは、『アルハンブラの音色』？　たまに電話で弾いてくれるやつも入ってる？」

「どの曲のことだかわからないけど、レパートリーは全部入れたから、多分入ってるだろ。とっておけよ。どっちかっていうと金を払わなきゃいけないのは俺のほうだと思うし」

そう言って晴良は、ＣＤケースをひっくり返し、ここと裏面の一部を指さした。ハルヨシ・シモムラというギター奏者の名前のうしろに、もう一人分、名前がクレジットされている。

　エンリーケ・ワビサビ。

　明らかに芸名だ。それにしてもワビサビって。想像もしなかった。エンリーケのほうはわかりやすい。これはスペイン語名だ。ヨーロッパの名前は地方によって形を変える。同じローマ字を使っていても、文字の読み方が変化してしまうためだ。たとえば英語の『リチャード』がフランス語にすると『リシャール』になったり。

　スペイン語の『エンリーケ』が、英語にすると『ヘンリー』になったり。

　名前の後ろに、かっこ書きでピアノと入っていた。伴奏者ということだ。

「例の人と一緒に録音したのか。すごいな。もしかして会った？」

「会ってないよ。会ってないんだけどさ」

　すごい人だった、と俺の友達は呟《つぶや》いた。どこか呆然《ぼうぜん》とした顔である。

「マジの話、すごい人だな。物腰は柔らかいし、完全に俺に合わせてくれるし、かと思えば完璧主義だし、演奏なんか手が八本あるのかよってくらい動くしさ」

「そ、そんなにすごいのか？　本当に？」

「はあ？　お前、俺に紹介してくれたのに、あの人のピアノ聴いたことなかったのか？」

「いや……俺、音楽専門じゃないし……」

　俺の頭は今しがた別れたばかりの、某金融タレントさんのことを考えていた。おお、ジエフリー、最近とても忙しいと聞いているので、飛行機の中では安らかに眠ってほしい。ヘンリーさんから「あの男は放っておくと死ぬまで働くので、そのうち睡眠薬を盛り、ヨットに拉致監禁《らちかんきん》して南の島送りにしなければならない」という話をもう二十回は聞いている。

俺が初めてヘンリーさん個人から連絡を受けたのは、もう随分《ずいぶん》前の話になる。フロリダから帰ってすぐの頃だ。彼の連絡先を俺は知らなかったので、いきなり見知らぬメールアドレスから『やあ、ヘンリーです』という件名のメールが来た時には、迷惑メールかと思って削除しかけ、中身を一応確認して『伯爵家の件では大変お世話に』という言葉に驚愕《きょうがく》した。イギリスで、俺が伯爵家の家宝をぶち壊そうとして以来の接触である。

一体何の目的でと途方に暮れる俺に、彼は俺が知る限り最も丁寧《ていねい》な言いまわしで、これまでの無沙汰と迷惑を詫びてくれたあと、できることならば俺と仲良くなりたいと言ってくれた。

そしてできることなら、日本語を習いたいとも。

俺は驚いた。ヘンリーさんとリチャードにはそこそこ歳の開きがある。彼はもうすぐ四十歳のはずだ。今まで四十年日本語なしで生活してきた人が、新しい言語を習得したがる理由は何だ。日本語は英語圏の人にとって難易度の高い言語であるというのもよく聞く話だ。そして何より、彼の実弟は、リチャードと共に日本人のガバネスから日本語を習った経験者だ。弟に教えてもらうというのは駄目なのか。

大体そんなことを、『次期伯爵とメール　文例』『貴族とメール　文例』『丁寧な文章文例』などのトリガー検索を駆使したメールで俺が尋ねると、またしても丁寧な返事がやってきた。

彼は自分がジェフリーにとって『重荷』になっていることが耐えがたいのだと。自己卑下《ひげ》や自己嫌悪ではなく、彼は単純に、ジェフリーが自分のことをいつも心配していて、余剰のリソースを全て自分につぎ込んでしまうことにうんざりしているのだと言った。そんなことはしてほしくないが、一時期自分がとても危険な状況――と彼は表現した――に陥っていた手前、おおっぴらに手を振り払うのも気が引ける。そして今まで心配をかけてきた『仕返し』に、彼の気づかないところで地道に新しいことを始めたいのだと語ってくれた。この次期伯爵さんは、やっぱりジェフリーのお兄さんなんだなと、その時初めて実感した。相手のことを驚かせたり、喜ばせたりするのが好きで、向こう見ずなところもある。ううむ。

そんなわけで自分に日本語を教えてくれそうな相手を探している、相応の金額はお支払いするので、中田くんの信頼できる友人、あるいは家族の方のお知り合いでも構わないと。俺本人ではだめですかとうかがうと、返事は再び『ノー』だった。リチャード経由で露見しそうだから、というのが彼の言である。でも実際は、俺の海外留学の妨げになりたくないと思ってくれているようだった。

そういえば彼はピアノを弾く人だったっけと、不意に俺は思い出した。メールをもらう前に、そのうち演奏の録音をしたいのだがこのままでは伴奏が二世代前のシンセサイザーになるとぼやいていた誰かさんと、ネット電話で話していたことも効いたのだろう。

よろしければの話なのですがと、俺は再び文例集を引きまくりながらメールにお返事した。その後、おっとり刀で晴良に連絡をし、四十歳くらいのイギリス人の男性の日本語ネット家庭教師をする気はあるかと切り出した。どんな状況でも、いつも一歩離れたところから物事を俯瞰《ふかん》しているタイプの彼ならば、悪いことにはならないだろうと思ったのだ。途中でうまくいかなくなるにしても、双方にとって面白い経験になればいい。そのくらいの気持ちでいたのだ。

それが巡り巡って、今に至る。

エンリーケ・ワビサビさんの名前を見つめながら、俺は小さくため息をついた。彼の病状がどのくらい『危険な状況』だったのか、詳しい話は聞いていない。だが人間は自分で自分をどこまでも追い詰めてしまえる生き物だ。崖《がけ》っぷちから崖の下を見下ろしたあと、やっぱりやめると引き返してきて、今まで歩いていたのと同じ道を歩こうとする労力の途方もなさも、母のひろみを見てある程度は知っていると思う。

そういう人が俺の友達と、ネットを介して知り合って、セッションなんかして、ＣＤまで作っている。

ちょっと泣きそうだし、ジェフリーにこの話をしたら間違いなく泣くだろうし、リチャードには頭をどやされるかもしれない。ヘンリーさんは二人のとても大事な人なのだ。平身低頭する覚悟はとうに決めている。絶対にどこかのタイミングであの二人と晴良には、詳しい事情を説明しなければならないだろう。誰も傷つかないことを祈るしかない。でも。

今はしみじみと、嬉しい気分だ。

「……よかったよ。本当によかった」

「エンリーケは本当にすごい人だぞ。四十歳だろ、語学学習っていっても効率的にはできないとは思うけどって、最初に俺に謝ってくれたけど、熱意がすごいんだよ。予習復習は完璧だし、発音にもこだわるし、俺も気づいてないような日本語のお約束を指摘してきたりするしさ。あの人を見てると、ただ日本語で喋るだけじゃ怠慢《たいまん》に思えて、もっと何かできないかって気分になって、流れで日本の歌を教えてたら、ピアノが弾けるっていうから、もうとんとん拍子で……」

本当にいい人なんだよなと、晴良はしみじみとこぼした。

「月謝制でやってるんだけどさ、一回だけ、俺が下宿と演奏会の費用が払えなくて、大家さんともめてるって話をして、よければ今月分だけ先払いにしてくれないかって頼んだことがあったんだよ。そうしたら次の日、口座に……三カ月分入っててさ」

「ああ」

「俺けっこうガチで怒っちゃったんだよ。こんなにいきなり金を渡したら危ないだろう、俺が悪人だったらあなたの情報を悪いやつらに横流しして、もっともっとって金をせびるかもしれないぞって」

「あ、ああ」

「我ながら言ってることが意味不明だよな。金がないから先払いを頼んだのに、いざ先払いされたらキレるクライアントとか、俺だったら絶対付き合いたくないね。でも……あの人は『申し訳ないことをした』『あなたを侮辱《ぶじょく》するつもりはなかった』『しかし可能であれば、これはあなたの今までの誠意に対する、私からのせめてもの謝意だと思ってほしい』って……俺があんまり英語が得意じゃないせいだと思うんだけどさ、あの人と喋ってると、時々、歴史ドラマのお殿さまと喋ってるような気分になるんだよな」

「は、ははは、はは……」

　そういえば晴良は金融タレントとしてのジェフリーのSNSを知っているんだっけなと、俺は冷や汗と共に思い出した。図星も図星だが、彼がイギリスの貴族の血を引いていると か、その兄が次期伯爵であるとか、そこまでは認識していないらしい。ヘンリーさんの容姿が、ジェフリーの『兄』にしては老け込みすぎているせいもあるだろう。それ以上何も尋ねないでくれた温情に、俺は無言で感謝した。

ありがとうな、と晴良は言った。ぎょっとする。心を読まれたのかと思った。そういうことではないらしい。俺の友達は言葉を重ねた。

「月謝のこととか、生楽器の伴奏がありがたいとか、そういうことだけじゃなくて、ああいう人と早いうちに会えてよかった。俺とは歳も立場も考え方も違うけど、どこかしらで通じ合える人って、超レアだろ。このままスペインで困窮《こんきゅう》生活を送ってたら、俺そのうち金持ちの年上の人全般が嫌いになってたかもしれないって思うんだよ」

「……そんなに生活がヤバい感じなのか」

「や、全然そんなことないから。エンリーケさままさまだよ。そういうわけじゃないけど、どこの国でも格差社会だろ。俺はアジア人だし、いろいろ思うことはあるよ。将来のことを考えると、金の心配ばっかり先立つのが一番の原因だと思うけどさ」

そうして晴良は、エンリーケさんのピアノのよさをとうとうと語ってくれた。伴奏をポータブルステレオで流して路上で流しをすると受けがいい、立ち止まってくれる人が増えると。ピアノは『一人でオーケストラ』というほどパワフルな楽器だし、何より彼の音には下心が何にもないのだと。

「俺のいる学校でも、修行先のフラメンコバーでも、大体みんな『俺が！』って気合で入ってきてるから、脂《あぶら》ぎってるんだよ。成功したい、受けたい、拍手が欲しいって。でもあの人の音楽は清流みたいなんだよな。勝手に想像してるだけだけど……あの人は音楽ができない時間が長かったのかな。何を頼んでも、すごく嬉しそうに弾いてくれるから、音楽っていいものなんだなあって、小さな子どもみたいな気分にしてもらえる」

それはきっと、富士山《ふじさん》のご来光を拝んだような、海原のさざなみを目《ま》の当たりにしたような、そんな気分に近いのかもしれない。よかったなと俺が言うと、ほんとだよと晴良は人の悪い顔で笑った。

「ありがたいけどさ、いくらでも俺の好きにしていいですよって感じが癪《しゃく》に障《さわ》るから、俺も練習に身が入って、またうまくなるって好循環だ。しんどいけど楽しい」

晴良はまた笑ってみせてくれたが、そのあとは苦笑いを漏《も》らした。

「でも正直まだまだ不安はあるぞ。帰国しないでスペインで就職できないかどうか考えてみたけど、失業率が日本の比じゃないし、俺にもそこまで飛びぬけた才能があるわけでもないしな。でも日本に戻ったら大学中退だろ、覚悟は決めて飛び込んだけど、考え始めると際限がなくてさ」

「すげーわかる……」

「お前はまだいいじゃん、卒業証書もらってるんだから。中退だぞ俺は」

「今更そんなの関係ないだろ。お互い新卒切符はもうないんだぞ」

「あーもうやめよう、やめよう。明らかにエッフェル塔の下でする会話じゃない」

芝生に寝そべり、俺たちはひとしきり笑った。その後晴良は、昔の日本の雇用は『レールに乗った人生』などと呼ばれていたが、そこから照らすと、俺や晴良のような人間は『レールを脱線しまくった人生』を送っているのかなと評した。中央図書館で公務員試験の勉強に励《はげ》んでいた頃のことを思い出せば、確かに脱線も脱線だろう。でもそういう人間が、同じゼミに二人もいたのはきっと偶然ではない。このご時世、今までとは違う道のりに天分を見出して漕《こ》ぎ出してゆく人間は珍しくないのだ。未踏の地なので、レールはない。目の前に立ちはだかる障害を各々《おのおの》が撃破してゆくしかない、開拓民の道である。

でもそういうことをしているのは、世界に俺一人じゃないのだ。

グラナダ・パリ間が、青森・山口間と同じくらいの距離だと、俺に教えてくれた友達は、思い出したように鞄から携帯端末を取り出した。

「正義、セルフィーいいか。エッフェル塔入れてさ」

「……自撮り？　それ、SNS用か」

「違う違う。っていうか許可なくお前の写真をアップしたり、名前を出したりしないよ。約束する」

晴良には俺が日本を離れる前にあったごたごたを、ある程度説明している。めっちゃしんどいな、と言って受け止めてくれたことにも感謝しているし、俺が自分の情報の一人歩きを気にしていることもわかってくれている。その上で晴良は端末の電源を入れた。

「嫌だったらいいぞ。完全に俺個人のためのものだから。説明が難しいんだけどさ、向こうでスペイン語漬けの生活を送ってると、自分の中の日本人イオン濃度みたいなものが足りなくて焦るんだよ」

「イオン濃度……？」

「アイデンティティの内圧の源《みなもと》、ってことかなあ。俺は一体何人なんだって気持ちも、うまく日本語で言えなくなると、自分の存在の枠がガタガタになる感じがして途方に暮れるんだ。でもそういう時に、お前と一緒に馬鹿《ばか》やってる写真があったら、絶対笑いたくなるだろ。だから写真が欲しかった」

ああ。わかった気がする。そういえば今週一週間、誰とも日本語で話していないなと、スリランカの山奥で気づいて、ふと自分で自分の存在を遠く感じてしまうあれを、晴良も知っているのだ。そういう時に写真があったら、確かにいいかもしれない。

「いいじゃん。撮ろう撮ろう。俺も撮ろうかな。えーと……」

「セルフィー撮ったことないのか？　貸せよ、撮ってやるから」

同じことをしている観光客と一緒に、俺たちはひと頻《しき》りふざけた写真を撮り、俺の電車の時間になるまで、ギターを聴いたり近況報告をしたりして過ごした。こんなに長い時間、日本人の友達と喋るのは、日本を出てから初めてだ。自分の国籍や生まれ故郷について、特別な感慨を抱いたことはなかったけれど、一歩日常の外に出て暮らし続けてみると、いやというほど自分の文化基盤が生まれ育った国に依拠《いきょ》していることを感じる。

これがエトランジェというやつなのだろうか。

そういえば『エトランジェ』はフランス語だ。喉《のど》が痛くなるような発音練習を続けるたび、ああ銀座とは遠いところに来てしまったと何度も思ったが、それほどフランス語に縁のない生活をしていたわけでもないらしい。

行列に並んでエッフェル塔に上ってみるという、タワー愛好者の下村と別れ、俺はパリ・リヨン駅へと向かった。TGVという長距離移動列車が発着している駅である。日本でいう渋谷《しぶや》駅や品川《しながわ》駅のような大きな駅だ。今回はリチャードの都合が合わず、『現地集合』である。おかげでジェフリーや晴良と会うおまけもつき、しょっぱなから盛り沢山《だくさん》で嬉しいのだが、そろそろ端末にメールの一通くらい入る頃合いだろう。俺からは一応、空港に降りた時に連絡をしている。

駅へ向かうタクシーの中で、端末を確認すると。

メールは一通。案の定、リチャードからだ。だが文面は、まるで尻切れとんぼだった。

『迎えに　注意せよ』

やめてくれ。最近は謎のメールにいい思い出がない。どういうことなのかと尋ねる返信を打ち込むが、通信環境が良好なら、あの男がこんなメールを送りっぱなしにするとも思えない。今は確か、イタリアでの商談か何かを終えて、ミラノの空港から直接、目的地近くの空港に向かっているはずだから、ひょっとしたらまだ飛行機の中なのかもしれない。

迎えに注意せよ。どこの『迎え』のことだろう。俺はこれから長距離列車で南のほうへ向かうのだ。それほど綿密な打ち合わせをしたわけではないが、迎えが来てくれるのならば、最終目的地の最寄り駅だろう。これから四時間以上あとの話になる。

四時間のうちに続報が入るだろうと思いながら、俺はごみごみした駅前で支払いを済ませ、タクシーを降りた。白い壁に優美なレリーフの彫りこまれた駅には、お城のような時計台までついている。まさにフランスという雰囲気だ。観光客が写真を撮っている姿も目立つが、パリには掏摸《すり》も多いと聞いている。伝説の祖母に恥じないよう用心しなければ。あたりをさっと見回し、ネットで予約しておいたチケットを確認し、さて地下に潜るんだったか直進するんだったかと迷っていた俺は。

ふと。

あたりを見回して、何かに気づいた。

違和感ではない。強いて言うなら『大当たり』だ。特定のキャラクターを探す、たくさんの人間がみっちりと描きこまれた絵本で、一秒で該当《がいとう》人物を見つけてしまったような。

センサーにひっかかったのは、色と形だ。淡いひまわりのような輝きを放つ金色の髪とか、あるいは少し曇《くも》った空のような鈍い輝きを放つ青い瞳とか、さもなければミルクのように白い肌とか、きっちりと整ったスーツの背中とか。そういうものが俺の視界に入らなかっただろうか。入ったと思う。二時の方向。三十メートル先といったところか。

現地まで飛行機で行くんじゃなかったのか。

さっと看板の陰に隠れた誰かは、隠れたきり、動く様子はない。俺が駅舎の中に入ったら、後ろから追いかけてくる作戦だろうか。そうはいかない。看板の下から脚がまだ見えている。今日のスーツはチャコールグレーらしい。『バカンス』に行くのにスーツとは。俺は気にするなという言葉を真に受けて、ラフなシャツとチノパンだ。清潔感にだけは気を使っているし、何とかなるだろうか。

俺は駅の人混みを利用して、回り込むことにした。人混みにまぎれて看板の方角に近づき、後ろから驚かす。さっきのエッフェル塔ではしゃいだ熱がまだ残っているのか、男子中学生のようなテンションだ。

バックパックを担いだまま、俺はスーツの背中をぽんと叩いた。思えばその時、違和感に気づくべきだった。

「見ーつけた！　おいリチャード、えっ…………え？」

「見つかっちゃった」

声色《こわいろ》は、鈴を振るように愛らしかった。

俺の前でゆっくりと、スーツの人間が振り向いた。髪を風に流すように、首の後ろに手をやって、一気にはらう。スーツの背広にたくしこんでいたと思しき髪が、金色の滝のように胸まで溢《あふ》れた。華奢《きゃしゃ》な首、細いウエスト、つややかなリップ。ふわりと香水のかおり。

呻《うめ》き声が喉から溢れそうになったが、必死でこらえた。こんなことをしても誰も褒《ほ》めてくれないが、俺だけは俺を褒めてやろうと思う。えらい。よくぞこの状況で取り乱さなかったものだ。少しは成長しているじゃないか。えらい。そんな現実逃避はさておき。

俺の目の前には、微笑む女性が立っていた。女性だ。男性ではない。

太陽の女神のように微笑む彼女は、俺の手を取るなりぎゅっと握りしめ、告げた。

「ボンジュール、セイギ！　リチャードの母です。やっぱり見つけてくれたわね。あなたにずっと会いたかったの」

流暢な英語だった。マニッシュなスーツ、しかしよく見ればボディラインにぴったりと合う女性ものを纏《まと》った女性は、俺の手を上下に振りながら、はしゃいだ声でこう続けた。

「さあ、電車に乗りましょう。心配しないで。二人のことはちゃんと聞いてるのよ。オクタヴィアちゃんからね」

楽しみだわあ、という彼女の声が、俺には遠く、冷たく聞こえた。

パリ・リヨン駅は、パリからリヨン方面、つまり主に南へ向かう列車の窓口である。そこから『テー・ジェー・ヴェー』と発音する長距離列車ＴＧＶに乗ること四時間、列車はマルセイユに到着する。午後の三時だった時刻がもう七時過ぎだが、太陽はまだまだ沈まない。サマータイムの真っ最中なので、日没は九時半ごろだったはずだ。夕飯を何時に食べればいいのかわからなくなりそうな好天である。ちなみに夜明けは六時半ごろらしい。

「ここからはバスの予定だったんでしょう？　大丈夫よ、ちゃんと私の車があるから。褒めてもいいのよ」

「ありがとうございます、助かります。すみません」

「どういたしまして。ふふ、かしこまらなくっていいのに」

こういうやりとりを、電車の中で二十回は繰り返した気がする。

彼女の英語にはリチャードやシャウルさんにはない不思議な癖がある。文章の最後が、まるで小鳥のさえずりのように、時々ヒュッと持ち上がるのだ。そういう場合の言葉には、大体『褒めてもいいのよ』『喜んでもいいのよ』『私のイヤホンで音楽を聴いてもいいのよ』などの、婉曲《えんきょく》な『褒めて』『喜んで』『私のイヤホンで音楽を聴いて』というオーダーが混じっている。オーダー通りのリアクションをとれば、彼女は喜び、円滑なコミュニケーションが続いてゆくが、試しに無視して話題の変更を試みた時には、もう一度同じ会話を繰り返すことになった。コースが決まっているのだ。

彼女のオーダーには嫌みがないので、困った人だとは思わない。どちらかというと、何だか妹ができたような感覚で、褒めて褒めてと言われるまま褒める楽しみをいただいている気がする。彼女の声は、自分の声が大好きで仕方がない小鳥のように、いつも歌うように朗《ほが》らかで、元気で、楽しそうである。素敵な人だ。

そして彼女は、俺のお世話になっている上司のご母堂である。

ものすごく、信じがたく、生命の神秘にもほどがあるだろうと言いたくなるほど若く見えるが、二十歳《はたち》で息子を出産したとしても齢《よわい》五十は超えているはずである。可愛い妹どころか年上の女性だ。外見的にはいいところ三十代にしか見えないにしても。

どうすればいいいんだろう。

「マダム」

「カトリーヌ、よ」

「……カトリーヌ」

はあい、と彼女は歌うようにお返事してくださる。青空色の軽自動車の運転席に彼女が、助手席に俺がおさまる。後部座席にはキャンプ道具のような寝袋や布製品がみっしりと詰まっていて、俺の座る余地はなかった。当初の予定ではここからバスで三十分のはずだった。

向かう先はエクサン・プロヴァンス。

地元の人の呼び方に倣《なら》うなら、エクス。

現在カトリーヌさんが、バカンスを満喫しているはずの土地である。南フランスは元来、保養地としての需要が高い地方らしく、夏場はベストシーズンとして観光客も増えるらしい。しばらく走っただけで、俺はその理由を理解した。

一面のラベンダー畑。

ラベンダーが終わったかと思えば、今度はひまわり畑。

そしてぶどう畑。鮮やかな黄緑色の葉と、細い枝を張り渡したぶどう棚。

どこかのっぺりとした石灰岩色の山を背景に、贅沢に土地を利用した広大な畑が、これでもか、これでもかと続く。麦畑の金色が神々しいほどだ。古めかしい水車や教会が姿を現すたび、ため息をついていると、カトリーヌはくすくすと笑った。

「セイギは初めてのプロヴァンスなのね。ようこそ！」

「プロヴァンス？」

「地方の名前よ。ここはプロヴァンス地方なの。マルセイユもエクスも町の名前よ。日本の国土も、カントウ地方のトーキョー・シティと言うでしょう？　あれと同じ。私カントウ地方はわかるのよ。古い友達のチエコがお手紙をくれたから。お嬢さんの結婚式の写真を飾っているの。新郎の子がチャーミングだったわ。ともかくプロヴァンスは地方の名前なのよ。わかった？」

「わかりました。ありがとうございます」

「覚えてね、とってもいいところだから。ワインとトリュフと海風の豊かなところなの。きっと好きになるわ。ううん、もう好きになってもいいのよ」

「も、もう好きです」

「よかった。音楽をかけてもいい？　かけるわね」

「はい」

白い手がスイッチを操作すると、車の中には女性の歌声が流れ始めた。電車の中でも同じ歌手の歌を聴いた気がする。途中で彼女は、長旅で疲れているでしょうからお昼寝するといいわ、してもいいのよと俺をけしかけてくれたので、二人で会話していた時間は一時間足らずだったと思うが、その間の半分は、彼女とイヤホンを半分ずつして音楽を聴いていた。フランス語の歌だ。

「ダリダっていう歌手なの。私大好き」

「若い人ですか？」

「ううん、もう随分前に死んじゃったわ。自殺。悲しいわよね。ああ、本当にあなたはフランスのことを全然知らないのね！　でもそうよね、だってあなたは若いんだもの。これからたくさん新しいことを知る楽しみがあるのって、とっても素敵。私この曲はね、ここからのところが好きなのよ」

そう言って彼女は、自殺してしまった歌手と一緒にパローレパローレと歌った。バックコーラスで男性が歌っているが、カトリーヌさんの声がひっきりなしにかぶるせいもあり、俺のフランス語力では全然ついてゆけない。窓の外は雄大な畑が広がっている。

快調に車をとばす彼女に、俺はずっと尋ね続けて、しかし答えてもらえなかった問いを、もう一度ぶつけた。

「あの、オクタヴィアさんと、カトリーヌさんは、どういうお知り合いなんですか」

ぶどう畑がひと区画、通り過ぎてゆくだけの間、カトリーヌさんは黙っていた。歌手は歌い続けている。今回も駄目かと俺が諦《あきら》めかけた時、彼女はふ、と口元を綻《ほころ》ばせた。

「どういうって言われてもねえ。彼女がホステスで、私がその雇われ人ってところかしら」

ホステス？　女主人とか、持て成し役という意味だ。自分を彼女の雇われ人と称するのなら、この人もやはりリチャードの敵になるのか。職業は女優だというから、役作りでこんなに気のいい人を俺の前で演じているだけなのだろうか。可能性はあるが、あまり考えたくない。

俺が黙っていると、カトリーヌさんはにこりと笑った。

「大丈夫、心配しないで。私はあなたたちの味方よ」

味方。ということは敵もいるのか。まだ意味がわからない。オクタヴィア嬢に雇われつつ、俺とリチャードの味方。どういうことだ。

脳内を茶髪のツーブロックの人影がちらつく。

ヴィンスさんの立ち位置も、俺にはまだよくわからない。どっちの味方なんだよと言いたくなるような振る舞いを何度もしていた。電話番号もメールアドレスも教えてくれたが、あれ以来メッセージを送っても返答はなく、最近では嫌がらせの絵文字すら送っていない。

今はどうしているだろう。

　無駄かもしれないと思いつつ、俺はオクタヴィアさんのことをよく知らないので、彼女が俺をよく思ってくれているのか、それとも何かを勘違いして恨みを抱いているのか気になっているんですとダイレクトに切り出した。麗《うるわ》しい女性歌手は次の曲を歌い始めた。アルバムか何かなのだろうか。全部同じ歌手の歌のようだ。

　起伏のある道で、カトリーヌさんはギアをいれかえ、ふくふくと笑った。微笑む時微かにへこむ頬の位置が、本当に誰かにそっくりだ。

「私はね、彼女に頼まれたの。『夏の間、リチャード先生とナカタさんをおもてなししてください。お手伝いをしますから』って。私は『ウィ！』って答えたのよ。それだけ」

「お手伝いって……」

「具体的に言うと、この夏に滞在するヴィラを買い戻すお金をくれたわ。何万ユーロも」

　いきなり喉から内臓が出そうな情報が飛び出してきた。何万ユーロって。一万ユーロでも百万円以上である。常識的に考えて、十七歳の子どもがおいそれと動かしていい金額ではないだろう。それを受け取る大人も大人だ。事情が呑《の》み込めず絶句している俺の隣で、フロントガラスの向こうを見つめながら、カトリーヌさんは話し続ける。時々長距離輸送用と思しき巨大トラックとすれ違うので、のどかな風景だが運転には注意が必要だ。

「彼女は、そうね、いい子ね。ちょっと考えすぎる感じのいい子ね。私は好きよ」

「どういうことなのかわかりません。よければそのあたりのことを詳しく」

「ごめんなさいね、そういうお話はしないでって彼女からお願いされているの。だから私もそれに従うわ。まだ小さな女の子なのよ。あんまりいじめないであげて」

いじめられているのはあなたの息子のほうかもしれないのだが、という声を呑み込み、俺はひとまず考えることにした。全ての人間の親が、存在を思い出すだけで頭痛に苛《さいな》まれるようなとんでもない人格の持ち主とは限らない。それどころか今のところ、カトリーヌさんはややエキセントリックなところはあるがいい人だ。俺のことを好いてくれているのも伝わってくる。彼女が何か画策しているのだとしても、それは俺やリチャードに仇《あだ》なすようなことだろうか？

百歩譲ってそうだとしても、そこまで大した被害ではないと思う。そう願いたい。

「…………わかりました。なら、話してもらえる範囲で、オクタヴィアさんとのやりとりを教えていただけると嬉しいのですが」

「あなたの英語って不機嫌な時のアッシュクロフトにそっくり。ああ、アッシュクロフトはね、私の昔の夫よ。もうちょっと歌うように、嬉しそうに、バカンスふうにお話ししてもいいのよ」

これは命令だ。リチャードの家庭教師だった智恵子《ちえこ》さんが、彼女を『女王』と評した理由が少しずつわかってきた気がする。このオーダーに応えない限り、俺は欲しい答えを手に入れることはできないだろう。一発、隠し玉を出すタイミングだろうか。

　俺は覚えたてのフランス語で、奥さま、どうか教えてください、とお願いしてみた。まあ、という星が弾けるような声は、確かに歌うようで、嬉しそうで、バカンスにぴったりのものだった。

「なんて素敵なの！　あなたがフランス語を話すなんて聞いていなかったわ。じゃあお屋敷ではずっとフランス語でもいいわね。ありがとう、私そんなに英語は好きではないの。苦手ではないのよ。でもフランス語のほうが性に合っているの。そう思うでしょう？」

「思います」

「うふ」

　彼女は笑い、そして何かを語った。高速の、フランス語で。目が回る。リスニング能力がこれほどまでに試されるのは、大学受験のセンター試験以来かもしれない。彼女の言葉は大体が俺の語彙《ごい》には存在しない動詞の活用に彩られていて、これでもかというくらいわからない。絶望的なくらいわからなかったのだが。

　途中で、俺ははたと気づいた。

「……あの、今、わざと聞き取れないように話していませんでしたか？」

「あらあ、さすがね。うふふ。だめよ、最初から焦っては。こういうのは秘密にするほうが楽しいんだから。人間関係だって、はじまりはそういうものでしょう？」

脱力するような答えだった。

ぽかんとしたあと、俺は少しほっとした。笑っていいと言われた気がする。ここで怒っても仕方がないことは明白だ。だったら笑っておこう。そのほうがいい。とはいえマンツーマンの密室で、若い男が声をあげて笑うのは威圧的なので、俺は窓の外を眺めて笑いを殺した。

「……ここは、何もかもがきれいですね」

「何もかもって何が？　私に教えて」

たとえば花や畑、空や建物、山並みの形まで、と俺は景色を眺めながら告げた。

カトリーヌさんはくすくすと笑い、そうねと妖艶《ようえん》な声で請け合ってくれた。彼女の動きは一つ一つが小さな踊りのようで、切れ目が見えない。ずっと見ていても飽きないだろう。失礼にならないよう注意が必要だ。

「大丈夫よ、セイギ。これからしばらくきっと楽しいことばかりよ。心配しないで、私もついているわ。ヴィラに到着するのが楽しみね。置き手紙をしておいたの」

「置き手紙？」

「そうよ。きっとあなたと私の到着を待ちかねているわ。私の可愛い息子がね」

ああ、と彼女は夢見る吐息を漏らした。

「本当に、あなたに会えてよかった」

そうして俺たちは、田園風景の中を三十分走り続けた。『エクサン・プロヴァンス』という道路標識の入った場所で道を折れ、日干し煉瓦《れんが》色の街を横目に眺めながら素通りすると、大きな家が十二分に距離を取って立ち並んでいる一角に差し掛かる。ここは街の中心から少し離れた別荘地というところか。鎌倉《かまくら》や箱根《はこね》の保養地にも、規模は違えど、きっとこういう風景が広がっているのだろう。ヴィラ、という言葉を思い出した。フランス語で『別荘』だ。さっき彼女は言っていた。オクタヴィア嬢が万単位のユーロを彼女に融資して、買い戻す手伝いをしてくれたと。

買い戻す？

「あの、カトリーヌさん」

「カトリーヌ。キャットでもいいわよ。カトリーヌのほうが好きだけど」

「カトリーヌ、今向かっているヴィラって」

「最近私が購入したものだけど、もとをたどれば私の母の持ち物だったのよ」

リチャードが小さかった頃には、ここで一緒に夏を過ごしたこともあった、と彼女は夢見るような声で言った。それからいろいろなことがあって、家は手放さざるを得なかったが、フランスでは別荘を売り買いすることはあまり珍しくないのだとも。

昔彼女が所有していた別荘。おぼろげな記憶だが、確かリチャードの母が金銭的に困窮している親戚をたくさん抱えていたという話は、智恵子さんと知り合った頃に耳に挟んだ記憶がある。それが過去の話なのか現在進行形の話なのかはわからない。もし今もそういう状況が続いているのだとすれば、富豪だというオクタヴィア嬢の申し出は、喉から手がでるほどありがたいものだったかもしれない。やはり完全に気を抜くことはできない。

ぶどう畑を抜けて、小高い丘になった場所に到着した車は、緑色の鉄柵の門を抜けて、玄関ポーチに飛び込んだ。二階建ての石造りの家が、丘の上にどんと聳《そび》え立っている。駅からの道々で飽きるほど見た日干し煉瓦色の壁に、貝のレリーフ、緑色の雨戸のはまった窓が幾つも。ラグビー部フルメンバーが合宿で押しかけてきても、余裕で滞在できそうだ。門構えから家までの距離が長いのにも慣れてきた。日本とフランスの住宅事情は、国土面積同様大違いなのだ。

車を降りると、夏の午後の日差しが俺を打った。ペリドットよりも爽《さわ》やかで、エメラルドよりとろみの深い緑の葉が、金色の陽光を降らせる。ほとんど花のないこの庭には、かわりのように無数の木々が枝ぶりをそよがせているのだ。さわさわと吹きわたってゆく風からは、日本ともスリランカとも違う緑のにおいがする。

到着、と彼女が歌う。

「ようこそ、夏のヴィラへ。楽しい宝探しの始まりよ」

玄関の前には、スリランカで見た時同様、偏頭痛に悩まされているような顔のリチャードが、左右に大きな荷物を下ろしたまま立ち尽くしていた。

息子のリチャードと再会するなり、カトリーヌさんは盛大なハグをした。二度した。三度した。四度目で逃げられると嘘泣《うそ》きのふりをしたが、リチャードが全く応じないとみるとさっと笑顔に切り替え、さあ入ってと俺たち二人を促し、先陣を切って屋敷の中に入ってゆく。

屋敷の中は、端的に言っておばけ屋敷だった。埃《ほこり》。蜘蛛《くも》の巣。閉めきられたままの雨戸と、かびのにおい。明かりもついていない。外見はきれいだったが、中は何年も放置されていたようにしか見えない。

「……リチャード、さっきカトリーヌさんからオクタヴィアの話が」

「少し待ってください」

カトリーヌさんはステップを踏むように屋敷の中へ入ってゆく。石の床の上には埃がセンチ単位で堆積《たいせき》している。生活の痕跡が全くない。二階へ続く階段を後目《しりめ》に、カトリーヌさんは玄関ホールから回廊を抜け、ダイニングらしき広間へと入っていった。彼女が歩くと周辺の埃がぶわりと舞い上がる。買い戻したのがごく最近で、それまではずっと放置されていたのだろうか。さすがに電気や水道は通っていると思いたいが、まともに寝泊まりできるのだろうか。そういえば車の後部座席には寝袋があった気がする。そういうことなのだろうか。いやまさか。

そこだけ不自然に整えられているダイニングに俺たちを導き、長テーブルの前に立たせると、カトリーヌさんはタダーと歌った。じゃーん、ということだ。明かりは雨戸の隙間から差す日光だけなので、室内は薄暗い。大きな柱時計はコチコチ動いているが、全体的に埃が付着しすぎていて、輪郭《りんかく》がぼやけて見える。

十人で食事ができそうなテーブルの真ん中に、木のお盆のようなものが載っていた。マウスパッドくらいの大きさだろうか。小さな半円形のくぼみが幾つも彫り込まれていて、外周部にはサーキットのようなくぼみがぐるりと彫られている。何に使うのか見当もつかない。うずらの卵を大量に並べるためのお盆とか?

俺はちらりとリチャードの顔色をうかがったが、リチャードは俺のことなど気にしていなかった。表情は険しい。大丈夫だろうか。調子でも悪いのか。

「さあ二人の坊や、ご注目よ。これは何でしょう?」

「カトリーヌ、説明を。置き手紙を拝見しましたが、私たちをここに招いたのは、あなたの自由意志ではなかったのですね」

「んもう、最初の説明はちゃんと聞くものよ。遊園地で乗り物の説明をしてくれる係員さんに、全然関係ないことを質問したら迷惑になるでしょう? 段取りは大事よ」

「あなたはアトラクションの管理人ではなく、この屋敷の女主人であり、我々に招待状を出した責任者でしょう。相応の働きをお願いしたい」

「だったら私の話を最後まで聞いてくれたっていいじゃない！　なによもう、いつも自分だけが全部わかってるって顔をして。私はそういう偉そうな人は好きじゃないわ」

「部外者を招いた責任があると申し上げているだけです」

「セイギは部外者じゃないわ。もう私のお友達よ」

「ふざけたことを」

　まあまあ、と俺は二人の間に割って入った。リチャードも旅の疲れが出ているのだろう。いつもより語調がとげとげしい。カトリーヌさんもそうだろう。

「やり直すわね。う――ん……だめだわ、気持ちが乗らない。セイギ、私を励ましてもいいのよ。心をこめてね」

「頑張ってください」

「正義」

　ここは彼女のペースに任せるのが吉だろうし、楽だろう。そのくらいのことはわかるだろうに何故と、俺は頼りになる上司の顔を仰ぎ見たが、何だか体に震えがくるような衝撃が走った。

　カトリーヌさんが二人いる、というのが第一印象だった。

　何で自分ではなく別の人の言うことをきくの、という見捨てられた子どものような表情のリチャードは、俺がたじろいだことで、自分の異変に気づいたようだった。うんざりしたように目を逸《そ》らし、いらいらとため息をつくと、眉間《みけん》を揉《も》みほぐす。じゃあ頑張るわね、とカトリーヌさんが朗らかに言うのとほぼ同時だった。

「ここにあるのはゲーム盤よ。セイギはソリティアって知ってる？」

「……一人でするトランプゲームの、ですか？」

「その通りよ。でもフランスにはそれを石ですることを考えた人たちがいたの。十八世紀くらいの話ね。具体的に言うと、革命後に牢獄《ろうごく》で処刑を待つ貴族たちが、暇つぶしをするために考案したゲームだと言われているの。それがストーン・ソリティアよ。きっとトランプは持ち込ませてもらえなかったから、ありあわせの小石でできるゲームを考えたのね。ロマンティックだわ」

それはロマンティックなのだろうか。諸説はあるけれどねというご母堂の言葉を、リチャードは頭が痛そうに聞き流し、勝手に壁や椅子の見分を始めてしまった。これは先が思いやられる。情報の聞き出し担当は俺になったようだ。

「あの、ストーン・ソリティアは、石を使うゲームなんですよね。石はどこに？」

「ビンゴ！　セイギはとっても頭がいいわ。見て。これがその石よ」

そう言ってカトリーヌさんは、右、左、胸とポケットでいっぱいの服を全てさぐり、どこにもないとわかると体をぺちぺちとはたき始めた。尻に手がまわったところで何かに気づいたようで、はいこれと何かを俺に差し出した。

丸い石。親指の先くらいの、きれいな球。

　オレンジ色のカルセドニーだった。可愛いビタミンカラーで、オレンジ・カルセドニーと呼ばれ、ペンダントヘッドやブレスレットなど、気張らないアクセサリーのジャンルで親しまれている。瑪瑙《めのう》や水晶と同じクオーツの仲間で、俺は縞《しま》のない瑪瑙くらいの認識でいるが、あまりシャウルさんの店では取り引きされない。単価が安いのだ。でもこうしてまじまじと眺めると、価格では測れない魅力を感じる。

「これをここに置くと、ほら、はまった！」

　カトリーヌは俺を促し、くぼみでいっぱいの盤の上に、球形のカルセドニーを置かせた。石はぴったりとはまる。しかし問題はくぼみの数だ。数えると三十三個ある。一つは今ここにあるので、残り三十二。さっき彼女は『宝探し』と言った。

　ひょっとして。

「このお屋敷の中に、三十二個の石がかくれんぼしているわ。復活祭のエッグハントにはちょっぴり遅いか、早いかもしれないけれど、卵じゃないから傷《いた》む心配はないわね。さあ、全部見つけ出せるかしら？　見つけ出したら、きっとこのお屋敷のどこからか、素敵な宝物が姿を現すわよ」

　楽しみね、とカトリーヌさんは笑った。この人は本当に素敵な女優だったのだろう。見せてもらったことはないが、映画にも出演していたらしい。人を楽しませなければならない時に、しっかりとそのための顔を作ることができる人だ。俺は思ったことがそのまま顔に出がちなので、こういうところは見習いたい。

カトリーヌさんは輝くような笑顔を浮かべていたが、リチャードは一律、その輝きを受け流して、しらけた顔をしていた。

「あなたが、この屋敷の敷地内に石を隠したと？」

「ええそうよ！　頑張ったわ」

「それを見つけ出してほしいと」

「そうなの！　わくわくするでしょう」

「では話は簡単です。隠したものを全てここに持ってきてください。それで終わります」

リチャードの言葉はさっぱりとしていた。

それは確かに、非常に合理的で、手っ取り早い。でも。

カトリーヌさんはよくわからないことを言われたというように、曖昧《あいまい》な笑みを浮かべていたが、息子がそれ以上何も言わないとわかると、眉を落とし首を横に振った。不思議な光景だ。本物のリチャードと、リチャードの仮装のような格好をしたそのお母さんが、俺の前で向き合っている。

「……でもリチャード、それじゃあ私が頑張って隠した意味がないわ」

「そんなことを言うなら、あなたの無茶に付き合わされる我々の労力のほうが無為であるとは思わないのですか。何故わざわざそのようなことを？　一体そんなことをして、あなたに何の益があるというのです。金銭に困っているのならいつでも連絡しろと私は」

「お金になんか困ってないわ。馬鹿にするのもいい加減にしてちょうだい。私は自立した女性として生計を立てているんですからね。あなたこそ何よ、私がちょっとセイギと仲良くしているからってそんなに目くじらをたてて」

「彼の存在と私の主張とは何の関係もない。どこから何を吹き込まれたのか知らないが、私の友人を侮辱するのは母であっても許しがたい」

「侮辱なんかしていないじゃない！　私はあなたたちと一緒に楽しく遊びたいだけよ！　冷蔵庫にレモネードも作ってあるのよ。そりゃあ私のお料理は相変わらずで、それしかできないし、それ以外何もないけれど……とってもおいしいんだから。本当よ……あなた好きだったじゃない。私のレモネード……私、あれだけは……得意なんだから……」

　カトリーヌさんはわっと泣き出してしまった。目の前で誰かが泣くのを久しぶりに見た気がする。スリランカの人は基本的に温和で、感情をあらわにして怒鳴り合うようなことは滅多にない。キャンディが山間《やまあい》の静かな町というせいもあるのだろうが、みんな礼儀正しくてシャイだ。いつものリチャードのように。

　俺はそっと二人の間に割り込むと、リチャードの胸を押して、玄関ホールまで連れてゆき、カトリーヌさんから距離を置かせた。

「お気になさらず。思いのほか早く問題が解決しそうです」

「リチャード」

「あなたは外で」

「聞けって。リチャード、今のはお前がよくないよ」

俺がそう言うと、リチャードは再び、カトリーヌさんのような顔をした。自覚がないようだ。ひょっとして今、この男は、カトリーヌさんと一緒に暮らしていた頃に少しだけ戻っているのか。女王さまのようなお母さんと暮らしていた子どもの頃に。

「大丈夫か？　調子悪い？」

「……私の母の扱いを、あなたに問題視されるとは驚きです」

この展開を、オクタヴィア嬢はどこまで予想していたのだろう。ガルガンチュワの地獄のセクハラクルーズとはまた異なるベクトルで、この男は苦しむことになるのかもしれない。だが仮にそんな案件で済むのだとしたら、今回は俺も前回より多少ましな中和剤になれると思う。

まだ毛を逆立てた猫のような雰囲気の男に、なあ、と俺は日本語で話しかけた。

「今日の晩、何が食べたい？　肉？　魚？」

「………………は？」

「ここに泊まるなら買い出しに行かないと駄目だろ。冷蔵庫、レモネードしか入ってない

「言ってたな。ヤバいだろ。このあたりのスーパーの営業時間、知ってるか？　何時まで開いてるのかな」

「彼女とここに滞在する気ですか」

「今日はそうするしかないんじゃないかな。明日以降はわからないけど、もう帰る時間も泊まるホテルもないし。あと掃除の道具も欲しいんだけど、これって経費で落ちるかな」

俺が冗談めかした『アルバイトの中田』の口調で言うと、リチャードは夢から醒《さ》めたようにはっとし、背筋を伸ばした。よかった、ほっとする。

美貌の男は完璧な角度で顎《あご》に手を添え、そうですねと思慮深く呟いた。

「……量販店は九時ごろまでは営業していると思いますが、バカンスのシーズンです。閉まっていても驚かないように。このあたりは個人商店やマルシェのほうが活気があることもざらです。カトリーヌを連れていきなさい。案内くらいはしてくれるでしょう。その前に彼女をなだめなければなりませんが」

リチャードは苦虫を嚙《か》みつぶしたような顔をしていたが、そのうち気を取り直し、宝石商の顔になった。お仕事モードだ。何だかやるせない気持ちになるが、仕方ない。どうぞと俺がダイニングを促すと、その前にと金髪の男は俺の顔を覗《のぞ》き込んできた。

「肉か魚か決めた？」

「あなたの食べたいほうになさい、料理長。やれやれ、とんでもない再会になりましたが」

あなたに会えてとても嬉しい、と。

最近お約束のようになっている一言を、リチャードは少し困ったような顔で、早口に言ってくれた。今はそれよりお母さんを泣きやませるほうが先決だろう。行ってこいと背中を叩くと、リチャードは何かが足りていないというようにまた俺を見た。わかった、わかった。

「俺もすごく嬉しいよ。言うまでもなさすぎて、言ってなかっただけだ。今日も世界一きれいだな」

それだけ聞くと、リチャードはふっと微笑み、足早にダイニングに戻っていった。心底ほっとする。泣いている女性をなぐさめるなんて、俺にはどうしたらいいのか想像もつかない。傍にいてもいいのかどうかすらわからない。現金な話だが、その手の対人関係のスペシャリストが、調子を取り戻してくれたようで、本当によかった。

「まったくもう、あの子は幾つになっても子どもで困っちゃうわ。ごめんなさいセイギ。私もとても失礼なことをしてしまったわね。お客さまの前で取り乱すなんて」

「気にしないでください。それより、いきなりこんなお願いをしてしまってすみません」

「いいのよいいの、気にしないで。それにしても助かるわ、あなたがお料理上手なんて知らなかった。プロヴァンスに来たならマルシェでお買い物をしなくちゃね。でも今はタイミングがよくないわ。マルシェに行くなら朝よ、それは明日ね」

　空色の軽自動車はガタガタ道を軽快に走っていた。陽《ひ》は落ちかけているが、カトリーヌさんはスピードを落とす様子はない。

　あの後リチャードは、まるで二百年前のお芝居から飛び出してきた美男俳優のように、言葉をつくし身振り手振りを交えて、泣き崩れるカトリーヌさんを慰撫《いぶ》していた。全面的にフランス語である。自分が悪かった、どうか機嫌を直してほしい、あなたの微笑は星の囁《ささや》き、のあたりで俺の語学力は限界を迎えたが、カトリーヌさんはみるみるうちに元気を取り戻し、しぼんでいた風船が再びぱんぱんに膨らんだように潑溂《はつらつ》とすると、息子を抱きしめて両方の頰にキスをした。四回ずつ。文化が違う。

　そしてリチャードは宝探しをとりあえず了承し、このヴィラは一体どんな状態なのかと、一番大事なことを尋ねた。電気、水道、ガスは問題なし。業者が入った状態でカトリーヌの手に返ってきたという。だがそれ以外は全て問題ありだった。少なくとも一年、ひょっとしたらそれ以上の期間放置されていた家は、どこもかしこも埃だらけで、一階にあるサンルームでは、ソファカバーの下のクッションをところどころ虫が食っていた。新しいシーツや枕カバーは、カトリーヌさんの車の後部座席に積み込まれていたが、今すぐ人間が居住できる環境ではない。当然のように冷蔵庫は空である。でも冷えたレモネードはとびっきり甘くておいしかった。

スーパーが閉まってしまう前にと、俺はカトリーヌさんを連れて買い出しに出かけた。これでも一人暮らし歴がそれなりにあるので、家の大掃除をする時に必要になるものはわかっていると思う。リチャードは家で『宝探し』に挑むそうだ。適材適所である。

エクスの街は、俺の見たところ、観光地と高級住宅街が同居する、歴史ある閑静《かんせい》な場所という感じだった。昔はここに城壁があったのだろうと思わせる場所の内側に、旧市街が残っている。典型的なヨーロッパの土地利用だと、俺は公務員試験の過去問を思い出してしまった。テストのために暗記するのと実際に眺めるのとは大違いだ。日本でいうなら城下町がそのまま残っている感じだ。

「この道をまっすぐ行って、レピュブリック通りの手前まで行くのよ。見えてくる頃だわ……ああよかった！　あのスーパー、まだあったわ。ここに最後に来たのは十年前よ。懐かしい」

カトリーヌさんはしゅっと駐車場に滑り込むと、俺にバック駐車を任せて車を降りてしまった。家を買い戻すまで、彼女もこのあたりに縁があったわけではないらしい。

広大な店内、日本人の感覚だと大きすぎるバケツや洗剤やモップをカートに放り込みながら、俺は彼女と世間話を試みた。夏の過ごし方や、今の仕事など。自分のスリランカでの日々を交えて語ると、彼女は思いのほか上機嫌に答えてくれた。

「夏はもちろん、バカンスの季節よ。一年間の疲れをいやすための大事な充電期間だから、とびっきり楽しく過ごすの。プロヴァンスの家がある頃はこのあたりで過ごしていたけれど、最近はまちまちね。バカンスも二カ月とか、ひどいと一カ月くらいしかとれないような年が続いていたし。三カ月は欲しいわよね、失礼しちゃうわ。去年はマヨルカ島で、おととしはカプリ島だったかしら。前にお世話になった映画関係の人が招いてくださってね、でも今思うとあれはあんまりバカンスじゃなかったわ。写真をたくさん撮ったし……」

今の彼女は映画の仕事はしていないという。俺がミネラルウォーターや石鹸《せっけん》やラップフィルムをカートに放り込む傍《かたわ》ら、彼女はおいしそうなチョコレートやマカロンやクッキーの詰め合わせを持ってきて、石鹸やラップの上に重ねた。

「今の私のお仕事はね、コロンビーヌよ」

「コロンビーヌ……」

「古典劇の舞台俳優。お芝居はほとんどパントマイムで、台詞《せりふ》もなくてね、古い歴史のあるものなんだけど、面白いのよ。アルルカンとコロンビーヌがいれば、どんなお芝居でもできるの。知らない？　……知らないわよね」

「すみません、よくわからなくて。それはどういう……？」

会計待ちの行列に並ぶ間、彼女は自分の携帯端末を取り出して、俺に写真を見せてくれた。顔面を白塗りにして、ところどころ赤や黒の絵の具を垂らしたようなメイクを施《ほどこ》した面相だ。じっくり見てもカトリーヌさんだとわからない。俺の知っているものの中では、ピエロのメイクに一番近いだろう。息をのむような美貌の一族の最大の特徴が完全に死んでいる。でも白塗りメイクの彼女は、満足そうに笑っていた。

「とっても楽しいのよ。子どもも大人も笑ってくれるの。セイギがもうちょっとフランス語をわかればね」

「今は、コメディの女優さんなんですね」

「ウィ。『コメディエンヌ』っていうのよ、フランス語ではね」

彼女はおどけた仕草をとって、レジカウンターの椅子に座った女性に、さっさとここに荷物を置きなと手の平で示されていた。輝く笑顔で会釈する彼女の代わりに、俺が荷物を置く。

後部座席にぎゅうぎゅうに荷物を詰め込んで、それでも端っこがはみ出すモップに笑いながら、カトリーヌさんは再び運転席に座ろうとしたが、俺は留めた。

「海外の運転免許証、持ってます。道も覚えたと思うので、帰りは俺が」

「気にしないで。あなたはお客さまなのよ」

「でも駅からもずっと、運転していただいたので」

俺が言い張ると、カトリーヌさんはほっとしたような顔で、じゃあお願いしようかしらと笑ってくれた。彼女の運転には荒っぽいところがあり、カーブのたびに助手席の人間は若干《じゃっかん》命の危険を感じる。運転してもらえるのはありがたいが、分業制ということで一つ。

初めて運転するフランスの道は上り坂だった。アクセルはかたい。最寄りのスーパーまで車で十五分。駅からの道でも思ったが、ここはかなりの車社会だ。あのくらいの規模の街があるのなら、日本なら鉄道駅が幾つもありそうなものなのに。これもお国柄か。

「リチャードはもう石を見つけちゃったかしら。あの子は本当に頭がいいのよ」

「俺もそう思います。尊敬しているんです」

「あらそう？　あの子はちゃんといい子にしてる？　ご迷惑をおかけしていないかしら」

　俺は噴き出しそうになった。あのリチャードという男を『いい子にしてる？』『ご迷惑をおかけしていないか』と心配する人間が、この地球上に存在するらしい。幾つになっても子どもなんて、親にしてみればそんなものなのだろうか。いや、でも。

　少し気にかかる。

「……リチャードは昔、イギリスの家で暮らしていたんですよね」

「ああ、クレアモント・ファミリーね。素晴らしすぎる環境よ。みんな完璧なハイクラスの英語でお話しになるの。伯爵のお加減はいかが？　そろそろ死にかけてるって聞いたわ。でも私なんかがご心配をし申し上げるのは不遜《ふそん》ね。あの家の方々は、私のことはフランス製の羽箒《はねぼうき》くらいにしか思っていなかったし」

　カトリーヌさんの声は、いきなり半オクターブほど低くなった。本当にわかりやすい人だ。彼女とリチャードの父方の家が喧嘩《けんか》別れした顚末《てんまつ》については俺も聞いている。その時に彼女が、リチャードを金銭的に不自由させたくないからと、狂言《きょうげん》騒ぎを起こして身を引いていったことも。リチャードの父は模範的な学者で、研究ひと筋、家族のことはあまりというタイプの人だったという話もその時に聞いた。あいつはそれからずっと、両親とは距離を置いて暮らしているのだろう。

それはいわば、ずっと『いい子』であり続ける生活ではないだろうか。仮面を外す場所がないからだ。俺にとってのばあちゃんやひろみのような、もういやだ疲れたと半分本気、半分甘えで言えるような相手がいなければ、そうするしかない。ジェフリーがいただろうか？　でも同世代の相手と親とは、全然違うものだろう。

そういう子どものことを、ほかならぬ実の親が『いい子にしている？』と気遣うのは、はたから見るとちょっと複雑だ。その子どもがもう三十路《みそじ》も近く、俺の面倒を見てくれるありがたい人格者であることは百も承知だが、だからこそなおのこと。

「どうしたのセイギ、ちょっとお顔が怖いわ。このあたりの運転って難しい？」

「いえ、大丈夫です。すみません。慣れると楽しいですね」

「あなたもリチャードに似ているわ」

本当にいい子ねと、カトリーヌさんは低く呟いた。歌うような抑揚はない。どういう意味だろうと思ったところで、対向車線から巨大なトラックが姿を現したので、俺は慌ててハンドルをきった。カトリーヌさんは絶叫マシンに乗った子どものようにキャーッと叫ぶ。

さっきと同じテンションだ。今しがたの呟きは、俺の聞き間違いだろうか。

「リチャードはね、本当にいい子なのよ。ちゃんと知ってるわ」

カトリーヌさんは俺を見ている。フロントガラスの先から目を離すことはできないが、おしゃべりくらいは問題ない。

「……だったらどうして、オクタヴィアさんの申し出を受けたんですか」

「それって疑問に思うようなこと？　リチャードと同じくらい、あの子もいい子なのよ」

俺は眉間に皺《しわ》を寄せた。自分の息子を豪華客船でセクハラおやじの餌《えさ》に放り出すような子どもが『いい子』？

わからない。どこかでよほど大きなカードが、俺にだけ伏せられているとしか思えない。

今日のジェフリーだって、今すぐ法的な措置に訴えることは考えていないと言った。相手が未成年だから手加減しているのだとばかり思っていたが、彼がそんな無責任な甘さを発揮する人ではないことくらい、俺だってわかっていたはずなのに。

オクタヴィア嬢は、実際のところ、どういう立ち位置にいる女の子なのだろう？

「カトリーヌさん」

「カトリーヌ、よ」

「……カトリーヌ、あなたとオクタヴィアさんは、どういう」

「そこ、ちょっと止まって。今よ。止まってったら！」

「はい！」

何だろう。人影は見かけなかったが、知り合いでもいたのだろうか。

カトリーヌさんは何もない場所でさっと車を降りると、こっちよと俺を促した。オリーブ畑、農道、ぶどう畑という感じの場所である。近くにあるヴィラの住人が、何だろうとこっちを見ているが、カトリーヌさんは気にしない。夏の別荘地という性質上、近所づきあいのようなものはないのだろう。一体何の用事なんだ。

ごつごつした石の道に降り立った俺は、レヴューの最後に出てくる人のようなポーズを決める彼女に、少しだけあっけにとられた。両腕を広げて、脚は斜めに、表情は朗らかに。自分を見ろと言っているのか？　違う。その背後だ。

どこまでも続く畑の風景の向こうに、白い山が聳え立っている。石灰岩の色だ。高い山というわけではないが、注目すべきは形である。いびつな台形で、山というか、オブジェというか、インパクト大だ。

「見て。サント・ヴィクトワール山よ」

「サント・ヴィクトワール……有名な山なんですか」

んもう、とカトリーヌさんはむくれて腕を下ろした。

「セイギはあんまり絵が好きじゃないのね」

「絵？」

「あれはセザンヌが大好きだった山なのよ。画家のポール・セザンヌ。近代絵画の父。知らない？　『おお、あの石の塊《かたまり》は火だったのだ、まだ中に火を秘めている』。セザンヌはね、りんごをたくさん描いた画家だけれど、石もたくさん描いた画家だったのよ」

そう言われれば名前くらいは知っている画家である。モネやゴッホと同じ印象派と分類される人で、丸の内の美術館で大事に大事にされている絵を見た覚えがある。有名な人だ。そしてカトリーヌさんは、セザンヌはこの近くにアトリエを構えていて、地質学者の友人を持ち、石切り場に行ったりして、インスピレーションを高めていたのだと語った。プロヴァンスは石灰岩質の土地で、水はけがよいのでぶどう作りにも適し、岩塩もとれる。太古の昔は海の底だったのだろう。アシンメトリーにもほどがあるサント・ヴィクトワール山も、見るからに火山ではない。褶曲《しゅうきょく》の結果盛り上がってきた山だ。それでも、造山運動のことを考えれば、『火』の働きで地形が形成されたことには変わりない。

地質に興味のある人にとって、このあたりは天国のような土地であるらしい。

「ああ……俺の大学の友達が、すごく喜びそうです」

「大学のお友達？　素敵だわ。ハンサム？」

「いえ、女の子なんですが、とても石が好きで」

「あらそう」

カトリーヌさんの声はいきなりぽーんと跳ね上がった。なんだろう、驚いて絶句する俺を、彼女はいきなり質問攻めにした。それはどんな人なの？　石が好きってどんな石が？　あなたとはどのくらいのお付き合いなの？　可愛い人、それともきれいな人？　好きな食べ物は？　エトセトラ、エトセトラ。友人の個人情報を切り売りするのは気が引けるので、俺は露骨に言葉を濁《にご》し続けたが、気が済むまで質問してしまうと、彼女はそこで兵を引いていった。

「そうなの。いいお友達がいるのね。そうなの。ふうん。いいわね」

「そ、そうですね」

「お友達がいるのは大事よ。本当に大事なこと。セイギは愛されているのね。私には全然いないもの」

それだけ言うと彼女は再び車に乗り込み、ヴィラまでの行程の間、ずっと黙っていた。疲れてしまったのかもしれないが、俺が何か間違ったことを言った可能性もある。あとで謝るべきだろうかと思いつつ、ヴィラの中に戻ってくると。

「遅かったですね」

麗しの宝石商氏は、旅装のジャケットを脱ぎ、オフホワイトのシャツを腕まくりした姿で、俺たちを待っていた。足元はまだ革靴のままであるが、納得だ。今スリッパにはきかえたら足首まで埃だらけになってしまう。と。

俺はテーブルの上の盤に目をやった。

カルセドニーのボールが、五つ。オレンジの他に、ピンク、黒、水晶、淡い黄色。

「まあ！　何て素敵。さすが私の自慢の息子だわ。もう四つも見つけたの。えらいわよ、リチャード」

「石がそのまま隠れているのかと思いましたので、捜索に困難を要しました」

「あらっ、いけないわ。私としたことが。そうなのよ、実はお楽しみは石だけじゃないの」

カトリーヌさんは俺を振り向き、うふふと可愛らしく微笑むと、リチャードに手を差し出した。なるべく失礼な表情は作らないようにと心がけていると思しきリチャードが、かたい顔で紙を差し出す。しわしわで、飴玉の包み紙くらいのサイズだ。ちょうど小さな石を一つ、くるむのにぴったりで、何かが書かれている。

横文字の文章が一行。フランス語？　いや、英語だ。

小さくてよく見えないが、不思議な構文だ。

これは何だろう。聖書か——詩か。

目を凝《こ》らす前に、カトリーヌさんは紙をリチャードに返してしまった。

「このお屋敷に隠れている石は、みんなこういうラッピングに包まれているの。この包装紙がとても大切よ。全部集めると宝の地図になりますからね」

「宝の地図」

「そうよ！　私は指示された通りに、もらった紙で石をくるんで隠しただけだから、どこに宝物があるのかなんて知らないし、暗号の解き方も全くわからないけれど、一応女主人としての責任がありますから、書かれている内容は全て確認したと思うわ」

誓って悪いことは書かれていなかったと、カトリーヌさんは宣誓のポーズをつくって宣言した。彼女はクリスチャンらしい。リチャードの宗教観を俺は知らない。日曜日祈りに行くことがあると聞いた覚えもない。だが彼のお母さんが、自然とこういうポーズをする人なんだということを知って、何だか新鮮な気分になった。これだけ日本語でやりとりできる相手だけれど、当たり前に俺とは違う文化の中で生きてきた男なのだ。

俺の感慨など知らず、リチャードはまた偏頭痛の顔をしていた。

「…………その時に、紙の内容を全て写真にとっておくか、控えておくという考えはなかったのですか」

「ないわよ。そんなことをしたら、宝探しをする楽しみが半減してしまうでしょう」

「バカンスの最中に全ての石を探し出すことができなかったらどうするおつもりです。どこかに模範解答が？」

「えっ？　ああ、そうね……もし私が忘れてしまったら……ごめんなさい。でもリチャード、心配ないわ、あなたはとっても頭のいい子ですもの。絶対見つかるわ」

大丈夫よと、カトリーヌさんは大輪のダリアの花のような微笑みを浮かべた。全方位に彼女のオーラを投射する戦略兵器のような微笑みだ。リチャードはその全てを受け流し、左様でございますかとだけ請け合った。空気がよどむ。

　そろそろ俺の出番かもしれない。

「あ、あのさ、晩は魚と野菜の煮込みにしようと思ってるんだ。マルシェは閉まってたけど、おいしそうな具が手に入ったんだよ。確かあれって、このあたりの料理だったよな」

　ブイヤベース——と俺が口走ると、麗しの母子《おやこ》は揃《そろ》って地獄を垣間見たような表情を浮かべた。なまじ整っているから迫力が段違いだ。ええっ。何だ。俺は今何を言ってしまったんだろう。こんだてに問題があるだろうか。それともアレルギーか何かが？

「ブイヤベース……おお」

「『おお』って何だ」

「ああ、セイギ、ブイヤベースなんてね……確かにプロヴァンスのお料理だけど、あれはとても難しいのよ。魚を買っているからどうするのかと思ったけれど、なんてこと……」

「海老《えび》や魚を捌《さば》かなければなりませんし、野菜の準備も必要です。長い間鍋を火にかけたり、ともかく苦難の道のりは避けられないでしょう」

「大丈夫だよ、このくらいなら」

「あんな手間暇のかかる料理想像するだけで貧血を起こすわ。出かける前にお鍋を確認していたのはそういうことだったのね。考え直すべきよ。地元の人だってきっと作らないわ。面倒くさすぎるもの」

「ここには板前修業のために来たわけではないのですよ。労力はセーブする方向でいかがでしょう」

「あー……」

ステレオで聴かされる『ブイヤベースは難しい』論は、このままゆくとエンドレスになりそうだった。喜んでもらえないおかずならば、作っても仕方がないので、別のこんだてを考えると俺が言うと、二人はまたしても揃って息をつまらせたあと、そういうわけではないと言いよどんだ。なるほど。単純な気遣いだったようだ。この二人はどちらも、あまり家事労働が得意ではないようだ。『家事労働』は、生きる上でどうしても必要になる雑用の総称のようなものだし、できなくても支障のない生活が送れるのなら、全く問題のないことだと思う。その隙間に俺のような人間が入り込む余地も生まれるし。

「二時間ください。その間決して、厨房《ちゅうぼう》の扉を開けないでください。こういうのを日本では『鶴《つる》の女房』と言います」

「鶴の、なあに？」

「正義。言葉は正しく活用するように。命取りです。民俗学的に言うなら『見るなのタブー』ですよ」

「おっと」

リチャードに訂正されたあと、日本にはそういう民話があるのだと俺はカトリーヌさんに説明した。扉をしめて一定時間待つと、反物《たんもの》や食事の支度ができていたりする。お湯を注いで三分の食べ物を発明した国っぽいでしょうと言って、俺は掃除用具と食料品を仕分けし、食料品だけを屋敷の奥へと運び込んだ。スリランカの家に比べれば、この家のキッチンがフレンドリーなのは確認済みだ。かまどではないし、ココナッツ削り器もないし。

まだ埃だらけの厨房を、使いそうなところだけささっと雑巾——これも買ったばかりだ——できれいにして、火の元の作動を確認し、俺は食材を広げた。

頭のついた大きな海老。銀や朱のうろこも麗しい鮮魚。三尾もある。タイはわかったが、残りの二種がわからない。でもおいしそうだし、悪いことにはならないだろう。キログラムあたり数ユーロというたたき売りでこのクオリティなら、俺だったら毎晩魚を食べていると思う。エクスはどこにも海がないのに、どうしてこんなにと俺が困惑すると、カトリーヌさんが「マルセイユが近いから」と教えてくれた。あそこは巨大な漁港らしい。

フランスのスーパーのロゴが入った、エコバッグの第二弾を広げる。たまねぎ、トマト、セロリ、にんじん、サフラン、バター、ハーブの瓶詰《びんづ》め、地元の白ワイン。レシピを見ながら買ってきた野菜たちで、あたりは色の洪水だ。多色の女王と呼ばれるトルマリンを、何粒も目の前に広げているような感慨に襲われる。不揃いな野菜も多いが、最近のフランスではこういうのがはやっているそうだ。より天然に近いものを食べるのだと。日本でもそのうちはやるだろうか。

大量の食べ物を前に、俺はため息をついた。

「……これ全部、一度に使っていいんだ……」

感動する。日本でもスリランカでも、俺の料理の単位は『一人』が八割以上だった。作り置きくらいはするが、それでも三人で食べることを想定して支度をするなんて新鮮だ。大鍋料理を作るような時間の余裕もなかったし。

どうせなら今回も何日か食いつなぐ気持ちで多めに作ってしまおうと、腕まくりをし、買ってきたばかりのエプロンをつけ、俺はぱんと手を叩いた。ここから先は料理人中田の出番である。宝探しのキモになるのが英語の詩の謎解きならば、ネイティブ日本人の自分が貢献できるとは思えない。だったら俺にできるのは、ホームズ役の誰かさんの頭を、冴《さ》えに冴えさせるお手伝いくらいのものだ。

これがとても楽しいのだから、俺もけっこう得な性格をしていると思う。


所要時間は二時間半。そのうち一時間近くは魚と海老の処理をしていた気がする。ブイヤベースというのは、ざっくり言うと魚介と野菜の煮込み鍋だ。俺はそう認識している。レシピにそう書いてあったからだ。サンキューインターネット。味見もしたが、悪くない。

海老はそのまま。魚は切り身にして、野菜を投入し、ローリエをくさみ消しに放り込んで最後にパセリを散らす。サフランの黄色が、大きな赤い鍋におそろしく映《は》えて、一瞬自分が料理の天才なのではないかと錯覚するが、これは単純に素材が素晴らしいからだろう。

　できましたよー、と言いながら厨房を出てゆくと、ダイニングにはリチャードがいた。木の盤の上にはまるい石の粒が七つ、並んでいて、小さな紙も増えている。作業は順調なようだ。しかし今日はもう暗いし、切り上げ時だろう。

「カトリーヌさんは？」

「万が一の時に備えて、宅配ピザ屋の営業時間を確認すると言っていました」

「保険をかけてくれるのはありがたいけど、多分いらないと思うぞ」

「そのようですね……」

　片づけますと言いながら、リチャードはダイニングテーブルを拭いて、準備を整えてくれた。食器がまた難物で、一つ一つきれいな布にくるまれて、棚の中に入ってはいるのだが、さわると嫌な感じのベトベト感がある。深くは考えないようにしよう。とりあえず洗おう。放置された家の備品なんてそんなものだ。拭いて並べる作業はリチャードに任せた。ソリティア盤を端に置きっぱなしにしていても、問題なく食事ができるあたり、このテーブルの異様な大きさに感謝しなければならない。

　俺が鍋を持って戻ってきた時、ちょうど玄関からカトリーヌさんが入ってくるところだった。

「あのねリシャ、ピザ屋さんはバカンスで——あら」

鍋敷きの上に赤い鍋を置き、蓋《ふた》を取ると、真っ赤な海老と黄色いサフランの色が、オレンジ色の電灯の下に現れた。三人で気合を入れて食べまくってもなくならないと思う。

いかがですかと俺が顔を上げると、カトリーヌさんとリチャードは、それぞれ別の場所で同じ顔をしていた。何だろうこれは。世界が固まったような緊張感だ。二人とも微動だにせず、鍋を凝視している。

崇拝《すうはい》されている？　俺が？　違う、このブイヤベースがだ。

「なんという……」

「すごい《セ・マニフィーク》……信じられない」

宇宙から飛来した物体Xに、近づくべきか距離をとるべきか迷っているようなおぼつかない足取りで、二人はテーブルに近づいてきた。悪いものは入っていない。さめないうちに食べようと、俺が適当にとりわけ始めると、いいにおいがあたりに広がる。夏ではあるが地中海性気候は夜になると冷えるのだ。日本の夏にはありえないことだが、今この場には煮込み料理もぴったりだ。

三人分、具材をとりわけ、テーブルの端で三人がそれぞれ、テーブルの辺を活用して座れるように皿を並べる。ナイフもフォークもどうやら銀のようだ。ちょっと錆《さ》びているが、重くて手に馴染む。ワインはリチャードが注いでくれた。俺以外の二人が麗しすぎるせい

なければならないでしょう。ブラボー。その気になれば料理店が開けるかもしれませんね。それにしてもいつこんな料理を練習したのです」

「何だか偉そうじゃない？　そんな褒め方ってどうかと思うけれど……」

「彼と私のことにあなたが口出しをする権利はないのでは」

「いやあ、いやあいやあ、ありがとうリチャード。練習って、そうだなあ」

ぶっつけ本番で、レシピを見ながら作っただけだと、俺は話題転換も兼ねてオーバーに白状したが、二人とも「冗談はやめてくれ」というリアクションをした。口を半分開き、けだるい表情で優雅に手を振る仕草まで同じで、頭の中が混乱する。

「お料理っていうのはね、もっと難しいものなのよ。たとえば卵は火にかけすぎるとごわごわになってしまうし、全然かけないと液体のままなの。本当に難しいんだから」

「電子レンジですら使いすぎれば爆発を起こすというのに、あなたは初めて使うキッチンで煮込み料理に成功しています。天文学的な確率では」

「何か秘密があるのかしら？　それとも日本の男の子はみんなこうなの？　違うわよね。知り合いのパリジェンヌは、パンツも畳まない日本人の男と結婚して、二カ月で離婚したわよ」

「ありそうな話です。できることなら、私もそろそろあなたの腕前の秘密の分け前にあずかりたい頃合いです。どのような秘訣《ひけつ》が？」

「本当にそんな喋り方が板についちゃって。『ありがとう、大好き』でいいじゃない」

「何度も申し上げましたがあなたにそのような口出しをする権利は」

「ええその、慣れ、ですかね！　はい！　いただきます！」

　期せずして俺は、リチャードの『料理苦手』の源流を垣間見た。こういうことが遺伝するとは全く思わないが、子どもは一番身近にいる大人を見て成長するものだ。リチャードの場合はきっと、それがカトリーヌさんだったのだろう。

　そういえば俺の場合はどうだろう。ひろみの料理は？　彼女は料理なんか好きでも嫌いでもなかったと思う。忙しすぎたのだ。俺がスリランカに行くことを決意した理由には、中田のお父さんの長きにわたる東南アジア生活がひと段落つき、ひろみと一緒に暮らせるという条件が加わったせいもある。彼女ももうすぐ還暦《かんれき》だ。夜勤業務は若手に任せて、退職金のことも考え始めている頃合いだろう。でもリタイアしたら彼女がどういう生活をするのか俺には想像できない。彼女の生活の中心にはいつも仕事があって、それは俺のためだったり、ばあちゃんのためだったり、ともかく他の誰かのためにいつも彼女は頑張っていたのだ。

　料理を覚えた理由の中には、たまには彼女にも頑張らない時間があったらいいのになと、そんなふうに思ったこともあるのかもしれない。中学生くらいの頃の話だ。

　ありがたいことにブイヤベースは絶好調で量を減らした。問題ない。半分近くは別の鍋に移動してあって、きれいなままとっておく作戦なのだ。最終的になみなみと残った黄色いサフラン色のスープには、ミラノ産コシヒカリという面妖な名前の高級米をいれてもうひと煮込みし、ジャパニーズ・雑炊《ぞうすい》にしてシメだ。俺は再びキッチンに戻り、腕をふるった。

が、作ったあとで気づいたのだが、ここは男子大学生の集《つど》う居酒屋ではなく、マダムとその息子と彼の友達三人だけの小部屋である。明らかに量が多すぎる。

ブイヤベースの鍋と雑炊、それほど大きくもない冷蔵庫の中に両方とっておけるだろうかと悩むうち、ヴィラに訪問客がやってきた。カトリーヌさんが応対に出てゆく。厨房をあとにしてダイニングに出ていくと、どうやらさっき俺たちが一時停車した場所に逗留《とうりゅう》しているご夫婦のようで、耳を澄《す》ますとアペリティフを一緒にどうかという声が聞こえる。アペリティフ？　と俺はリチャードに視線をやる。何だっけ。美貌の男は、玄関ホールからは死角になる位置に悠然《ゆうぜん》と腰かけていた。

「『食前酒』。フランスでは食前に、近所の人間とえんえんと酒を飲みながら過ごす習慣があります。私は未経験ですが」

なるほど、そういうものか。しかしわからない。あの人たちは何をしに来たんだ。俺が首をかしげていると、リチャードはゆっくりと口の形だけで、一つの単語を告げた。ナンパ。ああ。

ダイニングの中をそっと移動して、玄関ホールの方角を覗き見する。相手はカトリーヌさんより少し浅黒い肌をした人で、とても明るいおばさんと、その連れ合いと思しきおじさんだった。

カトリーヌさんは心から残念そうに申し出を断っていたが、はたと何かを思い出したように振り向き、俺に気づくとぱたぱたと走ってきた。またしても埃が舞い上がるが、二人の客人は気にしてもいない。おおらかな人たちらしい。あるいは興味がないのか。

「セイギ、スープリゾットを作っていたのよね？　すこし差し上げても構わないかしら。余りそうだってあなたも言っていたし、使っていない食器もあるでしょう。ね」

勝手な真似は慎んでくれと、リチャードが呆れた顔で告げる前に、どうぞどうぞと俺は言葉をかぶせてしまった。おすそわけ程度で目くじらを立てることもないだろう。リチャードはふんという顔でそっぽを向いた。俺たちが食べる分はきちんと残しておくから心配ないというのに。

まわりのひとには親切にするものよと言い、カトリーヌさんは可愛らしく息子にウインクしていった。厨房に入る彼女を手伝うため移動すると玄関ホールに立っている二人と目が合った。軽くお辞儀すると、二人は怪訝な顔をした。そうか、こっちの人にはお辞儀する習慣がない。会釈ならスマイルで十分だ。スリランカで慣れたと思っていたけれど、リラックスすると地が出てしまう。

リチャードは何か言いたそうに鋭い目をしていたが、最後は無念そうな顔をして黙り込んでしまった。またいくらでも作るからとあとで言っておこう。車ですぐのスーパーが、安くてうまい海鮮天国なのだから。

ほどほどの量の雑炊をとりわけ、使っていないスープボウルにおたまで入れてラップフィルムをかぶせ、俺は玄関ホールまで持っていった。だが何故か彼らは俺から受け取ろうとしない。カトリーヌさんが俺の手からボウルを手に取り、どうぞと二人に笑顔で渡すと、時間がそこから動き始めたようににこにこと笑って会話し始めた。目新しい美人と話したかったのはわかるが、それにしても極端で、俺は少し面くらったが、そういうものかなとあまり気にしないことにした。

二人の訪問客は、ではまた今度と言いながら去っていった。彼らは英語を喋らないようで、カトリーヌさんとのやりとりはずっとフランス語だった。でもあの程度の、初対面の人とのやりとりならば、俺でもちゃんと聞き取れる。何か話しかければよかったなと思いながら手を振っていると、カトリーヌさんはため息をついた。

「……………知らない人とおしゃべりするのは、とっても疲れるわ」

「えっ」

二人と話している時のカトリーヌさんは、まるでパーティから飛び出してきたように楽しそうだったのにと、俺が驚いていると、カトリーヌさんは思い出したようにきらきらした微笑みを浮かべた。

「さあセイギ、私たちで食後酒をしましょうか。素晴らしい料理長をねぎらってあげなくちゃね。チーズもドライフルーツもあるわよ。私さっき買ったもの」

「お酒のお誘い、断ってしまってよかったんですか」

「何を言ってるの。今日はセイギがプロヴァンスにやってきて初めての夜なのよ。きちんとお祝いしなくちゃ！」

カトリーヌさんはぽんぽんと俺の腕を叩くと、まだ渋い顔をしている息子の待つダイニングまで戻っていった。

飲み会はそれほど長く続かなかった。カトリーヌさんはすぐ酔っぱらってしまい、俺にからみにからんで息子に叱られていたし、息子は息子で鯨飲《げいいん》するタイプではない。昔々、つぶされないように訓練したことがあるという話は聞いたことがあったが、その時の口調も苦々しいものだった。あまりよい思い出がないのかもしれない。俺もちびちび白ワインをなめたあとは、洗い物があるのでと引っ込ませてもらった。あなたがやる必要はない、私が代わると、リチャードが目を三角にしたが、やりたくてやっているからいいんだと俺は断ってしまった。ホームズにはホームズの仕事があるはずだ。

明日の朝は買い置きのパンとして、昼のこんだての予定をある程度立ててから、俺がダイニングに戻ると、シャワーのお湯が出るようになったわよと、ネグリジェのカトリーヌさんがはしゃいでいた。真っ白な長袖《そで》のドレスのような寝間着は、星の国からやってきた真珠のお姫さまの正装のようだ。目がくらむ。頰が赤いのはワインのせいだろう。今にも眠ってしまいそうで、足元はふらふらだ。人前に出るべき格好ではない、はしたないと息子に窘められ、彼女は二階のベッドルームに引っ込んでいったが、俺はそこではっとした。そういえば二階の掃除のことは気にもかけなかった。大丈夫なのか。

「私たちより先に、彼女はこの家にやってきて一泊しています。彼女の寝室はきれいになっているようでした」

「ほっとしたよ……」

「ほっとしている場合ではありません。それ以外の部屋はほぼ手つかずです。まったく、六部屋もあるというのに自分の部屋だけ整えているとは」

「え」

　それはつまり、俺たちには寝る場所がないということか。

　俺は試しに、ヴィラに入ってきてからまだ一度も開けていない、ダイニングの隣、サロンへと続く扉を開けてみた。それこそアペリティフなどを楽しむための部屋だ。三秒で閉める。開けなければよかった。雨戸が閉めきられた部屋はかびくさく、気のせいでなければ白いレースのようなものが幾重にも天井に張りついていた。蜘蛛の巣だ。床に敷き詰められていた灰色っぽいもわもわしたものは、絨毯《じゅうたん》ではないと思う。見なかったことにしよう。

なんてこった。調子にのって料理にうちこむ前に、もっとよく居住環境を確認するべきだった。

「……確か、カトリーヌさんの車の後部座席に、寝袋があったよな」

ここで寝ようかなと俺が引きつった笑いを浮かべると、リチャードは言いよどんだあと、一応彼女が、一部屋は整えておいてくれたようだと告げた。わかった、皆まで言う必要はない。

「オーケーだ、俺が寝袋を使うよ。もし間に合いそうなら、今からもう一部屋片づけるけど、カトリーヌさんがもう寝てるだろ。あんまりばたばたしたくないし」

「私と一緒に寝るのは嫌ですか」

うん？

深呼吸の時間が必要だった。多分何かの聞き間違いだが、そうではない可能性もある。聞き間違いではないのなら誤解の可能性もある。こういう時には適切なことを言わなければならない。何か適切なことを。何だろう。何が適切だ。ええと。

「……狭いんじゃないかな？」

「何を考えている。このヴィラの客間はとても広く、一部屋にベッドが二つあるため、よろしければとお誘いしております」

「あっ悪い、ごめん、修学旅行の雑魚寝《ざこね》のイメージだった。あれは三人一緒で」

「聞かなかったことにしましょう。シャワーはあちらです」

一階奥のバスルームに俺を案内すると、リチャードは二階に消えてしまった。トイレの隣にバスがある、よくあるタイプの浴室で、豪華な白地に青い花模様のタイルで彩られているが、バスタブはない。そのかわりなのか、もう真っ暗になってしまった庭に大きなプールが埋まっている。水浴がしたいならこっちで泳ぎなさいということだろう。これが初めてでもないが、風呂に対する意識の違いには何度でも驚く。日本人だったら、豪華な風呂場イコール豪華な壁タイルではなく、豪華なバスタブだと思う。やはり文化が違う。

念のためあたりに『宝』が隠されていないかチェックしつつ、熱い湯を浴び寝間着に着替えて二階に上がると、なるほど客室というもおこがましい、高級ホテルの一室のような部屋が準備されていた。他の部屋は、扉を開けたが最後シャワーが無意味になりそうだったので近づかなかった。探検するにしても明日以降にしよう。

冷蔵庫やテレビこそないが、ソファや書き物机は完備されているし、ベッドも広い。恐らくこのヴィラに最初に家具を入れた持ち主は、小さな子連れ夫婦のゲストがやってきても大丈夫であるようにと考えたのだろう。二つのベッドの間には、エキストラベッドをいれても差し支えなさそうな大きな谷間が空いている。

リチャードの姿は見えない。

サイドテーブルのランプをつけて、俺は端末で古い映画の情報を検索した。人名も添える。カトリーヌ・ド・ヴルピアン。あっさりとヒットして驚く。彼女のキャリアを網羅的に記したページはなかったが、出演作はどれも八十年代の作品で、全部で四本、二本は助演、二本は主演。どれも大会社や有名監督の作品ではない。どうやら内容も、人間の感情の奔流《ほんりゅう》をありのままに描くもので、女優の美貌を前面に出したものでもなさそうだった。ヒットした様子はこれっぽっちもない。大体予想通りではある。そうでもなければ、あれだけの美女が人目を気にせず暮らすのは難しいだろう。

古典劇の話を聞いた時にも思ったが、彼女は別に、大勢の人に賞賛されたくて映画に出ていたわけではないようだ。時々彼女と同じ苗字のスタッフがクレジットに現れるので、もしかしたら芸術家一族のツテ、あるいは拝み倒されたというような事情があったのだろうか。監督が女優に惚《ほ》れこみすぎて筋道が破綻《はたん》しているというレビューにたどりついたあたりで、誰かが階段を上がってくる音がして、俺は端末の画面を切り替えた。

ノックのあと、部屋にリチャードが入ってきた。寝間着のリチャードを見るのは初めてだ。整えられていない髪や、くたっとした素材のパジャマが新鮮で、ネグリジェのカトリーヌさん以上に見てはいけないものを見ている気がする。何よりこいつは個室の滞在を好む個人主義者である。俺はそっぽを向いたまま、やっぱり俺は寝袋のほうがいいならそうするからなとも言ったが、礼儀正しいイギリス人は丁重に無視してくださった。

どうせ今日はいろいろなことがあってお互い疲れている。無駄口を叩くより瞼《まぶた》を閉じるのが吉だろう。と思ったのだが、案外リチャードは饒舌《じょうぜつ》だった。

「おおまかに分類すると、現状の疑問点は三つ」

宝探しのことだ。さすがの名探偵である。隣のベッドの方角に寝返りをうつと、リチャードはヘッドボードにもたれたまま、俺ではなく自分の膝《ひざ》のあたりを眺めて喋っていた。

一つ、とリチャードは指を立てる。宝探しの意義。宝とは何か。何故それをこの屋敷で探さなければならないのか。

二つ、オクタヴィア嬢がカトリーヌを駆り出した理由。リチャードの母親であるため、精神攻撃要員としては的確な人選かもしれないが、だとしたら彼女にはもっと適切な利用法があるはずだと。言いたいことはわかるがひどい言い方なので、俺がちょっと表情を歪めると、リチャードもわかっていたようでため息をついた。この男はカトリーヌさんのことになると、人付き合いのバランスがうまくとれなくなるようだ。差し出たことはしたくないが、できる範囲で俺がカバーできればいいのにとも思う。やるだけやってみよう。

最後の三つめ。

「何故、この屋敷に隠されている『宝』のヒントを、オクタヴィアがカトリーヌに提示可能だったのか」

「………………あ、そういえば」

カトリーヌさんは、大量の石のボールを家中に隠しはしたが、それだけだ。暗号の解き方も、宝のありかも知らないと。そんなことが可能だろうか？

なら、俺たちは一体、誰が隠した何を探しているのだろう。

楽しそうに宝探しの説明をしてくれた時、彼女は自信たっぷりに言っていた。このお屋敷のどこからか、宝が姿を現すと。では宝を隠したのは誰だ。カトリーヌさんにその情報を教えたのは？

オクタヴィア嬢だろうか。気合の入った引きこもりだという彼女が、スイスから南仏まででやってきてそんなことをするだろうか。彼女の忠実なしもべがいれば可能かもしれない。ツーブロックの誰かとか。だがそんなことをする目的は何だ。

俺の隣で、リチャードは何かを指先で弄《もてあそ》んでいた。紙片である。カトリーヌさんが大切よと言っていた、石の包み紙だ。ダイニングテーブルに置かれていた手帳に、包まれていた石と手紙の組み合わせなどがメモしてあったから、単体で持ち歩くことにも問題はないのだろう。

「……それ、詩なのか？」

「そのようです。あなたも気づいたかもしれませんが、文字がところどころ太文字で書かれています」

「ああ」

遠目からチラッと見ただけではあるが、文字列の中のｃやｆなどのアルファベットが、時々太文字になっているようだった。一枚につき最低でも一文字はそうなっているから、印刷の乱れではなく意図的なものだろう。

素人《しろうと》考えだが、太文字で書かれたアルファベットを抜きだしておいて、ヒントの紙が全て揃った時、然るべき秩序に従って並び替えれば、何かの文章が現れるのではないだろうか。それが宝の地図になるとか。あるいは文章自体が『宝』であるとか。

軽くチェックしただけならば一見無害な文章の集合体であっても、その中に悪意を隠すことなど簡単だ。読み取り手が頭脳明晰な相手であるという確信があるのならばなおのことだろう。

夕暮れ時には、カトリーヌさんが取り乱していたのと、リチャードの様子がおかしく見えたこともあり、あんなふうに場をおさめるような真似をしてしまったが、本当にこの宝探しを続けるべきなのだろうか。

「リチャード」

「暗号解読はお任せを。それなりに得意です。言語学を愛する人間の、呪われた定めのようなものです」

「本当に続けるのか」

「乗りかかった船です。あなたが心配しているようなことは、今回はないかと」

「三十三個あるうちの、まだ六個だろう。全体像なんて見えないんじゃないのか」

「であればなおのこと、確認しなければなりません」

そしてリチャードは、カトリーヌには彼女の面倒を見てくれるような親戚や恋人はいないと言った。彼女をここに置き去りにしたらどうなるのか想像もつかないとも。事情が完全に見えないからといって、投げ出すことはもうできないようだ。

わかった。じゃあ俺もとことん付き合おう。さしあたりは雑用面で。

「なあ、明日は何が食べたい？　肉？　魚？」

「…………………」

返事がない。話題の転換が急すぎただろうか。それとも眠いのか。やっぱりいい、おやすみと俺が断ろうとした時、リチャードは不意に口を開いた。

「あなたは……」

リチャードは俺のほうを見ていない。まだ自分の膝のあたりを見ている。

「……………何でもありません。身辺には注意するように」

「どういうことだ？」

「そのままの意味です。ここは日本の中心でも、スリランカ山間の都市でもない。ヨーロッパの片田舎です。人々はあなたが想像している以上に、物事を知りません」

何もないことを祈ります、と言いながら、リチャードは毛布の中に潜り込んだ。形のいい後頭部が俺のほうを向く。ランプを消さなければ。

「何かあったら起こすように。おやすみなさい」

「おやすみ。いびきをかいてたら起こしてくれ」

「かくのですか？」

「悪いけど知らないんだ。誰かと同じ部屋で寝るのって、子どもの頃以来だから」

そうします、という声は、微かに笑っているようだった。

サイドテーブルのランプの明かりを消す前に、もう一度金色の頭を見る。ゆるやかなカーブを描く頭を、金色の髪が重力に従ってしなやかになだれ落ちてゆく。見ないほうがいい。失礼になる。でももう少し見ていたい。ランプを消すまで、俺の指は変なふうに中空をひっかいていた。

さしあたり、ヴィラでの滞在は始まったばかりだ。素晴らしい環境で、食べ物はおいしくて、滞在費はタダで、世界中の人がうらやむだろう。でも可能なら、この宝探しができるだけ早く終わってくれることを、俺は祈っている。

鼻で笑われるかもしれないが、やっぱり俺はこの男のことが大事で、これ以上誰かの悪意にふりまわされることがあるのなら、そこに全力で割り込んで戦線離脱させたいのだ。

自分がここで果たすべき役割を忘れないようにしなければと、俺は静かに気合を入れ直した。カーテンが薄いようで、目が慣れてくると窓の形がぼんやりと透けて見える。夜明けと共に目覚めることになるかもしれないなと思いながら、俺は目を閉じた。

Le Deuxième jour ～2日目～

リチャード・ホームズ氏による石さがしの旅は、順調すぎるほど順調だった。陽《ひ》が中天に差しかかるまでに、七つだった石は二十一まで増えている。残すところ十二ほど。見事なお手並みである。

しかし朝のリチャードは凄《すさ》まじかった。夜明けの光に煩《わずら》わされることもなく、七時ごろ、俺が屋敷を掃除しようとはりきって起床すると、隣のベッドからずるずると滑り落ちた毛布おばけが、必死になって俺の足を摑《つか》んだ。掃除をするな、埃《ほこり》の痕跡《こんせき》で隠し場所を推定できるから待てと、ただそれだけを仰《おお》せになった。頭から足首まで毛布で覆《おお》った男がどんな顔をしているのかは、ほんのわずかも見られなかった。寝起きの顔をよほど見せたくなかったのだろう。

承《うけたまわ》った、掃除は待つのでゆっくり寝てくれと、俺はおばけをベッドに追い返し、携帯を片手に朝のプロヴァンスをぶらぶら散歩し、ぶどう畑や山並みの写真を撮影し、三十分くらいかけて戻ってきた。果たしてダイニングの定位置にはリチャード氏の姿があった。

髪は微《かす》かに濡れているが、セットは完璧、縦縞《たてじま》の入ったシャツもリゾーティでよく似合っている。脚《あし》を組んでロイヤルミルクティーを飲む姿からは、毛布おばけの姿などまるで想像できない。

「おはようございます」

「……おはよう」

輝く笑顔は、朝のことは追及するなと俺に命じていた。こういうところはちょっとカトリーヌさんに似ているかもしれない。笑いそうになったが、咳《せき》払いのふりでこらえた。

昼過ぎまで許可の下りた場所を掃除したあと、俺は明らかに足りていない掃除道具の仕入れに、車を借りて街まで下りていった。荷物を積み込んで帰ってくる復路で、偶然、昨日のご近所さんとすれ違ったので挨拶《あいさつ》をする。彼らも車で街にゆくところらしいが、道の途中で車をとめて、携帯端末で何かを検索している。

俺も車をとめ、買い出しですかと英語で尋《たず》ねると、どこのスーパーを使っているのかという質問がフランス語で返ってきた。微妙に会話がかみ合わないが、俺がカトリーヌさんから教えてもらった店を、つたないフランス語で教えると、彼らは何も言わずに車を発進させ、坂道をすーっと下っていった。

ヴィラに帰ったあと、街で購入したハムとチーズを大量に散らしたサンドイッチを、リチャードと二人で食べていると、二階の部屋がにわかに騒がしくなり、十二時のシンデレラのような足取りで、金髪をなびかせた女性が下りてきた。カトリーヌさんの起床時刻は正午くらいのようだ。

「おはよう、坊やたち！　何て早起きなの。宝探しもいいけれど、ちょっとは休憩なさい。あらセイギ、お掃除をしていたのね。リチャード、セイギを楽しませてあげなければだめよ。今日は暑いわ。二人で川に出かけたら？」

「サンドイッチがありますよ。ブランチにいかがですか、お姫さま」

さめた口調のリチャードが勧めると、カトリーヌさんはつんと鼻を上げながら、ありがとうと中世のお城の住人のようにお辞儀をしてみせた。夏物のワンピースに着替えた彼女は、すらりとした脚を息子にみせびらかすように前に出したが、リチャードは無視した。

「ストーンボールの回収は順調です。確認ですが、あなたは庭に石ころを埋め込むような不毛な真似をする女性ではありませんね」

「まあ、そんなヒントを得ようとしたってだめよ。もの探しは自分の手でするから楽しいんですからね。でもそうね、私はあんまり手をドロドロにするのは好きじゃない、とだけ言っておこうかしら」

確定だ。リチャードは手帳に描いていたヴィラ全体の地図の、広大な庭の部分に、薄く斜線を引いた。探す必要なし、ということだろう。一階の部屋、二階の部屋、郵便ポストや柵などまでメモされた手帳こそが、ちょっとした宝の地図のようだ。

テーブルの上には紙片が二十一枚、大きなクリップでとめられている。俺も見せてもらったが、全て恋愛にまつわる詩のようだ。ところどころ太文字になっている文字をリチャードは書き出し、いろいろな順番で組み替えたり、一文字ずつずらしたりしているが、まだ思わしい形は見えてこないようだ。

休憩しますと言ってリチャードは離席し、ダイニングの隣の部屋へ向かった。ほどほどに片づいたサンルームで、今は庭へと続く扉が全開になっている。出るとすぐにプールだ。まだ掃除中だが、魚の形をした蛇口からは問題なく水が出る。足を濡らしてリラックスする程度のことはできるだろう。

このヴィラの庭は、俺が思うに、昔はぶどう畑か何かだったのではないだろうか。丘の上にぽつんと建てられた家は、何度か改装されたようで壁も家具もそれなりに整っているが、基盤部分になっている建物は相当古そうで、玄関ポーチの石壁は、駅からこのヴィラへ向かう途中に見かけた修道院にそっくりだった。歴史的建造物というやつである。

俺のこしらえた卵とハムとクレソンのサンドイッチに、オレンジジュースで唇をぬらしながら、カトリーヌさんはねえと俺を呼んだ。

「セイギ、考えたのだけれど、今日は私たちだけで出かけてみない？」

「え？　どうしてまた」

「真面目なリチャードをびっくりさせたいの」

夜のお庭でパーティがしたいの、とカトリーヌさんは笑った。どんなパーティだろう。ごちそうを並べて三人で食べるとか？　俺の質問を彼女は提案と受け取ったようで、それは最高ねと手を組み合わせた。

「あの子は何が好きかしら。セイギは知ってる？　日本のお料理が好きなの？　それともスリランカのお料理？　いやだわ、これじゃまるで息子のことを全然知らない母親よ。いえ……そうよね…………本当にそうなんだわ」

カトリーヌさんは悲しげに視線を伏せ、酒のようにオレンジジュースをあおった。リチャードの好きな食べ物ならそこそこ把握《はあく》している自信はあるが、主に甘味類だし、今そんなことを言ってカトリーヌさんのご機嫌がよくなるとも思えない。俺はとりあえず、パーティの提案をのんだことにして、じゃあ買い物に出かけないといけませんねと言った。

「冷蔵庫の中にあるのは、あんまりパーティ向きの食材じゃありませんから」

「……そうよ！　まだ朝よね、いいえお昼？　今ならまだマルシェが開いているわ。急ぐのよセイギ！　何はともあれお買い物が大事よね」

お姫さまのご機嫌は直ったようだ。急いでサンドイッチを食べたカトリーヌさんは、俺に車を促《うなが》し、ごちそうのもとを買いに出発とはしゃいだ。

リチャードは？

俺は庭に出て縞模様のシャツの背中を探した。昨日の暮れ時には、優しくとろけるような色合いだった緑は、強烈な午前の光で様相を変えていた。小ぶりな太陽が庭中で輝いているように、そこらじゅう光でいっぱいだ。白っぽい土の地面には、汚れた大理石の壁か何かが、風情《ふぜい》たっぷりの残骸《ざんがい》になって放置されている。ところどころに赤い野の花がある他は、潔《いさぎよ》いほど緑ばかりの庭だ。ペンキがベタ塗りで、そこだけやけに庭から浮いて見えるプールの縁に、リチャードが腰かけている。携帯端末を高速で繰っている様子からして、お客さまとやりとりしているのだろう。いつもの顔立ちに、俺は少しほっとした。

「出かけてくる！　何かあったら連絡してくれ」

サンルームから半身を乗り出して叫ぶと、リチャードは軽く身を傾け、了解と手を振り返してくれた。回れ右をして車に乗り込む。ほとんど、というか全く人通りのない場所だし、玄関の施錠はリチャードがいるのならば必要ないだろう。

「お待たせしました。マルシェですか」

「いいえ、川よ」

「え？」

「マルシェも大事だけど、こんなに素敵な昼下がりには水遊びがぴったりよ。ねえ、あなたと一緒に川に行きたいの」

いいでしょ、とカトリーヌさんは俺に微笑《ほほえ》みかけた。ゼロ距離射撃のような微笑だ。

俺はしばらく絶句し、礼儀正しい言葉を頭の中を隅から隅までさがし、今は特にそんな言葉は必要ないと気づいてから、呻《うめ》くように頷《うなず》いた。ありがとうと告げる声は歌のようだ。

そういえばヨーロッパには、歌をうたうとびっきりきれいな人魚の伝説があったよなあと、俺はおぼろげにトリビアを思い出した。人魚は岩山で髪を梳《す》きながら歌い、川をゆく船を難破させるのだ。

川はスーパーとは真逆の方角だった。カトリーヌさんは俺に運転をさせつつ、プロヴァンスの思い出を語りまくり、カーステレオでお馴染《なじ》みの女性歌手の歌を流すので、運転に集中するのは骨が折れたが、ともかく小川はきれいだった。河川ではなく、農業用水路のような風情だが、川底が見える清流と、白い小石の川辺がある。他に見えるものは森と畑と山と空だけだ。環境のスケールが大きすぎて少し怖い。日本語の通じない北海道のようだ。

「わあ！　嬉《うれ》しいわ、このあたりの夏の川なんて何年ぶりかしら」

そう言うと、カトリーヌさんは俺の前でブランドのサンダルを投げ捨て、裸足《はだし》でばしゃばしゃと川に入っていった。冷たい、という声が聞こえる。運転手は川辺で待機しているつもりだったが、戻ってきた彼女が俺のズボンの裾《すそ》を折り始めるので慌てた。

「セイギ、初めてのプロヴァンスなんでしょう。何でもやっておかなければだめよ。つまらないわ。ほら。ほらほら」

「……じゃあちょっとだけ」

彼女の手をそっとはらい、裾をまくって脱いだ靴下を丸め、俺は透き通った水に一歩踏み出した。水晶のようだ。足首まで入ったところで、俺はうわっと日本語で叫んだ。

「冷たい！　何だこれ、夏の水温じゃない……！」

うわっ、うわっ、と俺が繰り返していると、カトリーヌさんは子どものようにけらけらと笑った。

「びっくりしたでしょ。このあたりの川の水はみんな湧き水なの。地下深くで育《はぐく》まれた水なのよ。あなたとリチャードの大好きな宝石みたいにね。かんかん照りの日に泳ぐと魚になったような気分がするの。懐かしいわあ」

リチャードと一緒に、ここに来て、一緒に泳いで遊んだんですかと俺は尋ねた。カトリーヌさんは濡れた髪をかきあげ、ふふふと笑った。

「そうね。もうずっと前のことよ。あの子が六歳、いえ七歳だったかしら。もっと前？　アッシュと離婚したあとだったかしら……いいえその前ね。だってまだおばあちゃまが生きていたもの。私のお母さんよ」

リチャードのおばあちゃまね、とカトリーヌさんは笑った。

「あのヴィラはもとは彼女のもので、ってこれは昨日話したわね。そういえば、あちらのイギリスの家との繋《つな》がりを最初に作ったのもおばあちゃまだから、それなりに長いわね」

あの人たちとも、というカトリーヌさんの声はまた半オクターブ低い。クレアモント家の人たちにはあまりいい思い出がないのだろう。リチャードの従兄《いとこ》二人のことは俺も少しはわかるが、その上の世代となるとお手上げである。しかし意外だ。彼女とクレアモント家の繋がりは、リチャードのお父さんの一目惚《ぼ》れか何かだと思っていたのに。

俺がそう言うと、カトリーヌさんは笑った。

「確かに。アッシュも私が人間だったら興味がなかったと思うわ。私がとんぼだったから好きだったのよ」

「とんぼ……？」

「そういう出し物があるの。見たことない？　まだできるかしら。まあ、パーティにぴったりね！」

考えてみるわ、とカトリーヌさんは鈴をふるような声で言い、不思議な足さばきを見せた。川で転ぶと危ない。俺がそっと手をさしのべると、彼女はくるりと回って腕の中にやってきた。細くてしなやかだ。映画に出るような女の人というのは、こんなにはかなげな生き物なのか。

「セイギ、私のことをどう思う？」

カトリーヌさんはきらきら輝く瞳で俺を見つめている。夏の太陽をうつしこんだ瞳はまるでスフェーンのようだが、さすがに眩《まぶ》しそうだ。サングラスをかけたほうがいいかもしれない。

「リチャードに似てるなと思います」

俺がそう言うと、彼女は弾かれたように笑った。それはそうだろう。これだけ似ている母子《おやこ》の感想を求められて、似ていると思いますとは。確かに笑われても仕方がない答えだが、俺が言いたかったのは容姿の話だけではないのだ。

「すごく気を使ってくださるところが、リチャードに似ています」

「あら」

カトリーヌさんはそっと身を引き、俺は川岸に引き返した。タオルがないので、石の上で適当に飛び跳ねてから靴下を履《は》き直す。

「そんなふうに言ってもらうのは初めてじゃないかしら。気を使うなんて文明人らしいこと、私にちゃんとできている？　私はね、よく『女王さま』と呼ばれるのよ。自分が一番じゃないと気が済まないから。失礼しちゃう話よね。でも本当のことを言うとその通りなのよ、ごめんなさい、うふふ」

「自分が一番って、どういうことですか」

「そうね……たとえば宴席に私より若くて可愛《かわい》い女の子がいると、急に不安になって、彼女のお友達を全部私の取り巻きにしたくなっちゃうの。大して好きでもない男の人がいても、私のことを好きじゃないってわかると無理やり好きにさせたくなっちゃうの。私の傍《そば》にいる人たちが、みんな私のことを好きだって確信できないと、何だか居心地が悪いの。ストレス性障害って診断されたこともあったけれど、診断の途中で先生も私を好きになってしまって、病院に行くのが嫌になっちゃったわ。本当に私って罪ね」

とんでもない話である。しかし話の内容よりも、俺は彼女がその話をうちあけてくれたことに驚いた。こんなこと、素性《すじよう》も知れない息子の友人の若い男に言うようなことではないだろう。そいつのバックグラウンドを知ってでもいない限り。

憶測する。俺がどういう経歴の人間なのか、誰かが彼女に話したのかもしれない。実父のストレスでしばらく人間が怖かったとか、日本の雑踏を歩くのが今でも怖いとか。

リチャードではない誰かが。

自分が防衛的になっているのを感じる。これは一歩間違えるとハリを逆立てたハリネズミと同じで、周囲の人物に棘《とげ》を向けているようなものだ。落ち着こう。カトリーヌさんは俺に害意を持っていないと思う。リチャードのお母さんだ。彼女も苦しいことがあるとうちあけてくれた。今俺がとれるリアクションの中で、一番無難なものは何だ。失礼に当たらないものは。

「……つらいですね」

「そうなのよ。つらいわ。ありがとうセイギ、若い男の子なのにあなたって優しいのね」

「若い男は、あんまり優しくないですか」

「全然。世界で一番残酷《ざんこく》な生き物よ。私のドレスにクレヨンでお絵かきしてしまったり、積み木をよだれでべちゃべちゃにしたりするのよ。ひどいわ」

それは若い男というより幼い子どもでは、と俺が言う前に、彼女はいたずらっぽい瞳で含み笑いした。からかわれていたらしい。よしてくださいよと俺が苦笑すると、カトリーヌさんはいっそう楽しそうに笑った。

「ねえ教えて。あなたも私を好き？」

太陽を背に負った彼女は、手を膝《ひざ》にあててかがみ、俺の顔を覗《のぞ》き込んでいた。ぼんやりしてしまうほど、彼女の顔が近い。こういう時に言えることは一つだ。

「尊敬しています」

「会ったばかりの女性をどうやって尊敬できるの？」

「一人であんな家に引っ越してきて、夏のゲストのために宝探しの準備ができる人は、素晴らしい女主人だと思うからです」

「……まあ」

そういえばそうね、と彼女はひとりごちた。冷たい水の中でくるくると動く。転んだりしないだろうかと心配になるが、足元はしっかりしているようだ。そうね、そうねと彼女は歌うように繰り返し、再び俺を見た。表情は満面の笑みである。

「そう言われたらそんな気がしてきたわ！　私って素晴らしい女主人かも。おもてなしの才能に溢《あふ》れていて、何でもそつなくこなしてしまうの。憧れの女性だわ。男からも女からも、すてきな人ねって噂《うわさ》されるの。あなたもそんなふうに思っていいのよ」

「そう思っています」

「ありがとう。あなたも残酷」

そう言ってカトリーヌさんは、また無邪気な子どものような笑みを浮かべてみせた。

街に下りていった俺は、街の大きさに驚いたあと、『マルシェ』にも驚いた。ミラボー通りと呼ばれる大通りの左右に、縁日のように商店の出店が軒《のき》を連ねている。ラベンダーの花束を売る店、鮮魚の店、ハム、チーズ、園芸小物、レース編み、トリュフ、何でもござれだ。そういえば、『マルシェ』は英語の『マーケット』に対応する単語だから、これが原始的な市場の形なのかもしれない。

脊髄《せきずい》反射で「食べたい」と判断したものを片っ端から買っているとしか思えない勢いで、カトリーヌさんは買い物を済ませ、俺はといえばリチャードの好きそうな甘いお菓子を幾つか見繕《みつくろ》った。銀座《ぎんざ》で食べるようなお菓子ではないが、俺の手製のスリランカプディングや焼き菓子に比べればモダンな風情がある。車をとめた場所に戻ろうとした時、カトリーヌさんは不意に立ち止まった。通りの名前が標識に描かれている。ルー・ミラボー。『ミラボー通り』。

「ミラボーはね、人の名前よ。郷土の偉人ってところかしら。フランス革命の頃の伯爵で、顔で有名な人だったの」

「はあ、顔……」

「とっても、ぶさいくだったって言われているわ！」

そう言って彼女はまた子どものように笑った。言ってはいけないことを言ってしまったというようにあたりを見回し、両腕に荷物を抱えた俺の前で言葉を続けた。

「でも彼はね、とっても人気者だったのよ。第二身分の貴族なのに、第三身分の平民代表として議会に出席してね、獅子《しし》が吠《ほ》えるような演説をたくさんしたんですって。世の中の仕組みを変えた人よ」

そして彼女は、フランス革命は血なまぐさい話がたくさんあるけれど、彼は革命裁判所のギロチンがたくさん仕事をし始める前に病気で死んでしまったから、ある意味幸運な人だったのかもしれないと付け加えた。フランス革命については、試験勉強用の知識しかないが、何があったのかはある程度覚えている。近代のはじまりだ。政治の主導権が特権階級から『市民』へ。しかしナポレオンの到来で、共和政は王政に逆戻りする。彼や彼の家族が描かれた絵画のポスターを、ド・ゴール空港で見たばかりだ。冠をかぶったナポレオンの絵だった。あれはルーブルかどこかにあるのだろうか。

ナポレオンのことは知っていますと俺が言うと、カトリーヌさんはふんという顔になった。

「あの人は確かに英雄よ。でもミラボーだっていい人だわ。その証拠に、彼はとってもの子にモテたのよ。軍人でもなかったし、ぶ男だったのに。プロヴァンスに来たんだから覚えていって」


女の子にモテたのよ。


彼女は再び含み笑いする。ぶ男の雄弁家。確かにそれはモテてもおかしくない。顔のよさというのは、親しみ深さにはあまり関係ないのだ。むしろよすぎるがゆえに、第一印象で距離を置かせる原因になってしまいがちだと、誰かの傍にいるとわかってくる。

「結局のところ、顔ってそんなに大切なものじゃないのよ。その人が何を考えて、どういう行動をしているのかに比べれば。ふふ、私の好きな言葉よ」

でも人は顔に惑わされるのよね、とカトリーヌさんは自嘲《じちょう》するように呟《つぶや》いた。

荷物を車に積み込んで、再びヴィラに戻ろうと発進させ、十メートルほど走った時、俺は奇妙なことに気づいた。

後ろから誰かが追いかけてくる。

男の人だ。白髪のおじいさんで、ぼさぼさの髪の毛をハンチングにおしこんでいる。何故《なぜ》か白い粉がいっぱいついたオーバーオールを着ていて、本気で走って追いかけてくる。車を相手にするようなことじゃない。何だ。

「あの、カトリーヌさん、後ろから誰かが」

「え？　なあに？」

上機嫌にハミングしていた彼女に、俺は背後を顎《あご》でしゃくった。バックミラーを見ればわかるはずだ。

彼女は促されるまま鏡を見て、ついでに振り向いたが。

「なあに？　人がいたの？　誰もいないけれど」

俺も確認する。鏡の中には、石畳の旧市街が広がっているだけだった。

「すみません。お年寄りの人が、車を追いかけてきて……心当たりは？」

「ないわよそんなもの。いやだわ、誰かしら。忘れ物なんかないわよね」

カトリーヌさんと俺は互い違いにもう一度振り向いたが、不審なおじいさんの姿はもうない。車の部品でも落っこちて、慌てて追いかけてきてくれたのだろうか。万が一のことを考えて、俺は大通りの端にある噴水の周りをぐるりと一周して、もといた道に戻ってみたが、老人の姿はなかった。

「……何だったんだ？」

「気にしなくていいわ。時々いるのよ、追いかけてくる失礼な人も」

私が美しすぎるから、とカトリーヌさんはさらりと言った。確かにそうだろう。彼女の笑顔は遠目から見ても何事かと思うようなエネルギーを発散しているし、遠くからでも小鳥のような声はよく聞こえる。

でも俺だったら、できることなら、そんな怖い生活は送りたくない。

「帰りますか」

「そうね。準備が忙しくなるわ。あの子はまだ宝探しを頑張っているのかしら？」

「心配しないでください。何か変なやつが追いかけてきたら、俺がどうにかします」

「……私は心配なんてしていないわ。いつでもご機嫌なハミングバードよ。どうしてそんなことを言うの？」

「ああ、その」

言っていいものか。リチャードは、ナーバスになると、少し喋《しゃべ》り方のリズムが変わる。身振り手振りと言葉のタイミングだったり、眼差《まなざ》しだったり、そういうものが。

カトリーヌさんももし同じなら、多分今彼女はちょっとうろたえているところだろう。それを大っぴらに見せないところも、親子でよく似ている。俺もそんなことをわざわざ自己申告したくない。

「すみません、ちょっとそう思っただけで」

頭をかいてごまかすと、カトリーヌさんはしばらく、俺の顔を見つめていたが、口を横に引き結びながら笑おうとしたような、不思議な笑みを浮かべ、ふっと低いため息をついた。

「セイギは優しいのね。メルシー、モン・シュヴァリエ《わたしの騎士さん》」

どうもと返事をしてから、俺はアクセルを踏み直した。

ありがたいことに、俺たちが帰宅するとリチャードは留守にしていた。置き手紙には『図書館に行ってきます』とある。エクスの図書館のことだろう。入れ違いになったようだ。しかし車がないのにどうやってと思った俺は、貸し自転車の存在を教えてもらった。プロヴァンスはサイクリング愛好者にも人気の場所であるらしく――確かに北海道でサイクリングをする人の多さを思えば納得だ――主要な街の中では貸し自転車業が珍しくないらしい。いつものリチャードならば、自分の姿を見られにくいレンタカーを借りるだろうが、最寄りのレンタカーショップをネット検索して俺はげんなりした。車を借りるにも車が必要だ。これなら自転車にする。あいつはきっと空港からタクシーでこのヴィラに到着したのだろう。

置き手紙は二枚あり、一枚は俺宛てで、『一階の捜索は終了』とある。盤の上には二十八個の球が鎮座していた。もうほぼ終わったようなものではないか。紙片と手帳はない。謎は順調に解けているのだろうか。例の暗号の解読のために図書館に？

まあいい。現状の俺の分担は頭脳労働ではなく生きていく上で必要になる労働である。カトリーヌさんは二階の部屋にひっこむと、何やらバタバタ音を立てて練習をしている。川で話してくれた『とんぼ』関係だろうか。日本の宴会芸と彼女の十八番《おはこ》が違うことは明白だが、じゃあどういう『とんぼ』かというと、イメージはとんとわかない。白塗り？わからない。何があっても動じない心構えと、夕食の支度だけは整えておこう。

昨日が魚介だったので、今日は肉がいい。マルシェの精肉店の人に英語とフランス語で相談したら、満場一致で『ラムを買え』とおすすめされた。ラム。羊、とくに仔羊《こひつじ》の肉をさす言葉だ。周辺にいた地元の人にまで勧められる始末である。これだけ言われるのなら、大変なはずれということもないだろう。俺はラムを大量に買い、おまけにくさみ消しのハーブと、うずらのパテまでいただいた。ほくほくだ。

そんなわけで今日は仔羊肉である。骨付きモモだ。ジンギスカン以外の食べ方は知らなかったが、調べればレシピがいくらでも出てくる。ひょっとしたら世界には豚を食べる地域より羊を食べる地域のほうが多いのかもしれない。確かにスリランカでは豚肉はほぼ買えない。豚バラは日本の御馳走《ごちそう》である。

仔羊はローストが絶品、それほど時間もかからないとわかった時、調理法は決定した。昨日の余りの野菜をサラダにしてパテも合わせれば、パーティにぴったりの夕食のできあがりだ。

リチャードが何時に図書館から帰るのかわからない。携帯にも今のところ返信はない。もう二時間ほど家の掃除をしてから、本式に料理の準備にかかろうかと、俺が草取りの装備を整えて庭に出ると、みたび、俺はご近所の方と出くわした。女性が一人だけだ。また飲み会のお誘いだろうか。当家の女主人は現在宴会の準備で多忙である。

「すみません。今家の人はいないんですよ」

「壁を塗れる？」

いきなりすぎる。壁。塗る。どういうこっちゃである。また会話がかみ合わない。

何か御用ですかと俺は重ねて尋ねたが、相手は同じフランス語を繰り返すだけだった。俺に壁を塗るのを頼みたいと言っているようだが、依頼の理由がわからない。どうして俺にそんなことを？　恐らくだが、この人たちは英語圏の人でもフランス語圏の人でもないのだろう。どうしたらもっと意思の疎通ができるのか。

「今から来られる？　一時間で三十ユーロ出すから」

「緊急なんですか。業者さんの番号を調べましょうか」

彼女は呆《あき》れたような声で唸《うな》った。俺が来られるのか来られないのかが重要らしい。カトリーヌさんに許可を取ってからのほうがいいだろう。ちょっと待っていてくださいねと会釈《えしゃく》して、俺は室内に戻り階段を上がって彼女を呼んだが、あとにしての一言でけんもほろろである。部屋に入ることも許されない。

どうしたものかと思い悩みつつ外に戻ると、ご近所さんは再び、俺に質問をした。

「どこから来たの？」

「俺ですか。スリランカです」

「四十ユーロなら来る？　すぐ終わるから」

ますます意味がわからない。この人には俺が必殺家事代行の鬼か何かに見えるのだろうか。ド素人《しろうと》にスピード勝負で壁を塗らせて大惨事《さんじ》という未来は見えないのか。でもここまで単純労働の力を求められるのも珍しい。面白い体験になるかもしれないし、まあいいかと俺はそろばんをはじいた。

ご近所さんは車で来ていた。草刈りセットはひとまず庭の隅に置いてゆく。

彼らの住んでいる家はカトリーヌさんのヴィラよりも街に近く、規模も小さかったが、こちらにもプールがしっかりついていた。夏の必需品なのだろうか。二人は俺にはわからない言葉で怒鳴るように言葉を交わし、女性のほうが流れ作業のように俺にローラーとペンキの缶を持たせた。白いペンキだ。男性のほうは家の奥で、水色のペンキを塗っている。中も外も大改装中らしい。

「大変ですね。もっと人がいたほうがいいんじゃないかな」

「あなたはここで壁を塗る」

「外壁、全部ですか」

「全部」

想像以上の面積だった。家の外壁全部である。これを業者に頼んだら、一時間四十ユーロどころの話ではないだろう。なるほど節約を手伝ってほしいのはわかった。やれるだけやりますが一時間たったら仕事があるので戻りますと俺が言うと、グッドと彼女は返事をした。何がグッドなのかよくわからないが、彼女も彼女でレインコートを着用して、家の中で夫を手伝っている。そういえば北陸の米どころ出身の大学の友達が、田植えのシーズンは周辺の住人総出で田植えをするもので、ご近所というより運命共同体のようなところがあると、嘘《うそ》か本当か言っていた。人手が少ない場所では、何でもそういうふうになるのだろうか。

まあいい。一時間でどれだけできるかやってみよう。実はこんなことがあってさと、夜のパーティの笑い話にでもなれば儲《もう》けものだ。

本当にそう思っていたのだ。

壁塗り自体はそれほど難しくなかった。どう塗っても文句は言われないし、窓の部分にはマスキングテープがはられているので、遠慮なくがしがしローラーを滑らせてゆける。しかし面積が広い。広すぎる。二階建ての家一軒分である。二階部分を塗れとは言われていないので、一階だけ塗っていたら、女性が脚立《きやたつ》を持ってきた。これで、上に登って、塗るんですかと尋ねると、そうよと彼女が軽く頷く。五メートルくらいはあるので、落ちたら洒落《しやれ》にならないだろうが、命綱はない。俺がやらなかったら、多分この四十代か五十代に見える夫婦のどちらかが上に登って壁を塗るのだろう。想像すると危なっかしい。

乗りかけた船だし、どうせあと三十分くらいだしと、俺が脚立に乗って、二階部分の壁を塗ってしばらくすると、ヴィラの方角へと続く道をキイーッという音が滑っていった。

自転車だ。あれ、もしかして、と坂道を振り向くと、目の前を走ってゆくサングラスの男の姿が見えた。金色の髪に縦縞の入ったシャツ。こんなに暑いならポロシャツか何かにすればいいのに、いつも律儀にワイシャツを着ている美貌《びぼう》の男。

俺がローラーを振る前に、リチャードはこちらに気づき、サングラスを取ってぽかんとした。

「おかえりー。ちょっと手伝ってるんだ。カトリーヌさんはヴィラに」

「危ない！　そこで何をしている」

確かにちょっと危なっかしい。事情を説明するにも高いところからではままならないので、俺がえっちらおっちら下りてゆくと、家の中から女性が出てくるところだった。

そのあとのリチャードの姿を、俺は一生忘れないと思う。

あなたは一体彼に何をさせているのか、という詰問《きつもん》だけは英語だった。質問ではなく明らかに糾弾《きゅうだん》だった。彼女が一言何か言いよどむと、リチャードはギアを切り替えたように、俺には理解できない言語を喋り始め、その流暢《りゅうちょう》さか剣幕に驚いた男性も家の奥から出てきた。俺が地面に降り立った時には、男性のほうがリチャードに何かを詫《わ》びているようだったが、それがさらに怒りに火を注ぎ、二人は完全に黙り込んでしまった。当然だろう。この人たちはリチャードの姿を初めて見たようなものだろうし、スクリーンの中から出てきたんですかと言いたくなるような容貌の男が、目の前で火のように怒っている姿は現実離れしすぎている。燃えるような瞳の輝きは深い青だ。感情が高ぶると目の色が少し濃くなるんだなと、俺はローラーとペンキの缶を置きながら考えていた。

マシンガンのように十人分ほど喋り倒したリチャードは、カトリーヌさんの三十倍ほど盛大にはなを鳴らし、俺の肩を抱いて強制連行した。

「下働きだと思われている」

「えっ、俺が？」

「私たちがどちらもいない間に、労働者を勝手に使ったことを詫びると言った。ふざけたことを。あなたが何を考えていたのかとは問いませんが、このようなことは許しがたい。あの家の女主人はどうしました。諾々《だくだく》とあなたを貸し出したのですか」

「いやいや！」

これは俺が勝手にやったことでカトリーヌさんは何も知らない。彼女は全く与《あずか》り知らないことで、全責任は俺にあると主張したが、リチャードは半分くらいしか聞いていないようだった。自転車を放置して歩いてゆくので何故か俺が押す羽目になる。サント・ヴィクトワール山のシルエットが少しずつ夕日に包まれてゆく中、俺はひたすらリチャードに自分の不手際を詫び、リチャードはそのたび俺が謝ることではないとはねつけた。

確かに、想像力が足りなかった。

カトリーヌさんの豪華なヴィラの住人は三人。美貌の母子に血縁関係があることは、一

を訪れたという。

　カトリーヌさんは大喜びし、初めてやってきた自分の子どもの友達を歓待し、なにくれと世話をやき、きらきらの笑顔で魅了し、二週間の滞在が終わる頃、リチャードの三人の友達は、リチャードの友達ではなくカトリーヌさんの取り巻きになっていたという。

　屋敷の中に入った時と出る時とでは、彼らは全く別の生き物になってしまったようだったと、リチャードは言葉少なに語った。朝目が覚めると彼女のご機嫌をとり、昼には彼女の散歩に同伴する役割を取り合い、晩は彼女の陽気なダンス相手の順番を競い合う、それだけに必死の生き物に。

「極端な表現かもしれませんが、彼女は子ども相手であろうが、大人相手であろうが、自分のテリトリーに取り込んでしまわない限り安心できないのです。私は彼女の息子という特別枠におさまっているため、彼女のチャームの有効射程範囲外のようですが、そうでもなければ彼女は情け容赦《ようしゃ》なく陣取り合戦を繰り広げ、最終的に陣地を自分の色に染め替えてしまうまで止まりません」

　休みの終わりに、リチャードは自分の母親に、もう二度とあなたのところには友達を連れてこないと言い渡したという。カトリーヌさんは傷ついた様子を見せたが、理由はわかっているようで、そのほうがいいかもしれないと言って笑ったそうだ。謝罪の言葉ではなかったところに業《ごう》を感じる。リチャードは実際、それから一度も、彼女に親しい友人を紹介しようとはしなかったという。婚約者と思い定めた女性ができた時にも。

　私って罪ねと、カトリーヌさんは冗談のように口にしていたが、思っていたより事態は深刻だ。だがその一方で、少しだけ、ほんの少しだけ、安心もした。

「……よかったよ」

「何がです」

「いや、もしかしたら俺は、どこかのタイミングで、お前を連れて逃げる羽目になるかと思ってたから」

「逃げる？　何故？」

「修羅場《しゆらば》に備えなきゃいけないだろ。たとえば、どっちかがどっちかを……こう……」

　俺は左右の手をわきわきさせた。言葉にはできなかったが、わかってもらえたと思う。

　俺が想定する最悪の親子関係というのは、最悪も最悪である。同じ部屋に閉じ込めておくと二人が一人になってしまうようなタイプの関係だ。そういうことは滅多にないことで、そこまで自分の人生を棒に振る覚悟で誰かを憎んだっていいことは何もないとわかっているが、理屈が通じないのが血縁関係の厄介《やつかい》なところなのだ。殺したり死んだりしたくなる。

　もしそういうことが、何度も俺を地獄《じごく》の泥沼から引きあげてくれたこの男にもあるのなら、宝探しもひとさまの事情も知ったことではないし、ここは洋上の孤島でもないので、ひとっとびおさらばするに限る。お互い日付をフレックスにできる航空券で復路のチケットも手配済みだ。空席が出ず、なかなかフランスを脱出できなかったとしたら、パリで部屋でも借りて、久しぶりにこいつに毎日プリンを食べさせてロイヤルミルクティーをいれまくろうと、そう思っていた。

でも今の話を聞く限り、そういうことはなさそうだから。

話は通じる。大丈夫だ。言葉という道具が通じるなら、それ以外の道具は必要ない。

よかったよと俺が言うと、リチャードは嘆息し、しばらく無言で歩いてから、心配性と呟いた。突き放されている感じはしない。逆に気遣われている。もぞもぞ動くハンドルを握る手に、俺は何となく、裾を折るカトリーヌさんの手つきを思い出した。やはりこの二人は似たもの親子らしい。いや親子なのだから、真似しようと思わなくても似るのが当たり前か。そうでなければこんなに多くの人が、近すぎる関係に苦しんだりしないだろう。

「そんなことを言われても、心配したいことがあったら、俺は心配するからな。本当に、どうなってるんだよ、オクタヴィアの話は。鼎談《ていだん》の話も聞いたぞ。大丈夫なのか」

「お詫びと弁明は後日改めて。少しずつことの中枢《ちゅうすう》に近づいている確信もあります」

「……ならいいけど、何か俺に」

「加えて、焦《じ》れるのもほどほどに。やれと言われれば何でもやる類《たぐい》の鉄砲玉は必要ありません。私があなたに求めているのは、私と同じ高さに立って、私とは違う方法で世界を眺めてくれる友人関係です」

「え？　あ…………ああ……」

「……正義《せいぎ》。大丈夫ですか。随分《ずいぶん》歩かせてしまいましたが、あのような環境でマスクもなしにペンキを塗っていたら、気分が悪くなるのでは」

ペンキ？　気分が悪くなる？　そう言われればそんなこともあったかもしれない。でも大丈夫だ。俺はとても元気だ。そういうことを口から伝えたい。英語でもフランス語でも日本語でもいい。でも何も出てこない。

急に俺が無言になり、ついに立ち止まってしまったので、つられて自転車の主も一時停止した。車輪がキィと唸る。俺が懐《ふところ》から携帯端末を取り出すと、リチャードは首をかしげた。

「どうしました」

「いや……ちょっと…………急に写真が撮りたくなって。一枚だけ」

滅多に使わないパノラマ機能で、俺は周囲の景色を二百七十度くらいレンズにおさめた。リチャードと自転車が入らないぎりぎりのところだ。

プロヴァンスの空よ、オリーブの畑よ、倒れて枯れている草よ、ポイ捨てされたペットボトルよ、白っぽい石の道よ、聞いてくれ。いや言葉にはできないので察してくれるだけでいい。

俺の大事な上司が、俺のことを友達だと言ってくれた。

友人関係を求めると言ってくれたのだ。つまり友達だということだ。

嬉しい。

嬉しい。嬉しすぎてどうにかなりそうだ。

それは、もちろん、もちろん言うまでもなく、今更だろうという感もある。俺とこいつの関係が縦割りの雇用のみだったのは、せいぜい大学二年の秋までだろう。長さのわりに濃い付き合いだ。多分友達と言ってもいいのだろうと、心の底では思っていたが、友達ってそもそも何なのだろう。知人がランクアップすると友人なのだろうか。だとすればどの段階で何故ランクアップが起こったのか、自分で自分に説明できなければならない。俺はそんなふうに進化できているのか？　リチャードに釣り合うような存在に、大学二年から大躍進しているのだろうか？　なかなかそうは思えない。

だから、距離が近づいたことはわかっても、思いあがるのはよそうと、そんなに簡単なものじゃないのだからと、言い訳するように思っていたのだが。

そういうものを、何でもないタイミングでいきなり差し出されると、心の奥の柔らかいところにいきなりボディブローが入ったような衝撃に見舞われて、どうしようもなくなってしまう。

とても嬉しいので歌って踊って叫びながら側転したいような気分なのだが、いきなりそんなことをしたらまず間違いなく体を痛めるだろうし、不審者だし、怖がらせるだろうし、その結果やっぱり友達はやめますとこの男に言われかねない。それは困る。そもそもこういう言葉にそれほど喜んでいると気づかれるのも恥ずかしい。リチャードはクールでドライな路線を好む。俺も何とか倣《なら》うことにしよう。

それにしても嬉しい。

口元をむにむにさせながら俺が歩いている最中、リチャードは三回も自転車に足をぶつけていた。俺がふらふらしているのがいけないのかもしれない。もう少し背筋に力を入れて歩きたい。背筋はどこだったっけ？　力を入れるべきは腹筋か？　わからないから全体的に力を入れて歩こう。そのうち右手と右足が揃《そろ》って前に出て慌てた。平常心。平常心で歩こう。

「………………わかりやすい」

「えっ、どうした？」

「何でもありません」

お互いさまということです、とリチャードは早口に呟き、その後ヴィラに到着するまで、六回か七回はペダルに足をぶつけていた。うっかりという言葉が似合わない男にしては珍しい。でもたまにはそういう日もあるのだろう。

「おかえりなさい！　あら、リチャードとセイギは一緒？　セイギも図書館に行ったの？」

俺たちが帰ると、きれいなとんぼがお出迎えに出てきてくれた。背中に巨大な四枚の翅《はね》。ひらひらした水色の膝丈ワンピース。ひっつめ髪のようなアップスタイル。

どうやらこれは本物の舞台衣装のようだ。ハロウィンの仮装にしては気合が入りすぎているし、針金とセロハンで作られた翅も青く輝いて、見る角度によって青緑や灰青にも見える。カトリーヌさんが歩くとゆさゆさと揺れて、まるで本物の妖精の女王だ。リチャードはと様子を見ると、またしても偏頭痛《へんずつう》の顔だった。

「……あなたは、一体何を？」

「『とんぼ』の準備よ！　お庭で練習したのよ。私もまだまだ元気ね。おかえりなさいセイギ、お出かけするなら一言欲しかったわ、心配しちゃった。それにちょっと遅かったんじゃないかしら。お食事の準備がまだ全然よ」

「すみません、でもサラダはもう冷蔵庫に」

「正義」

ああ。しまった。さっき謝るなと言われたばかりだったのに。

リチャードは一歩前に出ると、可愛らしいとんぼの衣装の母の前で、姿勢を正し、眉間《みけん》に薄く、皺《しわ》を寄せた。

「彼がどんな目に遭《あ》っていたのか、あなたが全く知らないことは理解の上ですが、よくもまあ、飽きもせず、ゲストを顎で使えたものです。彼はあなたの専属料理人でもなければドライバーでもない」

「どうしたのリチャード。どうしていきなり私が叱られなくちゃいけないの？　セイギ、何があったの？　二人は喧嘩《けんか》でもしたの？」

「聞きなさい。私はあなたに向かって話しているのだ」

「お願いだからその喋り方をやめてよ！　まるでイギリスの家の執事と話しているみたいだわ。あの人たちはみんな嫌いよ。礼儀正しいふりをして、私のことなんか何とも思っていないいんだから」

「今現在そのようなことは関係ない。私の話を理解していただきたいだけだ」

「関係あるわよ！　あなたの話し方はまるで、周りの全部を支配している王さまみたいだわ。私はあなたのしもべじゃないのよ。そうよ、そんなのは変よ。セイギの扱いのことだってそうでしょ」

「……何が言いたいのです」

リチャードの前で、カトリーヌさんは半べそだったが、目は燃えるように猛《たけ》っていた。ここでフォローに入っても払いのけられてしまいそうだ。だが嫌な予感がする。彼女は何を言おうとしているのだ。

「あなたが私にいらいらしているのは、私がセイギの扱い方を間違えているからじゃないわよ。私がまるであなたみたいにセイギを扱うから、それを見ているのがつらいのよ。あなたたち二人はお友達には見えないわ。王さまとそのしもべよ。何を言ってもはい、はいって、そんなの友達じゃないじゃない。あなたが欲しいのは、あなたの美しさにみとれながら、頷いて賞賛してくれるサンチョ・パンサなのよ。あなたこそセイギを料理人やドライバーみたいに扱っているくせに」

音もなく誰かがキレるのを、俺は間近で目撃した。人にはいろいろなキレ方があるが、リチャードの場合を理解できたのはラッキーだったかもしれない。いつも彼がまとっているたおやかな美のオーラのようなものが、ぱたぱたとマスゲームのフリップボードをひっくり返すように変化し、様相を変え、身の毛もよだつような威圧感を描き出す。きれいな人は怒らせると怖いなどという紋切《もんき》り型《がた》があった気がするが、これはそういうレベルではない。竜の逆鱗《げきりん》レベルの話だ。

女性一人に向けていいものではない怒気を抱えたリチャードと、一歩も引かないカトリーヌさんの間に、俺は体を割り込ませた。ありがとう琉球《りゅうきゅう》空手。こういう時にどういう体さばきをすれば相手をかわせるのかも一応知っている。

「ちょっと待て」

「放しなさい」

「待て待て」

「正義！」

「わかってるから待ってくれ。二十数えてくれ」

こういう時具体的な数字を出すと本当に待ってもらえる確率が上がっていいですよと、俺に教えてくれたのはジェフリーだ。彼はさまざまなアンガーマネジメントの方法を知っている。彼のことをぼんやり考えながら、俺はカトリーヌさんに向き直った。

「すみません、今の言葉を訂正してもらえませんか」

「……何を言っているの？」

そのままの意味ですと俺が言っても、カトリーヌさんはきょとんとしていた。リチャードに怒られこそすれ、俺に楯突《たてつ》かれるとは思っていなかったのだろう。返す返すも申し訳ない。

「俺はあいつの専属ドライバーでも料理人でもなくて、普通の友達のつもりです。外国人なので、付き合い方がいびつに見えるかもしれませんが、俺はそれに納得しているし、居心地がいいし、搾取《さくしゅ》されていると思ったことはないです。逆はありますけど。あなたにあんまり見せていないだけで、相当俺はあいつに貢《みつ》がれてます。ヤバいくらいです」

「それは当たり前よ、あの家の人は働かなくても生きていけるお金をみんな持っているのよ。だからって偉そうにされるのを受け入れていいものじゃないわ。よくないことよ」

「言葉が足りませんでした。貢がれているのは金銭だけじゃなくて、手間暇とかおせっかいとか愛情とか、そういう無形文化財みたいなものを含むんです。具体的に話すと俺が恥ずかしくて死んじゃうので勘弁してほしいんですが、とにかく『王さまとしもべ』は違いますね。それは確実です。俺はあいつとそんな付き合いはしていません」

それっぽく見えるかもしれませんけど、違いますよ、と俺は笑って頭をかきながら付け加えた。カトリーヌさんは笑っていない。どうしたらいいのかわからない子どものような顔で、きっと唇を噛むと、不機嫌な猫のように唸り、俺に言い放った。

「……同じ生活を二十年続けて、私に同じことを言えるかどうか、とっても見ものだわ！」

そう言うと彼女は俺の横をすり抜けて、玄関ホールまで駆け抜けた。ややあってから車のエンジン音がし、追いかける間もなく車が街へ急発進してゆく。宝石のようなとんぼの翅は、地面の上に脱ぎ捨てられていた。

「間に合わなかった。まずいよな。リチャード、どこかカトリーヌさんが行きそうな場所とか、見当がつくか？　リチャード……リチャード？」

ダイニングの椅子に腰かけて、リチャードが両手で顔を覆っていた。頭を冷やす美男子のポーズだと思う。だと思うのだが異様に動かない。前かがみで、指先で髪をぐしゃっと鷲掴《わしづか》みにしていて、耳を澄《す》ますと低く呻いている。

「大丈夫か」

「…………この風景を、パノラマ写真に撮っておきたい」

「変なところに頭でもぶつけたのか！　ごめん、さっきは必死で」

「何でもありません。取り乱しました。お手数をおかけしたことを衷心《ちゅうしん》からお詫び申し上げます」

「どうしてそんなに滑舌《かつぜつ》がいいんだ……」

「気のせいです」

やけにしゃきしゃき動くリチャードは、ロボットのような動きで玄関ホールまで出てゆくと、存在しないに決まっている車がないことを確認し、どこへ行ったのでしょうと、アナウンサーのような口調で呟いた。そして派手に咳払いをし、何故か掃除の途中のサロンに突撃し、クッションをつぶすような音を数回響かせたあと、いつもの宝石商の顔になって戻ってきた。

「まったく、母子揃ってこのありさまとはお恥ずかしい。彼女を探しに行ってきます。本当に困ったものです。いまだに私は彼女が相手だと、頭に血がのぼりやすいらしい。まったく憤懣《ふんまん》やるかたないとはこのことです。正義、あなたはここで留守番を」

「前髪に蜘蛛《くも》の巣がついてるぞ」

「……失礼」

「俺が行くよ」

美貌の男は正面から俺を見た。大丈夫そうな顔だ。わかっている。この男はトラブルをいつまでも引きずるタイプではないのだ。俺だって単純にリチャードを気遣っているわけではない。

「かっとなりやすいって、今言ったばっかりだろう。それに飛び出した直接の原因は俺だしさ。まず俺が謝らないと。間違ったことを言ったとは思わないけれど言いすぎたんだ。自転車も一台しかないし」

「……私がそこまで感情的な人間に見えますか」

「見えないし、お前のことを信じる気持ちは相当だよ。でも誰にでも例外はあるだろ」

俺がそう言うと、リチャードは再び髪から蜘蛛の巣をはらうような仕草をし、目を伏せた。

仕方がないのだ。だって相手は、自分が生まれてから、物心つくまでの間を全部知っている相手なのだから、逆らおうとしたって限度がある。そういう相手と相身互《あいみたが》いに、大人と子どもだった頃の間合いにいつの間にか取り込まれてしまうと、防衛手段は理性的な議論ではなく、手足をふりまわして感情的になる方向に流れがちだ。俺とひろみがガチンコでやり合う時の見苦しさを理性的に論じると、大体そんな感じになるだろう。リチャードとカトリーヌさんはそこまでひどくないが、親子の諍《いさか》いなんて、誰でもそんなふうになりがちだろう。しないにこしたことはないが、こうなってしまえばもう仕方がない。

「自転車借りるぞ。待ってる間に謎解きをしてくれよ、名探偵。何とかしてくるから」

「冗談ではない。これからタクシーを呼んで最寄りのレンタカー店を訪問します。予約は既《すで》に済んでいるので、引き渡しのサインで、四駆の足が手に入りますよ。三十分もあれば戻れるでしょう。それまでに彼女が戻っていなければ、私も私で捜索を開始します。ですがそれまでは」

頼みましたよと、リチャードは俺の顔をじっと見つめた。

わかった。任された。俺も軽率なことを言ったものだ。自分のお母さんが感情的になって車で出ていったのだ。事故でも起こしていないかどうか気が気ではないだろうに。

レンタル自転車の注意書きを解読し、ライトがつくかどうか確認し、冷えてきたので二階の荷物から上着を一枚引っ張り出して戻ってくると、玄関でリチャードが待っていた。見送ってくれるらしい。

「とりあえずエクスの街に行ってみるよ。二人で巡ったところを見回って、見つからなかったら警察に行ってくる」

よろしくお願いいたしますと、リチャードは深々と頭を下げてくれた。そして最後に、薄く微笑んだ。

「そのうちまたどこかで、一緒に食事をしましょう」

お見送りの台詞《せりふ》にしては不思議だったが、嬉しい申し出だ。楽しみにしておくと言って、俺はペダルを深く踏み込んだ。

ツール・ド・フランスという、フランス版自転車箱根駅伝《はこねえきでん》のような競技がある。英語にするとラウンド・オブ・フランス。『フランス一周』だ。ぱんぱんの太腿《ふともも》自慢の自転車乗りたちが、車輪の細い自転車にまたがってフランス中を駆け巡るのだ。チームバトルあり、駆け引きあり、熱狂的なファンの多いイベントである。フランス、自転車ときたら、スポーツファンが想像するのはまずそれだろう。

今夜の俺の行動は、さながら一人ツール・ド・フランスだった。

エクスの街の交番のような施設に赴いて、この人を探しているんですけれどと、リチャードから受け取ったカトリーヌさんの画像を見せると、あなたはマネージャー？　と尋ねられた。女優を探している会社の人だと思われたらしい。違う。これは俺の友達の家族で――お母さんで、と言っても信じてもらえない気がする――いろいろすれ違いがあって飛び出してしまった彼女を探しているのだと話すと、女性の警察官さんは、まあそういうこともあるわよねと、俺をねぎらってくれた。ヴィラの住所はおぼえていなかったので、とりあえず名前を残し、もし彼女が保護されたら、セイギとリチャードが探していましたとお伝えくださいと言い残して、俺は再び街に繰り出した。旧市街といっても、アップダウンのある土地である。地元民しか知らないお気に入りの場所か何かで膝を抱えていたらお手上げだ。

観光案内所で地図をもらって、この人を見かけたら伝えてくださいという言伝《ことづて》もし、俺は街一周のサイクリングコースを考えた。『プロヴァンス王国の元首都』という触れ込みが地図の上に書かれているが、なるほどそんな風情のある城郭《じょうかく》都市という感じである。日本の城とスケールが違うのは、やはり国が広かったせいか、それとも異民族の流入が日常的すぎて、籠城《ろうじょう》戦に耐えられなければ城としての役割が果たせなかったせいだろうか。

ミラボー通りから三人の女神像のある噴水広場を抜けて、郵便局、市庁舎、大聖堂、そこから街の北西の外周をなぞるように、ぐるっと移動して、ミラボー通りの出発点まで戻ってきたら、いつものスーパーマーケット界隈《かいわい》を覗く。これで軽く一時間。どこも空振りだ。リチャードからの連絡も、『思わしくない』という顔文字一つ。帰還の気配はなさそうだ。

石造りの街並みが夕暮れになってくるのは美しいが、人を探しているとなると、悠長《ゆうちょう》に観光を楽しんでもいられない。日当たりのいい場所にはあちこちにカフェがあり、地元の人から観光客までのんびりしているのは、いかにもヨーロッパという風景だったが、その隣をローラースケートやキックスケーターの子どもたちがひゅんひゅん通り抜けてゆくのはどこか不思議だ。古いものと新しいものが、当たり前に混じり合っている。

今、日本に帰ったら、俺はどんなふうに東京の街を眺めるのだろう。

いけない、疲れて思考が散りがちになっている。カトリーヌさんを探さなければ。言うまでもないが、彼女は美女である。理由がなくてもどうしましたかと声をかけたくなってしまうほどの。そういう人が一人で取り乱しているところに、どういう人間が集まってくるのか、考えるほど恐ろしい。ここはギャングのいっぱいいるような街ではないし、彼女はフランス語を話すし立派な大人なのだから、大丈夫だろうと信じたくはあるが、万が一ということもある。

太陽が完全に消えてしまうと、心配はつのるばかりになった。長時間のサイクリングに靴が耐えきれなかったようで、足の裏がところどころ切れている感触がある。少し痛い。急がなければ。でもどこへ行けばいい。地図はもう明かりを当てないとほとんど見えない。

とにかく明かりのあるほうへ。

こういう時に人が向かうのは、明るいほうだ。

闇雲《やみくも》に自転車を走らせているうち、俺はぴかぴかと輝くネオンを見つけた。街の中心からは大分外れた場所にあるが、ドライブインだろうか？　車で立ち寄りやすいなら、もしかしたら。駐車場を確認する。薄暗い上に、結構な台数が駐《と》まっていて、ピンポイントで青の軽自動車を見つけ出せる気がしない。先に店の中を見てみよう。

ガラスの扉の向こうで、カーンという聞きなれた音がする。バラバラという弾けるような音も。

ボウリング場だ。

白いピンと、黄色い腕のマークの看板が見える。

気がくさくさするからボウリングで気分転換？　ありうるかもしれない。俺はまだ思考のパターンが限定できるほど彼女のことを知らない。リチャードが同じように飛び出していったとしたら、近所の目ぼしい甘味処《かんみどころ》を一軒一軒あたっていけば何とかなるだろうが、彼女の場合はわからない。若い男の姿が多い。エクスには有名な法学部を抱える大学があるというから、学生もたくさんいるのだろう。

とりあえず店の中を一周見回ろうと、俺がボウリングコーナーを抜け、それほど広くない、クレーンゲームやレーシングゲームの筐体《きょうたい》が置かれた場所を歩いていると。

気になる人の姿があった。

汚れたオーバーオールのおじいさんだ。

間違いない、今日の昼、彼は俺たちの車を追いかけて走ってきた。彼が興じているゲームはシューティングのようで、銃を構えて引き金を引いている。アンチエイジングにいいというニュースをいつだったか見たような気がする。彼もそのお仲間だろうか。

話しかけるべきか否《いな》か。

単純にカトリーヌさんのことを有名人だと思って追いかけてきたのなら、もう今日の昼間のことなんか忘れてしまっているかもしれない。それでももしかしたら、何かヒントになることを知っているかもしれない。遊びの時間のご迷惑になるかもしれないが、少し話しかけるくらいは許してもらおう。

「すみません」

　ボウリング場で流れている音楽と、ゲームの効果音とで、なかなか声が通らない。おじいさんの正面にはゲーム画面があるので、後ろに回り込んで声をかけると、オウッと叫んで彼は飛び退《すさ》った。驚かせてしまったらしい。

「すみません、俺は……」

「日本人だね！　対戦する？」

　またしてもいきなりだ。対戦？　よくわからない。昼の二の舞は御免だ。

　いえそうではなく、俺のことをあなたは知らないと思いますが。もしかして昼間にお会いしませんでしたかと、俺はゆっくり丁寧《ていねい》に尋ねた。車を追いかけていらっしゃいましたよねと。おじいさんはオーウと頷き、俺の肩をぎゅっと摑んでにこにこ笑った。

「思い出した。あんた、マリ＝クロードの娘の連れだね。運転をしてた子だ」

「マリ＝クロードの娘……？　それは、カトリーヌさんのことですか」

「カトリーヌっていうのか。母さんに似てきれいになったもんだ。さっきそこにいなかったか？　あんたがまた乗せてきてやったのかい」

「えっ」

　何という大穴のビンゴだ。おじいさんはカトリーヌさんをここで見たと言った。ありがとうございます、どのあたりで見かけましたかと尋ねても、おじいさんは何か変なことを言われたとしか思わなかったらしく、取り合ってくれない。彼女が家出中であることを説明する前に、彼は何故か俺を、彼のお向かいのゲーム筐体の前に連れていった。彼がプレイしているのと全く同じタイプのものが、向かい合わせに置かれている。

「一緒に遊ぼう。店がひけたあとはいつもここに来るんだ。本当なら娘のほうと話したかったんだが、あんたでもいい」

「すみませんちょっと」

俺は適当におじいさんに応対して、店の中をぐるっと走り回ってきたが、それらしい人影はどこにもなかった。ボウリングレーンにも、カフェスペースにも、あまりぱっとしないゲームスペースにも、あの大輪の花のような影は見当たらない。彼女の周囲にギャラリーができてしまっても不思議ではないだろうが、そんな様子もない。

おじいさんの見間違いだったのだろうか。もう一度確認しようと、再び彼のところへ戻ると、待ちかねていたというように彼は笑顔で俺を迎えた。まずい。何か勘違いさせている気がする。

「これは日本のゲームだよ。あんたは日本人だろう。目元でわかるよ。うちにも日本人のお客がたくさん来る。そこのガンコンをとって。コツをつかめばすぐにわかる。大丈夫」

言うが早いか、おじいさんは彼の向かいの筐体にコインを投入してしまった。ゲームが始まる。十年くらい前の機械だろうか。それでも俺がテレビゲームをしていた時分の基準からすると、画面もきれいだし情報量も多い。操作方法すらわからない。左手のほうに丸っこい、マウスのようなものがあり、右手側にはコードのついた銃のおもちゃがある。ガンコンと呼ばれるコントローラーらしい。もうこの外見からして、画面に狙いを定めてばんばん撃つタイプの、俺は一度もプレイしたことのないゲームだ。しかも画面を見るに、撃つのはどうやら人である。

ターゲットと表示された人影が、障害物の向こうでひょこひょこと動く。おじいさんが筐体越しに顔を出し、自分を指さして、にこっと笑った。

理解できた。このゲームでは、お向かいの相手と疑似的な殺し合いが楽しめるらしい。大丈夫なのかこれは。勘弁してくれ。相手はおじいさんだ。俺は話が聞きたかっただけで、こんな物騒なことがしたかったわけじゃない。と思いつつ流されるままゲームを始めると、俺は数分間で蜂《はち》の巣《す》になり、あっけなくおじいさんに惨殺《ざんさつ》された。ああー。避け方すらわからない。撃っているのかいないのかすらよくわからない。俺より背の高い軍人然としたキャラクターが、地面に倒れて動かなくなった。ああー。バナナや甲羅《こうら》を投げまくるレースゲームだったら、もう少し何とかなると思うのだが。

おじいさんはちょっと切なそうな顔をして、日本のゲームなのにな、と呟いた。

申し訳ない。本当に申し訳ない。確かに日本や韓国はゲーム大国だが、全ての日本人や韓国人がゲーム大得意というわけではないのだ。画面には『リトライ?』という表示が浮かび、連コインまでの制限時間のカウントダウンが始まった。

リトライすべきか? まさか。優先順位を間違えてはいけない。カトリーヌさんのことを聞きださなければ。ちょうどよく遊びが切り上げられるではないか。しかし申し訳ない。おじいさんはやるんだったらいいよと嬉しそうに言う。ノリノリだ。やはりリトライすべきか? しかし一回や二回で俺の腕が進化するとも思えない。二度目も惨殺コースでは同じことではないか。しかし——

疲労と申し訳なさでわけがわからなくなりかけていた俺の手を、誰かがそっと握った。いや、握ったのは俺の手ではない。ガンコンだ。

骨ばっていて細い、誰かの手。

「本当に日本人なんですか? 秋葉原《あきはばら》まで最寄り駅から電車で一本の大学に通ってたんですよね? 一緒にゲーセンに行く友達もいなかったんですか? 後ろから見てると爆笑ものでしたけど、動画にとっておいたほうがよかったですか?」

ひゅっと、心臓に隙間風が抜けるような声だった。

振り向いた先に立っていたのは、俺より少し背の低い青年だった。茶髪のツーブロック。ピンク色のスニーカー。ダメージジーンズと鳳凰《ほうおう》の刺繡《ししゅう》入りジャケット。どこで売っているんだその服は。やっぱりポップスターのような雰囲気は変わらない。つるつると流れる水面の凍った川のような日本語も、ちょっと探るように俺を見る眼差しも。

「貸して」

「……はい」

ヴィンスさん。

彼は俺の手からガンコンを受け取ると、おじいさんにフランス語で何事かを話しかけた。おじいさんは嬉しそうに手を叩き、もう一勝負と笑って、追加のコインを投入した。これも彼のおごりの勝負ということになる。大丈夫なんだろうか。レディ、という表記が画面に現れる。

俺は腕を組みつつ、カトリーヌさんの姿を探した。

探そうと思ったのだが。

スタート！　という文字が表示されてからのヴィンスさんとおじいさんは、わけのわからない踊りのような動きを見せた。俺は向かい合った筐体の中央脇から眺めていたが、二人それぞれが機敏にガンコンを動かし、命がけの勝負を繰り広げている。しかもけっこう、いい勝負なのだ。どうしたらいいのかわからず、ほぼ瞬殺だった俺とは雲泥《うんでい》の差で、ヴィンスさんはおじいさんを翻弄《ほんろう》している。ホッホーとかメルドとか、たびたびおじいさんが叫ぶのは、楽しいからだろう。どう見ても最新型には見えないゲームだが、実は少しでもゲームが好きな人なら、必修課目的な有名作だったのだろうか。多分そうではないと思う。

ヴィンスさんの趣味の領域が広いのだ。

三回勝負は、ヴィンスさんの勝利一、おじいさんの勝利一で三回戦に突入した。今どき画面外リロードはないとか、ラグがやばいとか、彼の呟きは日本語なのに俺には半分も意味がわからない。時々ストライクをとった人々の歓声が聞こえる中、白熱の勝負は決着を見た。

ヴィンスさんの勝利だ。

血みどろのゲームを終えたおじいさんは、さっぱりした顔でガンコンを置くと、ヴィンスさんに向かって腕を広げ、微妙に嫌そうな顔をしたヴィンスさんをガッと抱き、激しくハグした。オーバーオールの腹のあたりについていた白い粉が、いい塩梅にジャケットの鳳凰に化粧を施しているのだろう。

「感謝するよ！　この店で本当に対戦ができるなんて思わなかった、今夜は素晴らしい夜だ。格闘ゲームならまだプレイヤーがいるんだが、こういうタイプは絶滅危惧《きぐ》種でな」

「ふーん。FPSならオンラインでやればいいじゃないですか」

「あんなもの！　うちのへぼ回線じゃ勝てん。処理落ち野郎と小学生に煽《あお》られるのがオチだ。なあ、上下に動くにはどうしたらいいんだい」

「ガンコンを下に向けるとしゃがみ判定になりますよ」

「なんてこった……もうここで五年も遊んでるってのに」

何とか身を引いたヴィンスさんを、おじいさんはもう一度ハグし、諦《あきら》めたように彼もおじいさんを抱き返した。ここぞとばかりに俺が質問する。

「すみません、さっきカトリーヌさんを見かけたっておっしゃいませんでしたか」

「ああ、あの子かい。ボウリングをしてたよ。三ストライク。母親と同じだな。胆《きも》のすわってない男じゃ、美人すぎて声もかけられない」

カポーンという音が背後のボウリングコーナーから聞こえてくる。絶好調ではないか。

それで彼女は今。俺が食い下がると、おじいさんは怪訝《けげん》な顔をした。

「あんたが連れてきてやったんじゃないのなら、もう帰ったんじゃないのかい？　三十分くらい前の話だよ」

俺は慌てて携帯端末を確認した。着信あり。その後にメールが二件も入っている。リチャード。二分前だから届きたてほやほやだ。

『カトリーヌ　帰宅』

『日没既に過ぐ　足元危険　すみやかに帰宅されたし』

久々の日本語だった。明治時代の電報みたいな文書である。わかりやすくて簡潔だ。自転車の漕《こ》ぎすぎで脚がぴりぴりしている。確かに早く帰ったほうがいいだろう。

でも。

俺はヴィンスさんの姿をちらと一瞥《いちべつ》してから、短く返信した。

『少し遅くなる　心配しなくていい』

　端末を懐にしまうと、おじいさんが俺たち二人を並べて首をかしげていた。アジア人二人は珍しいのかもしれない。

「あんたたちは、どっちもマリ＝クロードの娘の友達かい？」

「いえ、あの」

「自分はマリ＝クロードの娘の息子の知り合いです。こっちの人は彼女の知り合いでもありますけど、俺のほうは違いますね」

「ああ、あの子もそんな歳《とし》かい……そりゃあな、俺が八十だものな。しかし血は争えんなあ。本当によく似てたよ」

　少し濁《にご》った瞳に、おじいさんは薄く涙の膜をうかべた。彼が車を追いかけてきた理由は、昔の知り合いにそっくりな娘を見つけて驚いたからか。声をかける必要はなかったかもしれないけれど、結果オーライだ。ありがとうございます、お邪魔しましたと彼に会釈してから、俺はヴィンスさんに向き直った。声色《こわいろ》を変えたい。商売モードの時のリチャードのように。

「ご無沙汰《ぶさた》しています。ちょっと話せますか」

「ちょっとなら。長話は勘弁ですよ。お腹《なか》減ってるんで」

「じゃあどこかで何か食べながら話しませんか」

「『逃がす気はない』って顔してますね。そういう番犬みたいなアクションが板につきすぎると、一人になった時に苦労しますよ、中田《なかた》さん」

「俺は番犬でも下働きでもありませんよ。あなたはどうだか知りませんが」

「攻撃的ですね。シューティングでひと勝負します？」

「絶対に嫌です。俺が死ぬだけじゃないですか」

「ふーん」

　英語で喋っていたのがよくなかったらしい。おじいさんが俺たち二人の間に入ってきて、何か食べるのか？　とジェスチャーつきで尋ねてきた。はいそうです、いいお店を知りませんかとヴィンスさんが尋ねたのが運の尽きで、おじいさんは再び、俺が日本人だとわかった時と同じように、ぱあっと顔を輝かせた。

「じゃあ一緒に食べに行こう！　うまい店を知ってるんだよ。いいワインも飲める、トリュフもおいしい」

「へー、最高じゃないですか。行きましょう中田さん。中田さんのおごりですよね」

　言葉に詰まる。おごりは聞き流すとして、ヴィンスさんと二人きりなら容赦なくずばずばと質問できそうなことも、無関係な人がいると尋ねられなくなる。これも彼の作戦か。取り込まれるべきではない。べきではないのだが。

　おじいさんはもう、遠足を間近に控えた子どものような顔で、ボウリング場の外に向かって歩き出している。カムカム、という声がとても楽しそうだ。さっき彼を一度失望させてしまった俺が、二度同じことを繰り返すのはとても気が重い。

仕方がない。三人で夕食だ。

おじいさんは軽トラを駐車場にとめていた。彼の車のライトで照らしてもらってわかったが、俺はレンタル自転車をパンクさせてしまっていたようで、ヴィンスさんに指をさして笑われた。中田さん頑張りすぎですと笑う時でも、ヴィンスさんはあまり表情を変えない。無表情に爆笑する人を俺は初めて見た。ちょっと面白かったが、一緒に笑えるほど俺は彼と気やすい仲ではない。

フロリダ沖の豪華客船で、俺の上着にジュエリーを放り込んだのは他ならぬ彼なのだ。どんな事情があるのか知らないが、「そんなことは人倫に悖《もと》るのでできません」と突っぱねてくれさえしたら、リチャードがあんなに苦しむことはなかったろうに。ついでに俺も苦しみはしたが、あいつの胸の痛みの比ではないだろう。

俺の自転車を荷台に載せたおじいさんが、君の友達はどこだろうねと探していると、狼の唸り声のようなエンジン音が割り込んできた。黒い二輪だ。ヴィンスさんがバイクにまたがっている。粉っぽくなった鳳凰のジャケットの上に、黒いレザーのライダース。この人はリチャードと同じく、何が自分に似合っているのか完全に認識して服を選べるタイプの人らしい。それにしてもここ数年で買った服であろうことは間違いないと思うが。昔の服は全部捨てたのだろうか。彼がふくふくしていた頃の、リチャードと一緒にいた頃の服は。

「どこまで行きます？」

「行けばわかる、行けばわかる。あんたらは初めてのプロヴァンスだろう。服装ですぐわかるよ。もっとくたびれたシャツに、サンダルでもひっかけて、麦わら帽子でワインを飲むのさ。都会の憂《う》さは忘れるよ」

「へー、いいですねー、それ」

そんなことは全然思ってもいませんが、という補注が聞こえそうな声で、ヴィンスさんが相槌《あいづち》をうち、おじいさんはそうだろうそうだろうと応じた。三十分もかからないという言葉を信じて、俺はトラックの助手席に乗った。

「さっきは、すみませんでした。俺、ゲームが下手で……」

「何を言ってるんだ！　俺の二回戦を見ただろう。あんたの友達は血まみれの天使だ。俺がミラボー伯爵ならあいつはサン・ジュストだよ。あんたはかわいそうなくらい弱かったが、いつも一人プレイだった俺に、初めてきれいな花を持たせてくれたのさ。ありがとうな」

じわっと涙がこみあげそうになった。

俺ははずみで、実は今日の昼ごろに、近所の人に勘違いされて、家のペンキを塗る羽目になったことを話してしまった。どうでもいいことだと思おうとしていたが、白い肌の人はえらい人で黄色い肌の人はその下働きという認識を自分がされたのだと思うと、じわじわとショックが効いてくる。ありがたくもいろいろな国のニュースが一瞬で飛び込んでくる時代を生きているので、人種差別の報道など当たり前に知っているつもりだったが、自分がいざ巻き込まれてみると、相手の目に悪意も敵意もなく、ただ当然のように差別されていることに愕然《がくぜん》とし、時間差で理不尽な怒りがこみあげてきた。リチャードにこんな話はできない。あいつは俺のために俺以上に怒ってくれた。これ以上心配をかけたくない。

初対面の人間のただの愚痴《ぐち》を、おじいさんはゆっくりと聞き取ってくれて、そうかあ、そうかあと頷いてくれた。夜道だがハンドルさばきはしっかりしている。ひょっとしたらこの人は、ガンコンよりも本物の猟銃《りょうじゅう》の扱いのほうがうまいのかもしれないと、俺はおぼろに想像した。狩猟自然博物館で銃の展示を見たせいかもしれない。

「そういうやつもいるんだ。ここにもいろんな人間がいる。きれいな街に見えるだろうが、みんな見かけほどうまくやってるわけじゃない。貧しくて困ってるんだ。金がないって意味だけじゃないぞ。心の貧しさが問題なんだ。あっちこっちでつらいことばかり起こるもんだから、誰も彼もが『自分が世界で一番不幸だ』って思いこむ。それが心の貧しさだと俺は思う。そうすると他人を傷つけるのは簡単だ。つらい話だよな、だってみんなつらいのは本当なんだぜ。だから助けてほしいんだ。そのために人を傷つけては、余計につらい目に遭ってる。苦しいもんだ」

「………」

やりきれない話だと思う。俺がそう言うと、おじいさんは俺の沈んだ顔を気遣うように、ぱっと笑みを浮かべた。少しカトリーヌさんに似ている。思えば彼女の笑顔にはいつも理由があった気がする。歓迎とか、激励とか、他人に向けた理由が。

「あんたはいろんな国に行くんだろ。強い男になってくれ。愛だよ、愛をいっぱい持ってくれ。何しろここは博愛の国だからな。自分で自分の心に栄養をやれる人間は強い。そういう人間は決して貧しくならない」

「……頑張ります」

「いい返事だ。さあついたぞ！」

ガコンという巨大な揺れと共にトラックは停止した。いつの間にかミラボー通りだ。路上駐車は特に違反ではないらしく、おじいさんは颯爽《さっそう》と石畳に降り立った。目の前に立っているのは背の高いプラタナスの木と、飲食店のようだ。オープンカフェも開いているが、外で食べるには少し肌寒い。中に入るぞとおじいさんは俺を促した。

店の中は異世界のような豪華さだった。鏡張りにガラスのシャンデリア、おさえた筆致で描かれた道化師姿の男の絵。

「セザンヌって知ってるかい。りんごの画家だ。そいつがよく来てたカフェなんだよ。あとピカソとか、ピアフとかチャーチルとか、そういうやつらもな。深夜までやってるから心配するな。帰りは俺が送っていく。好きなだけ飲み食いしてくれ。おごるぞ」

「こ、これはちょっと」

高い店なのではと俺が恐縮すると、遅れてついてきたヴィンスさんがどっと奥のソファ席に腰かけ、指をあげてギャルソンを呼んでいた。炭酸水をオーダーしている。俺とそう年齢は変わらないはずなのに、何故彼はこんなに威風堂々としているのだろう。無暗《むやみ》な対抗意識が湧いてくる。財布に金がないわけでもない。とりあえずヴィンスさんの対面に腰かけて、同じようにメニューをめくると、想像していたほどの価格帯ではなくて安心した。なるほどカフェだから、コース料理を食べさせる店ではなく、一品一品食べたいものをオーダーするカジュアル路線らしい。店構えがゴージャスすぎるだけだ。ありがたいギャップである。テーブル付きのギャルソンに、俺とヴィンスさんはそれぞれ肉と魚をオーダーし、そこにおじいさんがオードブルを幾つか付け加え、ワインも足した。そういえばこの国では法律で取り締まられる『飲酒運転』の基準が日本よりかなり緩かったはずだ。これもまた文化か。

地元の人にも愛されている店のようで、おじいさんの顔見知りと思《おぼ》しき客人たちが、口々にピエール、ピエールと声をかける。彼の名前はピエールというのか。

「うちはブーランジェリーでね、パン屋だよ。マリ＝クロードは夏の間、そりゃあひいきにしてくれたもんだ。うちのパンを買いに来る彼女を眺めに、朝の十時にはぞろぞろ男たちが寄ってきたよ」

「彼女もきれいな人だったんですね」

「当然さ。噴水の女神も真っ青になるくらいの美人だった。俺なんか聞いたこともないブランドのモデルをしてるとか、誰かが言ってたな。だが険のある女でな、あれだけの美女じゃそうもなるだろうが、小さな娘が二人分、可愛く愛想を振りまいていたよ」

それがカトリーヌさんということか。父親はいなかったのだろうか。彼の話には出てこない。しかし話はそこで一旦《いったん》途切れた。

姿のまま焼かれた海の魚。ディルを散らしたワインソースの骨付き肉。緑色のタリアテッレにレモンクリームソースのパスタ。トマトと卵とシーザードレッシングのサラダ。パテ。ポテトフライ。炭酸水の大瓶《びん》とワイン。ほかほかとテーブルを満たす湯気。

ボナペティート、と歌うようにギャルソンは告げ、去っていった。

積もる話はいろいろあるが、とりあえず食べよう。取り分けの小皿をもらえたので、俺は魚と肉とサラダを適当に盛り分けて、細いフォークで口に運んだ。

ううっ。

「んっ……」

「どうしたんですか中田さん。変な顔してますよ」

俺は何も答えなかった。

おいしい。とてもおいしい。疲れきった体に染みわたる、上質なタンパク質の味だ。だが俺は、ヴィンスさんの前でにこにこしながら食事をするのに抵抗があるのだ。うっかり仲良くしたくなってしまったら困る。将来的にそうすべき局面が訪れるのなら、それにこしたことはないが、今の俺たちはそんな関係ではない。

彼はオクタヴィア嬢の手先だ。

リチャードを陥《おとし》れようとしている人間のお先棒を担いでいる。

それにしてもうまい。あまりヴィンスさんのことを見ないようにしながら、俺はうまいうまいとエクスの料理に舌鼓《したつづみ》を打った。値段相応にシンプルだが、しっかり筋道の通った味がついていて、なるほどこれを真似すれば俺の料理も少しはグレードアップするかなと思える。味付けの幅が広がることは大歓迎だ。

「おいしいですね、中田さん。中田さん？　おいしいですか」

「ノーコメントです」

「愛想がないなあ。すみませんピエール、彼は今ちょっと変な顔をしていますけれど、とても心が優しくて、根はいいやつなんですよ」

「十年来の親友みたいなフォローをいれないでもらえますか」

「えー。傷つきます。ショックだー」

全くそんなことは思っていませんが、という気持ちがありありと伝わってくる無表情で、ヴィンスさんは俺を眺めつつ、器用にパスタを食べていた。確かに彼もお腹が減っていたようで、肉と魚は一騎打ちのような取り合いになり、見かねたピエールさんがもう一皿ずつ頼んでくれる始末だ。申し訳ない。しかしうまい。

ヴィンスさんとピエールさんの、素人にはよくわからないゲーマー談義が一段落した頃、ヴィンスさんは「ちょっと」と端末をかかげ、店の外に出ていった。連絡をとるらしい。誰にだ。オクタヴィア嬢か。俺も彼女に接触するチャンスかもしれない。

トイレに行くふりをして、俺も席を離れようとした時、ピエールさんが俺の腕をぎゅっと摑んだ。

「聞いてくれ、手紙があるんだ」

「え？」

「マリ＝クロードが俺にくれた手紙だ。もう二十年くらい前の話になる。彼女がパリで死んだって話を聞く、ほんの少し前にもらった手紙だ」

俺は席を立つチャンスを失った。

手紙はピエールさんのパンがおいしくてとても幸せだったという、心づくしの文章から始まったものの、最終的によくわからないものになったという。

「あのヴィラの中に何かがあるって、マリ＝クロードは書いていたよ。『あそこには大事なものがあるのに、もうどうしようもない』ってな。その時もう病気だったはずだから、回収はできなかっただろう」

大事なものがあるのに、どうしようもない？　どういうことだ。俺が尋ねると、ピエールさんは肩をすくめた。

「俺が思うに、彼女は何かを見つけちまって、でも怖くて持ち帰れなかったんじゃないかな。フランスはどこへ行っても歴史のある国だ。このあたりも古い建物には事欠かないが、あのヴィラも古い。サン・ジュストやミラボー伯爵の時代には、大金持ちの貴族か富農の家だったはずだ。革命が起こると、そういうやつらは目の敵《かたき》にされてな、持てるものだけを持って亡命していくか、すかんぴんで逃げるかの二択だった」

何が残っていてもおかしくはないと、ピエールさんはワインを飲みながら呟いた。

「あんたの友達は知らないが、あんたは彼女のヴィラに滞在しているんだろう。マリ＝クロードの娘に、ちょっと質問しておいてもらえないか。母親の気がかりを、あんたはもう見つけてやれたのかい？　って」

しばらくの間、俺は絶句していた。

昨夜リチャードが言っていた、宝探しの疑問点、その三、最大の謎。隠してもいない宝物を、どうしてカトリーヌさんは俺たちに探させるような真似ができたのか。宝を隠したのは誰なのか。

これは、もしかしたら。

「……マリ＝クロードさんは、その話を他の方にもしたと思いますか」

「さあな。彼女にとって俺は、ただの夏の間のパン屋だ。彼女の家族構成も知らないよ。俺にだけ話すなんてことは書いていなかったし、そんな理由もないだろう」

だが夏の家に、娘以外の誰かがいることは、一度もなかったようだとピエールさんは告げた。三日に一度は、朝の弱い彼女のわがままに応《こた》えて、三輪トラックでパンの配達に赴いたそうなのだが、とても静かなヴィラだったと彼は言った。マリ＝クロードの華やかさには不釣り合いなほど、誰もやってこない丘の上の家だったと。

人とおしゃべりするのはとっても疲れるわというカトリーヌさんの言葉が、俺の耳に蘇《よみがえ》った。

「その手紙は、まだピエールさんの手元に？」

「あるに決まってる。香水のにおいもそのままだ」

よければそれをカトリーヌさんに見せてあげてもらえないだろうかと、俺は彼に頼み込んだ。もちろんさと彼は頷く。そのために車を追いかけたのだと。明日の昼ごろ、車でヴィラを訪ねると約束してくれた。俺は思わず彼と握手していた。

この人に声をかけてよかった。何かが前に進むかもしれない。

「プチ日仏友好条約締結《ていけつ》ですか。世界平和に貢献してますね、中田さん」

真面目にちゃかすような声の主は、電話を終えて戻ってきたらしい。俺に冷たい眼差しを向けられてもしれっとしている。

テーブルの上の食べ物を片づけ、ピエールさんの酔いが醒《さ》めた頃、夕餉《ゆうげ》の席はお開きになった。当然のようにピエールさんが払おうとするので、俺が前に出ると、若い客人にそんなことをさせたらエクスの男の名がすたると言われてしまった。江戸《えど》っ子のようだ。

勘定を済ませ、また明日、と手を振って去ってゆくピエールさんの軽トラが、蛇行《だこう》ではなく真っすぐに走って消えてゆくのを確認してから、俺はくるりと振り返った。俺が背を向けているうちに逃げるかと思ったが、そういうことはしないらしい。

「……やっと二人になれましたね」

「物騒なことを言わないでくださいよ。カツアゲする先輩ですか」

「質問をいっぱい抱えた後輩です。どうして俺たちがここにいるってわかったんですか」

「え？　そこから質問します？」

オクタヴィア嬢から情報を受け取ってという話ではない。それは俺たちが夏のエクスに滞在するというざっくりした予定の話だろう。今日自分がどこへ何をしに出掛けるのかなど、俺自身、今朝は知りもしなかった。にもかかわらずピンポイントで俺のいるボウリング場に現れたのは何故だ。

ヴィラに盗聴器でも仕掛けられているのか。あるいは俺の携帯端末に、ウイルスアプリのようなものが？　いやそれはないか。ＳＩＭを空港で買って使っている代替機なのだから。監視？　いずれにしても趣味が悪い。

臆面《おくめん》もなく、何かのメールを携帯で一通送ってから、ヴィンスさんはようやく俺を見た。素の感情を覗かせる呆れ顔で笑っている。

「相変わらず真面目で勤勉ですね。アジアの美徳って感じだ。あなたの頭の中って、八割くらいはリチャードでいっぱいなんじゃありませんか。老師に利用されますよ」

「その件ですけど、シャウルさんのことをそんなふうに言うのはどうかと思いますよ。あなたの雇用主でもあったわけですし、給料の遅れは一度もなかったって、彼は言っていましたよ」

「直接確かめたのか。ふーん、やることがみんなまっすぐだな」

「それから八割も訂正してほしいです。このバカンスの間は九割七分くらいで。それで、どうして？」

「笑えない冗談は嫌いですよ。ミスター・ジェフリーの喋り方を真似してます？　やめたほうがいい、ああいうのは大金持ちだから許される、計算されたウザさですから」

ジェフリーの名前が出てきた。パリで聞いたばかりの情報が頭をよぎる。

「……その話も、本人から聞きました。彼のスパイだったことも」

「どうも。けっこう向いてるかもしれないなって、自分で思うんですよね。人に心を明かさないのは得意なので」

「リチャードの前で同じことを言えますか」

「言えると思いますけど、言ってもあなたに殴られませんか？」

「大丈夫じゃないんですか。ジークンドーで防御姿勢くらいはとれるでしょ」

「うんざりするな。だからそういうのはやめろって言ってるのに」

「あなたがリチャードをどう思っているのか、どういう鬱憤《うっぷん》を抱えているのか、そんなことは俺の知ったことじゃないです。俺にそれをぶつけるのもお門違いですよ。言いたいことがあるなら本人に伝えたほうがいいです」

そういうことは特にないです、とヴィンスさんはそっけない。わかった。言いたいことが特にないなら、こっちから本題に入らせてもらう。

「何のためにこんなことを？」

俺のポケットに宝石を入れたことも、オクタヴィア嬢に協力していることも、このプロヴァンスくんだりまで追いかけてきたことも、全て。

何のためなんだ。この人には何の益があるんだ。あるとは思えない。だとしたら。

一体彼の目的は何だ。

ヴィンスさんはしらじらと俺を見ている。夜のカフェはまだ営業中で、寒さ知らずのおじさんたちが、オープンテラスでサッカーの話をしている。居酒屋感覚らしい。ヴィンスさんはプラタナスの木の幹にそっと触れ、微かに笑った。

「今のあなたに説明しても、わかってもらえる気がしないな」

「気がする、気がしないとか、そんな話をしたいわけじゃないんです。こんな茶番はさっさと終わらせたいんですよ」

「私のほうからも同じ助言をもう一度させてもらって構いませんか？　あの男にあまりのめり込みすぎないほうがいいと言ったでしょう。全然聞いてもらえなかったな」

「のめり込みすぎないほうがいい？」

それは以前聞かされた『好きにならないほうが安全』『嫌いになったほうがいい』という戯言《たわごと》の話か。地球の裏側のゴミの分別法と同じくらいどうでもいい話としか思えなかったが、簡単に思い出してしまうのは、言われた時の嫌な感じが胸にまだわだかまっていたからだろう。

「そういう話も間に合っています。友達の心配をすることに、のめり込むも何もないです」

「……『友達』か。へえ、あなたってやっぱり熱いな。私とは違うタイプだ」

「いいんですか、こんなところで時間を浪費して。奥さんが心配しているんじゃありませんか」

リチャードに見せてもらった、昔のヴィンスさんの写真には、驚くべきポイントが二つあった。一つは体形、もう一つは彼の可愛いお嫁さんだ。結婚したとリチャードは言っていた。こんなストーカー旅行みたいな日々に、大切な人を同伴しているとも思えない。あの人は今どうしているんだ。

ヴィンスさんは特に驚いた様子もなく、あいつその話はしたのかとひとりごちた。この人がリチャードを『あいつ』と呼ぶ時、妙に俺の心はささくれだつ。そんなふうに親しげに呼ぶのなら、ちゃんとその距離感に見合う関係を維持し続ければよかったのに。

でも、そんなものは最初からなかったのか。

この人が家族の病気の治療のために、ジェフリーの申し出を必要としていたというのなら、そのためにリチャードの情報を流していたというなら、二人の関係は、『友達』という案内板の出ている道には続かなかったのか。

俺の眼差しに何かを感じ取ったのか、ヴィンスさんは頰《ほお》を片側だけ歪めて笑った。楽しい笑顔ではないことはわかる。

「私の事情は私の事情だ。好きなように言ってくださいよ。こっちにもいろいろ譲れないことはあるんです」

「譲れないこと？」

ヴィンスさんは答えない。埒《らち》が明かない。

「もっと事情を説明してもらえませんか。力になれるかもしれないし」

「あなたたちを苦しめることを目的にしている人がいるとして、その人に俺が協力していたら、わざわざあなたたちの望む事情なんか説明してあげると思いますか？　ノーですよ」

スイスのお嬢さまのことか。彼女はリチャードと、あいつの婚約者だったデボラさんの応援団だったという。二人の関係を破談に追い込んだ二人の従兄、そしてリチャードも許さないと。でも彼女の望む結末は何なのだ。何のためにこんなことをする。ただ苦しめるためにしては、フロリダ沖の船といい、この宝探しといい、もってまわった回り道が多すぎるだろう。

何のためにそんなことをする。

あるいは、そんなことをしなければならない事情があるのか。

リチャードたちを苦しめるという彼女の目的の他に、何か。

別の理由が。

ヴィンスさんは何も言わず、しばらくエクスの風景を眺めていたが、思い出したようにミラボー通りの端を指さした。西の方角。何のつもりだ。

「あっちのほうに、一時間くらいバイクで走ると、アルルって街があるんですけど」

「はあ」

「そこにも有名なカフェがあるんですよ。やっぱり画家がひいきにしていたカフェで、やたら黄色く塗られた壁の店が。今でも営業してます」

「はあ」

「その店をひいきにしていた画家は、頼りになる先輩を尊敬して、一時期は一緒に寝泊まりするくらい仲がよかったんですが、最終的にその人は、自分の左耳をかみそりで切り落として、二人は絶縁、はいそれまで、って有名な話があります。知ってましたか?」

耳を切り落とした男。俺でも知っている。南フランスは印象派の画家に愛された地方だと、観光パンフレットか何かで読んではいたが、ここはゴッホとゴーギャンが滞在した地方でもあったのか。錯乱《さくらん》したゴッホは耳を切り落とした。

誰と誰のことを言いたいのかわからないわけじゃない。しかし見当違いもいいところだ。

「……そういえばそんな話を、昔聞いたような気もします。アグレッシブだなあと思いますけど、それだけですね。心配ないと思いますよ。俺はフランス人じゃなくて日本人なので、もし腹に据えかねることがあったら、耳じゃなくて腹を切りますから」

返事は派手な舌打ちだった。何だ。今までの挑発は総スルーしたのに、この挑発には何故乗ってくる。

ヴィンスさんはいらいらとそっぽを向き、憎々しげに俺を見ていた。

「……彼女が何と言おうと、あんたのそういうところ、俺は全然好きになれない」

彼女? オクタヴィア嬢か? 彼女が俺を何と言っていたのだ。尋ねる前に、ヴィンスさんは髪をかきあげ、バイクに向かって歩いていった。待て。まだ話は終わってない。

「そこで待っているといいですよ。そのうちあなたのお迎えが来るでしょう」

「お迎え？」

「まだ気づいてないのか。あのＦＰＳマニアのおじいさん、あなたの自転車を荷台に載せたまま撤収しちゃったんですよ。徒歩で帰る気ですか」

「え？　あっ、あぁーっ！」

「邪魔が入る前に私は消えます。宿はエクスじゃないので、追いかけるだけ無駄ですよ」

　フルフェイスのヘルメットをすぽんとかぶり、ライダースのジッパーを喉元まで引き上げたヴィンスさんは、闇に溶け込む黒い馬のようだ。待てと言っても待ちはしないだろう。

しかし。

　こんな感情にふりまわされるのは悔しいが、どうにも腹が収まらない。

「自分の人生を浪費して、他人の人生を翻弄するのって、楽しいですか。俺は楽しくないです！」

「私も楽しくないですよ。でも」

　気は晴れるかな、と呟いて、彼はキックスタートをした。鈍い音を立ててバイクが消えてゆく。

　入れ替わりに、長い直線道路を走ってきたのは、青い軽自動車だった。運転席にリチャード、助手席にカトリーヌさん。どうして二人が一緒に。俺はどこに乗って帰ればいいんだ。しかし目を凝《こ》らすと後部座席の荷物が消えている。頑張れば三人で乗れそうだ。

「……見つけた」

「セイギ、よかったわ。いつまで経っても帰ってこないから、リチャードと心配していたのよ！　大丈夫？　怪我《けが》はない？」

「大丈夫です。ただ、お借りした自転車が、手元になくて……行方はわかるんですが……」

「今この状況で気にすべきことではないでしょう。そこのカフェで食事を？　安心しました。空腹で遭難していたらどうしようかと」

「お菓子をたくさん持ってきたのよ。あなたがお腹をすかせて泣いていたらかわいそうだから。セイギ、ごめんなさいね。あなたにも連絡先を教えておくべきだったわ。見つかってよかった。リチャードが今にも泣きそうな顔だったのよ」

「失礼ながらそれはあなたの話では、カトリーヌ？」

「私は泣きそうな顔じゃなかったわ、泣いている顔よ。私は涙をこらえたりしないもの」

すみません、すみませんと俺が繰り返すと、謝らないようにというリチャードの声が横から入った。もとはといえば彼女のせいなのですからとカトリーヌさんを見るが、眼差しに棘はない。カトリーヌさんも息子の言葉に食ってかかったりはせず、よかったわセイギと俺のことばかり気にしてくれている。連絡不足で心配をかけたことは完全に俺の責任だが、怪我の功名もあったのかもしれない。いや、それは好意的に解釈しすぎか。

カトリーヌさんが後部座席に乗り込み、どうぞと譲ってくださったので、俺は助手席に滑り込んだ。運転席のリチャードに、声を潜《ひそ》めて話しかける。

「リチャード、ここに来てくれたのって」

「連絡をいただきました。彼と、何か話を？」

名前は出ない。だが誰のことを言っているのかは明白だ。

リチャードの元アシスタントさんのことを考えつつ、俺は首を横に振った。

「大したことは何も」

「……そうですか」

「さあ帰るわよ！　私とリチャードはね、ピザをとって食べたから心配しないで。ピザってたまに食べるととってもおいしいのよねえ。翌日の肌荒れさえなければ完璧なんだけど」

予想はしていたが、二人のうちどちらも、俺の買った仔羊の肉を適当に焼いて食べようとは思わなかったらしい。少しほっとした。そこで俺は、彼女に報告すべきことを思い出した。

「カトリーヌさん、ご心配をおかけして申し訳ありませんでした。でも収穫があったんです。宝探しのことについて、話したいことがあります」

「まあ、なんて偶然かしら！　ねえリチャード」

はいとリチャードが頷く。どういうことだ。

運転席の男は、俺のほうを見て薄く微笑んでいた。

「私のほうも、ただあなたを待ち侘《わ》びていたのではないのですよ」

「じゃあ」

「その前に」

シートベルト、と細い指が、俺の腰を指さした。おっと。話は帰ってからですとリチャードは言い、ブレーキから足を離した。

嬉しそうにハミングするカトリーヌさんは、道中窓から身を乗り出し、今夜は月も星もきれいねえとため息をついた。月と星。そんなタイトルの絵があった気がする。黄色いカフェを描いた画家だ。

偶然の話だが、芸術の炎で己《おのれ》を燃やし尽くすような生涯を送った画家のファーストネームも、そういえば『ヴィンセント』だったなと、俺は不意に思い出した。

Le Troisième jour ～3日目～

プロヴァンス三日目の朝。鳥の声が賑やかだ。他の部屋を掃除する時間がなかったので、結局昨日もリチャードと同じ部屋で休む羽目になったが、疲労がたまっていて、隣のベッドに横たわっているのがおばけなのか人間なのか気にする暇もなく、帰宅後早々眠り込んでしまった。八時に目覚めると、既《すで》に隣のベッドはきれいに整えられていた。足音を殺して一階へ下りてゆくと案の定、ダイニングにリチャードの姿がある。ラフなシャツに、淡い茶色のパンツという、もうお馴染《なじ》みになった姿だが、よくよく見ると上下共に昨日とは形が違う。神を細部に宿らせる美貌《びぼう》は今日も健在だ。強《し》いて言うならいつもより少しだけ、顔が赤いような気がする。日焼けだろうか？

「おはようございます。準備ができたら、昨夜お話しできなかったことをお話しします」

よしきた。

シャワーのあと、リチャード氏謹製《きんせい》のロイヤルミルクティーと硬いパン、ついでにトマトを平らげると、俺はリチャードの隣に立ち、彼が眺めているものを見下ろした。

全てのくぼみに石がはまったストーン・ソリティア。

さまざまな色のマーブルに、クオーツ、青や緑の石たち。完成形を眺めるのは壮観だ。ルビーやサファイア、エメラルドなどのパキッとした色とは似ても似つかず、透明感にも縁がない、灰色や淡緑や薄桃色の石たち。これらの中には『半貴石』と総称されるものが多くて、ダイヤなどの『貴石』に比べると、可愛《かわい》らしい価格で流通している。貴石に比べれば安いのだ。カーネリアンやグリーンカルセドニーのように、突発的な需要で値が暴騰《ぼうとう》するものもあるが、どちらかというとコレクター向けの品物である。

だが、丸っこい石が居並ぶ姿は、どことなくこのヴィラの庭でさざめく無数の葉に似ている。親しみやすいお兄さんやお姉さんたちが、遊ぼうよと語りかけてくるようだ。鉱物の生まれ方を考えれば、年齢的には貴石たちと大差ない古さなのに。こういう気安さは一カラット数十万円の石にはないものだろう。そういえばこれはゲーム盤だった。遊び方を習っておくべきだったかもしれない。

そして当然、包み紙も揃《そろ》っていた。三十二枚、揃い踏みである。広いテーブルを活《い》かした並べ方に、最初は意味がわからなかった。文字の向きもばらばらである。何かの意図に沿っているのはわかるが、その意図が読めない。

紙に書かれた文字ではなく紙そのものをまとめて眺め下ろした時、俺は初めて、紙片が全て何かの図面の上に印刷されていることに気づいた。裏紙活用や印刷の乱れなどではない。古い紙だ。ジグソーパズルのように紙片を注意深く配置してゆくと、何かの巨大な図形が現れた。

四角い箱の中に、何本もの間仕切り。南のほうに広大な空き地。地図だ。それも馴染みがある。この家の見取り図か？　庭も含めて印刷されているから、私有地の範囲を示すものなのかもしれない。

その中にひとつだけ、これ見よがしな点が打たれているポイントがある。

どうやら庭のあたりのようだ。

「隠し地図……？　ここに書かれていた文字には、何の意味もなかったのか」

「何の意味もなかったとは思いません。ベクトルの異なる暗号が隠れていました。ですがその件については後《のち》ほど。この地図とは無関係なようでしたので」

ここ、とリチャードは地図の印を指先で叩く。本物の宝の地図だ。初めて見る。

掘ったら何か出てくるのだろうか。その前に俺も、情報を開示しなければ。

「俺のほうも、昨日言えなかったことがある。カトリーヌさんのお母さんを知っているおじいさんに会ったんだ。マリ＝クロードって名前の、きれいな人だったってさ。彼女からもらった意味深な手紙があるらしくて、今日の昼に持ってきてもらう約束をした」

「それがこの宝探しに関係あると？」

「この地図を見たらちょっと確信したよ。あると思う」

できることならこの話はカトリーヌさんにも聞いてほしかったのだが、眠っているのでは仕方がない。あとでもう一度話そう。

パリで死ぬ直前、マリ＝クロードがエクスの顔見知りにしたためた手紙。謎めいた内容で、ヴィラの中に大事なものがあるのに、もうどうしようもないと。気になる話だ。

どう思う？　と俺が水を向けると、リチャードは黙り込んでいた。

「……では、確定ですね」

「なにが？」

「この地図の作成者です」

マリ＝クロード、とリチャードは言う。そう言われれば、宝の地図は、宝のありかを知っている人にしか作れないのだから、そういうことになるだろう。他に誰か、宝のありかを知っている人間がいなければの話だが。しかしそんな人がいるのなら、もう宝は発掘されてしまっているはずだ。考えにくい。

それにしてもますます気にかかるのは、リチャードが挙げていた『疑問その三』だ。

何故《なぜ》マリ＝クロードの宝のありかを、オクタヴィア嬢が知っている。血縁者だったのか？　もしそうなら、話したがりのカトリーヌさんが「実は遠縁の子でね」くらい言ってくれる気がする。そうでないのなら何故。

俺が黙りこんでいる理由に、リチャード先生はお気づきのようだが、言葉は返ってこない。答えないだけの理由があるのか。

「……オクタヴィアは、この宝がマリ＝クロードさんの隠したものだって知っていたのかな。それとも何かのきっかけで、宝の地図だけ手に入れて、カトリーヌさんに声をかけたのかな」

「無論、知っていたのでしょう」

リチャードの言葉にはためらいがなかった。それは確定情報なのか。リチャードはどこでそんなことを知ったんだ。

少々お待ちをというふうに、美貌の男は指を一本立ててみせた。そしていつの間にか探し出してしまった三十三個の石のボールを、使っていないサラダボウルにざらざらとあけ、ストーン・ソリティアの卓だけを残す。卵がたくさん並べられそうなゲーム盤だ。

それを。

白い手が、上下二枚にバリッと割った。

「うわっ、壊したのか！」

「失敬な。これは合板です。球を載せる部分と、土台の部分、二つのパーツを張り合わせた品物でした。多少無理をしてこじあけたところ」

「やっぱり壊してるじゃないか……」

「然《しか》るべき手順で解体しただけです。二枚の板の間に」

石の球を包んでいたのと同じタイプの紙片が、三枚、入っていたという。なんてこった。リチャードは一度発見した手紙を、そのまま戻しておいたらしい。

カトリーヌさんが石を隠した時に使った、紙片の仲間ではない。書かれているのも詩ではない。もっと大きな紙に、文字がびっしり書かれている。これは手紙か。

「既に写真は撮影済です。奇妙な書簡ですよ」

「何でわざわざ戻したんだ」

「今の段階でカトリーヌの目に触れた場合、少し困ったことになるかもしれませんので」

カトリーヌさんに関係した書簡なのか。俺が目にしてもいいのかと確認すると、リチャードは涼しい顔で促《うなが》した。多分、読めるものなら読んでみろという意味だったのだろう。

みみずがのたくったような筆跡の文字は、単語の拾い読みでかろうじて英語と理解できる。文末のマリ＝クロードというサインからして、これはカトリーヌさんのお母さんの手紙だろう。文章のはじめにある、ディアー・コンテスというのは、宛名か。コンテスさんへの手紙？　女性の名前か。

「よくこの中に、何か入ってるってわかったな」

「予感はありました」

え？　俺が顔を上げると、リチャードは口ごもってから、至極なんでもないことのように告げた。

「カトリーヌに確認して、このストーン・ソリティアがオクタヴィアから贈られた備品だと確認できたため、ほぼ確信がありました。私とオクタヴィアとの間で、手紙のやりとりをする際に、こういうトリックを使っていたのです。あの時に使ったのはソリティア盤ではなく、手紙を入れる文箱《ふばこ》でしたが」

通常のやりとりでは検閲《けんえつ》が入るため、本心からのことは書きにくい。そのために一計を案じたのだとリチャードは言った。彼女に差し出す手紙を入れた木の小箱を、二重底にして、本当の手紙はその中に隠してやりとりしたのだと。

つまりこのソリティア盤そのものが、彼女からリチャードへのメッセージになっていたというわけか。そんなことがあったのか。だが一番気になるのはそんなことではない。検閲？

「……なあ、本題からずれるのは承知だけど、教えてもらえないか。オクタヴィアは、スイスにいる、気合の入った引きこもりなんだよな？」

「あのよく喋《しゃべ》るキャッシュカードがそんなふうに言ったのですか」

「ジェフリーさんのことを言ってるなら、そうだよ」

リチャードは頷《うなず》く。手紙のやりとりが検閲される、気合の入った富豪の引きこもり。犯罪すれすれの行為に手を染めながら、周囲の人物にそんなことはやめたほうがいいよと諭《さと》されている様子も、あの動画メッセージを見た範囲ではなさそうだ。どういうことだ。十七歳の女の子が、どうしたらそんな属性を背負い込める。

「……もうしばらく、待っていただいてからでも構いませんか。私はあなたに嘘《うそ》をつかないと言いました。ですがこの件に関しては、状況がもう少し確定的になってからのほうが、どちらにとってもよいと思うのです」

「それは俺にとっても、オクタヴィアにとっても、ってことか」

リチャードは沈黙で答えた。了解だ。俺はまだ彼女のことを、困ったお騒がせのお嬢さんだと思っていればいいらしい。そんなふうにはそろそろ思えなくなってきたが、そのほうがオクタヴィア自身にとってもよいというのなら、信じよう。このバカンスが終わったあと、彼女のことを調べるのは俺の勝手だ。だがネットで名前をサーチする程度のことはもう済ませている。それらしい情報は何も出てこなかった。次はどうしたものか。スイスに行ってみるか？　さすがに広すぎる。別の方法を考えよう。

俺が頷くと、リチャードも頭を切り替えたようだった。盤の中から出てきた手紙を、改めて俺に示す。

「宛名にご注目ください。読めますか」

「『コンテスさんへ』ってところだな」

「嘆かわしい。『コンテス』は『伯爵夫人』という意味の名詞です」

伯爵夫人？

ぽかんとする俺の前で、リチャードは言葉を継いだ。

「伯爵夫人レア、レアンドラ・クレアモント。スリランカからやってきた伯爵夫人にして、私のもう一人の祖母。マリ＝クロードと伯爵夫人レアとの往復書簡が、この中に保存されていました。内容は読んでの通りですが」

「ご、ごめん、まだ読めていない」

「…………」

リチャード氏はふっと片眉を持ち上げ、少し酷薄《こくはく》に笑った。ぞっとするような美しさだ。新しい課題を発見した先生が、こんなに底意地悪く麗《うるわ》しく笑うのなら、誤答をすることさえ楽しくなってしまうだろう。こいつの本職が先生でなくて本当によかった。

「なるほど、あなたは筆記体の読み解きがまだ苦手なのですね。英語圏の人間でも苦労を要するジャンルですので当然といえば当然かもしれませんが、新たな展望が開けるのは喜ばしいことです」

「俺を課題漬けにするのが楽しみだって気持ちは伝わってきたよ。それより」

リチャードの二人の祖母の間に繋《つな》がりがあったことも驚きだが、気になるのはそれだけではない。

マリ＝クロードが伯爵夫人に出した手紙が、何故オクタヴィア嬢の手元に渡っている？

「……オクタヴィアは、お前の家の関係者なのか？」

「関係者というほどでは。過去、彼女の家とクレアモント家との間には、確かに繋がりがあったようですが、それも社交界での話で、祖母の手紙を個人的に所有しているような繋がりはありませんでした」

ならば何故。俺が追及しようとすると、リチャードは一本、指を立てた。さっきとは違う。サイレンス。『静かに』？　何故だ？

「ところで――そこで立ち聞きしていらっしゃる美しいご婦人、出てきていただけますか。あなたの姿を見ずに時を過ごすには、人の一生はあまりにも短い」

「まあ、息子に『美しいご婦人』なんて言ってもらえるなんて、お母さんって幸せね」

しゃなりしゃなりと出てきたのは、今日もばっちりと身づくろいを整えたカトリーヌさんである。二階へ続く階段の途中に立って、ダイニングの話を立ち聞きしていたらしい。

「おはようセイギ、おはようモン・プチ・リシャ。お話は聞かせてもらったわ。あなたたち、宝物を見つけたのね！　なんて素敵！　本当に見つけてしまうなんて」

リチャードは呆《あき》れつつも冷静な顔をしている。ことがここまで行き詰まってくると、質問すべきことが列を作っていて、余計なことを考える暇はないのだろう。

「カトリーヌ、朝からこのようなことをお尋《たず》ねするのは不躾《ぶしつけ》ですがどうぞお答えを。あなたはこの屋敷のどこかに、マリ＝クロードが遺した宝があると知っていたのですか」

「いいえ、全然知らなかったわ。オクタヴィアちゃんから連絡をもらうまでは全然。このヴィラだって、私の手元に残っていたわけじゃないし」

「オクタヴィアは今回の件をどのようにあなたに依頼したのです？　『リチャードを楽しませてあげて』とでも？」

「まあ、可愛いおひとよしさん。女の子がいつもそんなに優しいと思ったらやけどをするわよ。詳しいことは女同士の秘密だから教えてあげられないけれど、そうね」

カトリーヌさんは一度、リチャードから俺のほうにぐるんと首の向きを変え、にっこりと花のように微笑《ほほえ》みかけてくれたあと、また息子に向き直った。

「ないしょ」

「……彼女は正義《せいぎ》のことを？　彼のことは何と？」

「だからないしょ。そんなに暗い顔をしないで。悪いことなんか一つも言わなかったわ」

「わかりました。では気が向いた時にでも、是非《ぜひ》教えてくださいませ」

リチャードが質問を退《しりぞ》けてしまうと、カトリーヌさんは遊んでもらい損ねた子どものような、ちょっと残念そうな顔で笑った。俺たちが飲んでいるロイヤルミルクティーに気づくと、カトリーヌさんは顔をほころばせた。

「私もそれが飲みたいわ。キャラメルのショコラ？　甘いのは好きよ」

「申し訳ありませんが、牛乳アレルギーの方には不向きかと」

シチュードティーの一種ですと言うリチャードの解説を、カトリーヌさんは聞いていなかった。聞き流していたのではない。目を見張ったまま立ち尽くしていたのだ。美貌の男は片眉を上げ、何ですと問いかけたが、リアクションも遅かった。

「……私のアレルギーなんて、そんなことまで覚えていてくれたの。最後に会ったのは十年前でしょう。そんなに前に会った人のこと、そんなふうに覚えているもの？」

「九年前です。何年前のことだろうが、あなたの情報を私が忘れるはずがないでしょう」

　その瞬間、二人の間に行きかった感情の種類が、俺にはよくわからなかった。カトリーヌさんは今にも泣きだしそうな顔をしたが、リチャードはその表情に応じなかった。さて次のトピックへとでも言いたげな、業務的な涼しい顔である。だがこの男が好きこのんでそんな冷たい顔をしないことくらい、俺も知っている。そうしなければおさえておけない何かの感情を、まだこの男は持て余している。

　彼女はぐっと奥歯を食いしばるような顔をしたあと、ほんのりと満足げな笑みを、ふっくらした唇に浮かべた。

「さあ、これから宝物を探すのね。どこにあるの？　私にも教えて。それからそのお手紙も読んで構わないかしら。私のお母さんのものなんでしょう」

「老婆心《ろうばしん》ながら、我々が『宝物』を発掘したあとにすべきかと思います。大したことが書かれているわけではありませんが、まだ意味が不明瞭な部分もありますので」

「もったいぶるんだから。けち。でもいいわよ。私はお母さんだから、子どもが『待って』って言う時にはちゃんと待ってあげるわ。それが宝の地図？　私にも見せて」

カトリーヌさんはダイニングテーブルの前に陣取り、リチャードが並べた紙片を前に、わあっと歓声を上げた。包みはしたが図が隠れているとは思ってもいなかったと、素敵だわを英語とフランス語で連発する。

「これは、ヴィラのお庭を示しているのね？　地面の中に埋まっているの？　あらまあ」

「かもしれませんし、そうではないかもしれません。地下収納の場所を覚えていますか？」

「ワインを入れておくところ？　外にまだあると思うけれど、それがどうしたの」

「確認したいことがあります」

既に靴履《ば》きのリチャードは、スリッパのカトリーヌさんに、安全な靴に履き替えるよう優しく指示してから、屋敷の庭に向かった。

この庭には、やはり独特の力がある。緑の中に入ってゆくと、すーっと空気の濃度と吸い心地が変わるのだ。そして樹木。きらきらと輝く緑の洪水と、さっぱりとした灰茶色の幹が、どこか頼もしい。何の特徴もない、のっぺりした四角いプールだけは、何度見ても興ざめとして。

地下収納というのは、庭の片隅にある石の掘っ立て小屋のような場所で、一メートル半ほど土を掘って石壁でかためたところに、カトリーヌさんが言っていた通りワインが冷えていた。冷蔵庫に入れているわけでもないのにひんやりと冷たい。昔の人の知恵だろう。

それにしてもかびくさいわねと、顔をしかめるカトリーヌさんをよそに、リチャードは膝《ひざ》を汚して跪《ひざまず》き、それほど広いわけでもない収納の四隅を探った。ワインの箱が置かれている場所が気になるようで、木箱を持ち上げてどかそうとするので、俺が慌てて手伝う。何を探しているんだ。宝の地図が示していたのは、もっと遠くのほうだったのにと。

木箱を持ち上げた瞬間、ゆらりと空気が動いた。今までの比ではないかびた空気が、むっと上に吹き寄せてくる。何故だ？　壁にはどこにも穴なんかないのに。

リチャードは数秒、石の壁を見つめていたが、おもむろに石と石のすきまに手を差し入れ、ぐっと引いた。当然のように壁が崩れる。何をしているんだこの男は。止めに入ろうとした俺は、その前にあっけにとられた。

壁の向こうにもう一枚、壁が姿を現した。今度の壁の足元には、子ども一人くらいなら通れそうな穴が、ぽっかりと開《ひら》いている。

「……やはりか」

「あら、いやだわ穴なんて。壊れているの？　ヴィラにやたらと虫が湧くのはこのせい？　いやあね、修理業者を呼ぶべきかしら」

俺にはそうは見えない。丸っこい穴が開いてはいるが、穴の入り口は補強されている。エクスの旧市街と同じ、白い石の色だ。経年劣化でうっかり開いてしまった穴ではないだろう。このやる気のない地下収納も、ひょっとしたら。

「カトリーヌ、これは秘密の脱出通路です。地下収納はそのカムフラージュでしょう。百年か二百年前、このヴィラの所有者が、万が一の事態に備えてつくらせた非常口である可能性が高い」

「…………まあ！　なんてロマンなの」

「ゆえに、先ほどの地図は」

「みなまで言わないで。この通路の向こうに宝物があるのね。わくわくしちゃう！　でも困るわね、本当にかびくさいわ。待っていて。ハンカチを取ってくるから」

たっとヴィラに戻っていったカトリーヌさんを待たずに、リチャードは穴の奥に携帯端末を差し込み、ライトであたりの様子を確認した。奥は入り口より広くなっているらしく、光が広がらない。

「これも手紙に書いてあったのか」

「類似した情報は存在しました。『隠された場所が存在する』と。しかし、私の想像通りなら……」

「スコップか何か必要か」

「バスタオルのほうがよいでしょう」

了解だ。俺は洗面所からバスタオルを摑《つか》んで戻った。カトリーヌさんはまだハンカチを選んでいる。腕に巻きつけると、リチャードは穴に腕を差し入れて、容赦《ようしゃ》なく二枚目の壁も崩した。大丈夫か。生き埋めになったりしないか。俺の心配をよそに壁はあっけなく崩れ、視界は大きく開けた。高さ一メートル五十センチくらいの空洞だ。入り口は目立たないよう小さくなっているが、一度中に入ってしまえば、かがんで歩ける仕様らしい。

しかし。

二メートルほど先で、通路は急に、途切れていた。何だあの、銀行の金庫室のような、非現実的な灰色の壁は。周囲の石壁よりもかなり新しそうに見えるし、のっぺりと平《たい》らだ。あれは一体。

「やはりか。あれはプールです」

「……は？」

「私が幼い頃、このヴィラにプールは存在しなかった。恐らくマリ＝クロードの後の所有者が改装し、バスタブにあたるものを外部から持ってきて埋め込んだのでしょう」

背筋を冷たいものが走る。そうと知らず上から通路が押しつぶされてしまったということか。じゃあ。

「宝物はつぶれてしまったってこと？　まあ……ひどいわ」

戻ってきたカトリーヌさんが、力なくぺたぺたと階段を下りてくる。はいこれと彼女は俺にハンカチをくれた。青地に黄色い小花柄で、香水のいいかおりがする。リチャードには白いガーゼハンカチだった。

「冷静に」

そしてリチャードは淡々と、地下に空洞が空《あ》いている場所に、おいそれとプールをはめこもうとする業者はいないでしょうと言った。それは確かに。元から崩れていて、落盤していた可能性が高い。加えて、出口の存在しない隠し通路など存在しない。最後に、宝の地図がマークしていた場所は、プールがあった場所よりも庭の外周部に近かった。ゆえに。

「隠し通路の出口を探しましょう。そこから侵入し、入り口に向かって道をたどれば、どこかで宝にたどりつく可能性が高い」

「……リチャード、あなたいつからそんなに頭がよくなったの」

「さあ」

真面目な顔でリチャードはとぼけてみせた。信じられないような質問である。リチャードはリチャードだ。九歳の頃のペリドット事件の話からしても、頭脳明晰《めいせき》なお子さまであったことは明らかだろう。にもかかわらずカトリーヌさんは、息子のスマートさに本気で驚いている。これが親というものか。あまり気にせず、俺は挙手する。

「どうやって出口を探すんだ。地下収納とプールの方向を直線で結んだ延長線上にあることは、おおまかにわかるとしても、ずっとまっすぐ通路がのびているとは限らないだろう」

「その通りです。こういう時にもあの地図が役立ちます」

さっきまで懐中電灯にしていた携帯端末で、リチャードは画像を呼び出す。文明の利器よ、ありがとう。三十二枚を上から撮影し、一枚の図としておさめた画像は、確かに宝のありか以外にも、薄い線のようなものが描かれていた。これが庭を貫通して横切る隠し通路か。

おおまかな方向、位置は、縮尺でつかめそうなものだ。しかし忘れてはいけない。ここは自然豊かなプロヴァンスである。この庭から、隠し通路の出口に至るまで、ほぼ全てが野原である。大丈夫なのか。

地下収納を出て伸びをしたカトリーヌさんは、ちょっとくたびれた顔をしていた。

「大変なピクニックになりそうね。お弁当をどうしましょう」

「カトリーヌ、あなたはヴィラで待機してください」

「あら、どうして?」

今日はお昼にお客さまがいらっしゃるので、とリチャードはカトリーヌさんを優しくなだめる。そうだ、ピエールさんが大事な手紙を持ってきてくれるはずなのだ。だから誰か一人はヴィラにいなければならない。美貌の母子《おやこ》のどちらかが。探偵役がいなければ探検の舵《かじ》取りはできない。ゆえに彼女には留守番を任せたいと。

「とても大切な役目です。お客さまをもてなすのが女主人のつとめですからね。待っていてくださいますか」

「任せてちょうだい！　おもてなしは得意よ。お母さんの昔のお知り合いなら大歓迎。楽しみだわ。ごめんなさいね、ご一緒できなくて」

お気になさらず、とリチャードが会釈《えしやく》し、ヴィラまでカトリーヌさんをエスコートしてゆく。くたびれた彼女がソファで炭酸水を飲み始めるのを待って、俺は声を潜《ひそ》めてリチャードを呼んだ。

「……なあ、大丈夫か」

「無論です。カトリーヌをのせるのはそれほど難しくありません。昨日のような醜態《しゆうたい》は二度と」

「そうじゃなくて」

やはり顔が赤い。日焼けでもなさそうだ。

今日のこいつは少し、熱っぽいのではないだろうか？

ちょっとごめんと前置きをして、俺はリチャードの手を握った。案の定、熱い。タオルで壁をどんどん削っていた時にも少し驚いたが、コンディションが少し崩れると、この男は大胆《だいたん》な行動をするようになる。いつもは理性でセーブしているものが若干《じやつかん》、溢《あふ》れるのだ。甘いものを大量に食べたり、マンツーマン英会話教室がよりスパルタになったり。

リチャードはしばらくぽかんとしていたが、手を離した俺が心配そうな顔をしていることに気づくと、ふっと笑い飛ばしてしまった。

「ナンセンス。慣れない環境の滞在が続いているので、多少寝不足の感はありますが、それ以上のものではありません。早く片づけてしまいましょう。これが終わればあなたもスリランカに戻れる」

「別に慌てる必要はないだろ。快適なバカンスを過ごしてるよ。まず俺が一人で行くのは駄目か。偵察だけでも」

「慌てるつもりはありませんが、のんびりする気もありません。天気予報では本日の夕方以降、久々の雨が予想されるとのことでした。装備を整えたら出発しましょう。準備は万全に。予備の充電器もお忘れなく」

「……まあ、雨の中を歩くよりはましか」

「そういうことです」

こうなってしまえば是非もない。ドン・キホーテのおともの従者になるつもりはないけれど、リチャードが行くというなら俺も行こう。何かあった時一人では心許《もと》ない。

エクスの図書館で調達したと思《おぼ》しきヴィラ周辺の地図のコピーと、紙片パズルの地図とを、端末の画像アプリで重ね合わせ、おおまかな距離をつかむ。ヴィラの形が微妙にずれているのが心配だが、方向や距離感は確認できる。何とかなるだろう。

帽子にサングラス、首にハンカチ、背中のリュックに軍手と飲み物という装備で、俺とリチャードは宝探しのピクニックに出発した。せいぜい一キロか二キロの旅路だろうが、道がない。丘の上のヴィラと周囲の畑との間に広がっているのは、ゆるい下り坂になった原野である。道なき道という言葉がぴったりな原っぱは、かたい草と赤い花で覆《おお》い尽くされていた。こんなことならジャングル探検の装備でも整えてくるのだった。足を滑らせないよう気をつけなければ。

リチャードは俺を先導し、言葉少なに進んでゆく。

「……プロヴァンスは、お気に召しましたか」

「もちろん。でもこの赤い花の名前がずっと気になってる。あっちこっちで咲いてるな」

「コクリコ。日本語ではヒナゲシかと。とてもフランスらしい花です」

いつものリチャードならば、嘆かわしいとか知識の偏在とか、一言二言俺をなぶってゆきそうなものだったが、そういう気配はなかった。やはり本調子ではないらしい。

そもそもオクタヴィア嬢の託した、詩の暗号は何だったんだ。隠されると余計に気になる。

くさくさしても仕方がない。宝のことを考えよう。

「昨日会ったおじいさんが言ってたんだ。このヴィラの昔の持ち主は、革命の時に取るものもとりあえずで逃げていった大金持ちだろうから、何が残っていたって不思議じゃないって。なあ、何があるのかな」

「本当に名のある貴族や豪商であれば、王政復古のあとに縁者が帰還し、隠した宝物を回収したことでしょう。ヴィラの周辺は辺鄙《へんぴ》ですが、完全に無人というわけでもありません。既に誰かが立ち入っている可能性もあります。期待しすぎるのもどうかと」

「それはそうだけどさ。たとえば大粒のルビーとか、サファイアとか」

リチャードは俺の問いかけに三回に一回しか答えなかった。足元が悪いということもあるが、やはり心配だ。俺の知る限りこの男が俺の前で喋り渋ったことはあまりない。

本当に引き返さなくてもいいのかと、俺もしつこく声をかけ続けたが、その都度無視され、結局汗ばむ頃合いまで歩き続けてしまった。方角は間違っていない。多分俺たちは隠し通路の上を歩いているのだ。そのうちどこかにその出口が見えてくる。今のところ、あたり一面草原ではあるが。

「なあ、本当に」

引き返さなくて、と続ける前に、リチャードが足を止めた。

野原の中に何かがある。穴のようなものが。枯れ井戸だろうか。つくりは古そうで、つるべもない。もちろん使われている様子も。

これは早々にビンゴか。

俺はそっと、環状に積み上げられた石段の中を覗《のぞ》き込んだ。一応、底は見える。だが深い。蜘蛛《くも》の巣が張っているのが見える。二メートルはあるだろうか。

過激な落とし穴のようなポイントではなく、せいぜい防空壕《ぼうくうごう》跡のような斜面を想像していたので、これは予想外だった。どうやって下りたものか。

「……ロープか何か必要だな。フリークライミングは絶対にやめたほうがいい」

「同感ですが、下りの場合にも『クライミング』という表現はいかがなものかと……」

「わかった、わかったから」

場所はわかった。代わりばえのしない風景だが、気休めにあたりの景色を撮影して、もう一度戻れるように保険をかける。

とりあえず一旦《いったん》ヴィラに、と声をかけようとすると、リチャードが座り込んでいた。休憩しますという声が掠《かす》れている。言わんこっちゃない。

「そこで待ってろ。いや、ヴィラに戻ったほうがいいかな。あとは俺が何とかするから」

「……不甲斐《ふがい》ない」

「ロンドンの俺を思い出せよ。風邪で倒れてただろ。お互いさまだ」

リチャードの手を摑んで、立たせようとした時、地面が揺らいだ。えっ？

後ろから誰かに思いきり引っ張られたような衝撃が一瞬、その後数秒、意識がとんでいたような気がする。

は？　という口の形のまま、気がついた時には俺は寝ていた。平衡感覚がおかしい。立っていたはずなのに、今は空を見上げている。しかも高くて遠い。かびくさい。穴に落ちたのか。とりあえず頭や腰を確認する。怪我はない。流血もなし。

「どうして、いきなり……」

「……空洞の出口の地盤がゆるんでいたのでしょう。成人男性二人分の重量がいきなり増えたことを考えれば、崩れても不自然では」

「うわっ、お前もか」

隣を見るとリチャードがいる。俺同様尻もちをついてはいるが、怪我はなさそうだ。真上に巨大な穴があいていて、少し先に俺が覗き込んでいたものと思しき井戸の出口が見える。天井の上を歩いていた結果、薄くなっているところで上階から下階に落ちたのか。勘弁してほしい。

空洞の中の石畳はじんわりと湿っていて、寝ていると背中が冷たくなってくる。呼吸をすると問答無用でかびのにおいが入り込んでくるのもたまらない。天井までの高さは二メートルと少し。男二人なら何とかなる。

「肩車すれば片方は出られるな。ちょっと俺の肩の上に立ってさ、助けを呼びに行ってくれないか」

「逆ならば了承します。あなたが出るべきだ」

「言語の問題があるだろ。現実的にレスキューを呼びやすいほうが脱出すべきだって」

「疲れているので、少し休みたい」

何を言っているんだこの男は。こんな白骨化するまで休み続けられそうな場所で休憩してどうする。俺はリチャードの手に触れた。さっきよりかなり熱い。無理やりにでもこの男をヴィラに残してこなかったことを、俺は一生分後悔した。俺の悶絶《もんぜつ》をよそに、リチャードは懐《ふところ》から携帯端末をとりだし、作動状態と電波を確認すると、さっさと連絡をとり始めた。シンプルなナンバーだ。レスキュー隊である。こういう時でもリチャードが冷静で安心する。

流暢《りゅうちょう》だがけだるいフランス語で、恐らくは『庭を歩いていたらいきなり埋まった』という信じがたい状況を報告したリチャードは、リチャード・ド・ヴルピアンという、滅多に使わないレアな名前で名乗ったあと、回線を切り、何故か俺に端末を投げた。

「眠い。あとは任せました」

この『眠い』は『だるい』と解釈するべきだろう。日本のレスキュー隊は通報から平均九分かそこらで到着すると、総務省の資料に書かれていた気がするが、フランスの場合はどのくらいでやってきてくれるのだろう。

「カトリーヌさんには連絡を……」

「レスキューが到着すれば彼女にも伝わるでしょう。下手《へた》に連絡して彼女まで落ちてくるのが一番怖い」

言っていることはわかるし、この状況を彼女が知ったらどれほど取り乱すか考えたくもないが、突然レスキュー隊がやってきて『息子さんから埋まっているという連絡を受けました』という局面に立たされるのも同じくらいつらいものがあるだろう。メールくらいは、と俺が言っても、リチャードは首を縦に振ろうとはしなかった。

こういう時誰に連絡するのがいいのだろう。

わからないながらも、俺も一件だけ、自分の端末で連絡をいれて、リチャードのものは丁重にお返しした。十分か三十分か、あるいはそれ以上か、ここでのんびり空でも見ているしかないのか。

——いや。

俺がはっとしたのと同じタイミングで、リチャードがぼんやりと口を開いた。湿っているところが嫌になったようで、のっそりと移動して、きれいに組み上げられた石壁にもたれる。喉《のど》のあたりが赤い。心配で人が死ぬなら、今の俺はかなりの命の危機だと思う。

「……嘆かわしい。私を観察している場合ですか。探検をするのならば、今が最後のチャンスかもしれませんよ。人命救助を第一とする人々は、今後の宝探しへの支障など気にしてくれないでしょう。こちら側の入り口も埋まってしまえば、宝のありかを確認するのは不可能に」

「そんなこと言ってる場合じゃないだろ。大声で人を呼んだりしなくていいのか。いやここじゃ呼んでも来ないか。どうにか出られないかな。ああっ俺、慌ててるよな、落ち着かないと」

「……カトリーヌの言っていたことが、よくわかった」

　え？

　中腰でうろうろする俺を眺めつつ、リチャードはくすくす笑っていた。

「私があなたを従者のように扱っていると言った件を、彼女はボウリングから戻ってきたあと、確かに訂正してくださいました。『子ども扱いしている』と」

「それ、今話すことか……？」

「私にもあなたと一緒に慌てろと？　落ち着きなさい」

　話はわかる。過保護だとか、面倒を見すぎているとか、そういうことだろう。

　しかしそれはリチャードという男のハイパー・ハイスペックゆえのことで、何も俺に限った対応ではないのではないだろうか。

「しかしカトリーヌは、私のことばかり見ていて、あなたの観察を怠《おこた》っている。それは何も私に限った話ではない」

　熱っぽい顔で、リチャードは俺を見ていた。今にもぶっ倒れそうな顔ではない。しかし動くのはつらいようだ。背中でつぶれているリュックサックから飲み物を出して差し出すと、どうもと言いながらリチャードは手を伸ばしたが、一度受け取り損ねた。

「何故あなたまで、私のことを子どものように扱うのです。くだらない戯言《たわごと》と思って聞き流してくださって結構ですが、時々あなたを見ていると、悪影響ばかりを与えているような気がします。あなたは私を喜ばせるポイントを随分前から器用につかんでいますが、だからといっていつまでも私の笑顔を見ているだけが能ではないでしょう。おわかりですか、あなたは日本人には珍しく、英語をはじめとした言語に習熟し、社交能力に長《た》け、観察眼に優れ、思いやり深く、何よりもまだ若い。何故私に執着するのです。もっと広い世界を」

「お前の話を聞いてるのが俺は大好きだけどな、今だけちょっと失礼させてくれ。宝探しに出かけてくる」

「……左様ですか」

「本当に話したいことがあるなら、あとでちゃんと聞く。でも今は安静にしてくれ」

何かあったら大声で呼ぶか、携帯を鳴らしてくれと俺が告げると、リチャードはカトリーヌさんのような節回しで、そうしますと朗《ほが》らかに返してくれた。まったく。体調が悪い人間は世迷《よま》いごとを連発する決まりでもあるのか。話半分に聞くことにしよう。

端末のライト機能を使って足元を照らしつつ、俺は横穴を進んでいった。ゆるい上り坂で上下左右は驚くほど盤石《ばんじゃく》に整備されているが、数メートルもゆくと、照らしている場所以外は全く何も見えなくなる。足元以外の視界がない。これは本格的な宝探しだ。

「……なあ、歌ってもいいかな！　元気が出るし、俺が遭難してないってわかるだろ」

俺の叫び声は、わん、わん、わん、と反響していった。ご随意《ずいい》に、という小さな返事が聞こえた。聞こえたような気がする。そういうことにして何か歌おう。

何がいいだろうか。カトリーヌさんがさんざん車で流してくれたフランス語の歌を、頭が少し覚えている。歌えるところだけ空耳で歌ってみよう。サビは完璧だ。パローレパローレと繰り返しているだけだから。でもあれは本当に全部フランス語なのだろうか。調べたがどうも発音が少し違っているようだ。

地上を歩いていた最中に確認した地図を思い出す。宝物の真上と思しき地点を通り過ぎ、野原を歩いて、五分かそこらで俺たちは井戸にたどりついた。野原の足元の悪さは整備された地下道の比ではなかったので、三分もあれば到着するのではないだろうか。この歌のワンコーラス分くらいだ。

ちょっと行きすぎたか、くらいのところまで歩いて、俺は回れ右をした。ここから石畳や天井を照らしに照らして少しずつ戻ってゆけば、その間のどこかで宝にかち合うだろう。

それにしてもマリ＝クロードさんは、宝を回収しそびれてしまったことを悔いた手紙を書き送っていたが、何故こんな辺鄙なところに隠してしまったんだ。プールがない時にはきっともっとアクセスが楽だったのだろうが、次に探しに来る人間の労苦をもう少し考えてほしかった。

がっちりと組まれた石の道は、進んでも進んでも変化がない。一本道で助かった。分かれ道があったら簡単に迷子になっていただろう。

宝は本当にあるのだろうか。どんな形状の宝だろう？　袋に入っているのか？　それとも箱？　地面に埋まっている？　それはないか。簡単に掘り返すことができそうな石畳ではない。そもそも、そんなものここに本当にあるのか？

薄暗闇《うすくらやみ》の中で、息苦しさと重苦しさが密度を増す。リチャードはあまり期待するなと言った。穴の中といっても野ざらしだ。動物がくわえて持っていってしまうことだってあるだろう。そうなったらリチャードやカトリーヌさんには申し訳ないが、「何もありませんでした」と正直に――

「………ん？」

八割が空耳だった俺の歌は、唐突に終わった。

どうやら、そういうことは言わなくて済みそうだ。

右側面の壁の足元に、一カ所、くぼみがあった。箱だ。日本ならば道祖神《どうそじん》でも置いておけそうなスペースで、石像の代わりに何かがある。箱だ。三十センチかける三十センチほどの箱で、酒の名前と年号が書かれているのがおぼろに見てとれる。一九六九年。少なくともそれ以降に置かれたことは確実だ。ピエールさんは手紙をもらったのは二十年くらい前だと言っていたから、ひょっとすると。

おそるおそる持ち上げる。吹き払ってどうにかなるレベルの高さではない埃《ほこり》が積もっていて、これはそのまま運ぶしかなさそうだ。中で何かが揺れる音がする。軽い、カサカサという音だ。古新聞の緩衝材《かんしょうざい》でも詰まっているのだろうか。蓋《ふた》は釘《くぎ》が打たれているから、開けるのは手間だろう。いかにもという感じだ。

自然と笑みがこぼれてくる。あった。ないかもしれないと期待値を下げつつ探していたものが本当にあった。この喜びをどう表現しよう。と感動して押し黙っていると、通路の向こうから突き刺すような声が聞こえてきた。

「正義！　どうしましたか。返事をしなさい！」

しまった。歌が止まったから心配しているのだ。何か言わなければ。何か。

「あったよ！　俺は大丈夫だ！　見つけたんだ、箱があった！」

すぐ戻るからそこにいてくれ、という声にかぶせるように、慌ただしい足音が聞こえてきた。レスキュー隊だろうか。違うと思う。足音は一人分だ。俺も慌てて元来た道を戻る。リチャードか。リチャードではないことを祈りたい。あんなに具合が悪そうだったのに走ったりさせたくない。

少しだけ視界が明るくなった頃。

俺の目の前に現れたのは、ありがたくも、リチャードではなかった。

ピンクのスニーカー。鳳凰《ほうおう》のジャケット。数メートル先からでも、靴の形がよくわかったのは、反射材のおかげだろう。彼は腰の高さに巨大な懐中電灯を持っていた。

「……何をやっているんですか。あなたはいつもそうなんですか」

ヴィンスさん。

呆れた顔をしている。彼は呆れ半分怒り半分の顔で俺を見ていた。驚きはない。カトリーヌさんに連絡するか否《いな》か迷った時、そういえばと俺は思い出したのだ。方法はどうあれ、絶対に俺のことを監視している誰かの存在を。

「こんな大冒険に関わり続けると、いつか取り返しがつかなくなりますよ」

「思ってたよりも早かったですね。ストーカー確定ってことでいいですか」

「殴ってここに埋めますよ」

乱暴に俺の腕を引き、背後をとると、ヴィンスさんは囚人《しゅうじん》をせきたてる看守のようにせっついた。何が『宿はエクスじゃない』だ。盗聴器か監視かの二択だと思っていたが、こんなスピードでは監視一択だ。おかげで助かった。

「リチャードは」

「救出済みです。本当に馬鹿《ばか》ですね。こんなところに潜る前に、命綱くらいつけるって発想はなかったんですか？　それともあなたにはダンジョン探索者の血が流れていて、暗い地下と見るとレベルなんか関係なしに潜りたくなるんですか？　死にたいんですか？」

「落ちたのは事故だったんです。でもよかった。あいつが無事なら」

「聞けよ、チーシン、聞けって」

チーシンって何だろう。尋ねるチャンスはなかった。ヴィンスさんは俺の襟《えり》を摑み、下を向かせて俺の視線をとらえた。

「あいつにこれ以上関わるな。お前には過ぎた荷物だ。身を亡《ほろ》ぼすぞ」

「……それがヴィンスさんの本心ですか」

はじめは、この人が心配しているのはリチャードのことだと思っていた。俺がそうであるように、この人もあの男に魅せられた人間の一人なのだと。

だが今回のことで確信した。俺が気づいていたのは半面でしかなかった。

「ありがとうございます。今ので肚《はら》が決まりました」

「天邪鬼《あまのじやく》に油を注いだってところですか。あいつに生涯を捧げる覚悟でも決めましたか」

「もっとあなたと話がしたい。あなたが何を考えているのか知りたいんです。何でそんなに俺のことを気にかけてくれるんですか。教えてください」

この人はリチャードがリチャードがと言いながら、俺の心配ばかりしてくれている。オクタヴィア嬢の復讐《ふくしゆう》計画に力を貸す過程で、無関係の人間が巻き込まれるのは見るに堪えないから？　あるいは他に何かの理由があるのか？　敵対しながら味方をすることにどんな意味がある。わからない。だから俺でも納得のゆくような説明をしてほしい。

薄暗い中でも、ヴィンスさんのしらけた顔がよくわかった。残りの道中、彼は何も言わなかった。明かりが近い。井戸の入り口から差し掛けられているのは、見間違いでなければ、昨日俺がペンキ塗りの時お世話になった脚立《きやたつ》だろう。二つ折りを伸ばしてはしご状態にした形で使うと、二メートルくらいの高さでも届くらしい。

　穴の外を見上げると、リチャードの他に、昨日一緒にペンキを塗った二人の顔が見えた。脚立を借りるついでに、人手も徴収してきたのか。

「ヴィンスさん、アクティブですね……」

「勘違いしないでください。あの人たちを連れてきたのはマダムですよ」

「……カトリーヌさんが？」

「あなたの連絡でヴィラを訪問して事情を説明したら、風みたいに車で出ていって、羅刹《らせつ》みたいな剣幕であの二人を連れて戻ってきたんですよ。あの人とはソリティアの受け渡しの時に少し話した程度でしたけど、いろんな顔をお持ちなんだな。女優って怖いや」

　ぶつぶつ言いながらも、ヴィンスさんは俺を脚立に誘導し、尻をぐいぐい押してくれた。外の空気がおいしい。ハアッとため息をつくと、目の前に飛び込んできたのは。

　真っ青な瞳と金色の髪。白磁《はくじ》のような肌とつややかな唇。

　リチャード――ではない。カトリーヌさん。金色の睫毛《まつげ》の間に、涙をいっぱいためている。強烈なハグに、中腰の俺は抵抗する術《すべ》もなくからめとられた。

「セイギ……！　よかったわ。彼が来た時にはどうなることかと思って気が気じゃなかったわ。レスキュー隊に連絡したら、もう通報されていますなんて言われるし、どうして私には連絡がなかったのかしらって、悪い想像ばかりしていたのよ。本当によかった。あなたのお母さんに何て言ったらいいのか、ずっと考えていたの。ありがとうヴィンセント、あなあなたに神さまのご加護がありますように」

「なくていいです。神さまにはもう十分お世話になっているので。じゃ、あとはよろしく」

何が何だかわからない現場に立ち尽くす二人の別荘転売業者夫婦に、カトリーヌさん、俺、そしてリチャードを置き去りに、ヴィンスさんは早々に去ってゆこうとした。

だが誰かが彼の名前を呼んだ。

リチャード。

豪華客船で別れて以来だろう。ヴィンスさんは特に何の感慨もないという顔をして、ひどい顔色をしている元上司を見た。

「麗しのリチャードさまが何てざまだ。お前は氷の彫像みたいにツンと澄《す》ましているのが似合う男だろ。へこたれているところなんか見せたら、お前の大事な番犬が心配して夜鳴きを始めるぞ。さっさと栄養ドリンクでも飲んで元気になれ。偏食もするな。甘いものの食べすぎもだめだぞ。体に悪い」

俺は一瞬、奇妙な幻影を見た。

リチャードに説教をしているピンクのスニーカーの男が、何故だろう、よく知っている男に見えたのだ。毎朝鏡で見かける、アジア人の二十代の男に。そいつが五歳かそこら、歳《とし》を食ったら、こんなふうになるのだろうか？

引き留めるつもりが黙り込んでしまった俺に、ヴィンスさんは肩越しにふっと微笑みかけると、そのままよどみのない足取りで去っていった。

　遅ればせなレスキュー隊がやってくる頃には、彼の姿はもう、プロヴァンスの平原のどこにも見当たらなかった。


「さあ開封式よ！　困った王子さまはおやすみ中よ。あの子は熱を出すとすぐに寝ちゃうの。でも寝ると治るのよ。三歳の時から変わらないんだから」

　ダイニングのど真ん中に置かれた汚れた箱を前に、俺はカトリーヌさんと立ち尽くしていた。レスキュー隊の人たちに事情を説明し、危険なのでそのうち町役場の人に検査をさせるかもしれないという段取りをつくって、彼らが引き上げる頃には、リチャードはヴィラの二階で休んでいた。

氷枕を作って差し入れに行ったが、毛布おばけ状態で顔色もわからない。ぐったりして眠っているのか意識を失っているのかもわからず、かといって毛布をめくりあげるような真似もできず、部屋の扉の近くを右往左往していると、俺の横をすうっと通って、カトリーヌさんが毛布の中の顔を見に行った。

　空気も動かさないような手ぶりで、毛布の端をそっとめくりあげ、彼女は元気な時の誰かによく似た顔で、にっこりと俺に笑って、寝てるわと言った。ほっとした。なら寝かせておくに限る。とはいえ心配なので、起きてきた時のために軽食でも準備しておこうか、いや栄養ドリンクやアスピリンを買いに薬局へ行かなければ、だったらその他にも必要なものリストを作らなければ、などと考え、俺がまだ落ち着けずにいるうち、カトリーヌさんがハンマーを構えて木箱を叩き壊そうとしていた。

中を見ないことには落ち着かないらしい。気持ちはわかるが過激だ。

俺も気持ちは同じだが、宝物探しの最大の功労者をさておき、開封してしまって大丈夫なものか。何よりこの中に、きらびやかな宝石か何かが入っていたら、俺にその真価が見極められるだろうか。宝石商見習いというもおこがましい、スリランカで修行を始めて半年の俺が。

でも、爆発するような心配もない古い品だ。開けるだけでも開けてみよう。そうしよう。

俺はカトリーヌさんの手から丁重にハンマーを受け取り、目立たないところに隠し、ダイニングテーブルにいらない布を敷いて箱を載せ、バールで錆《さ》びた釘を抜いた。やはり動かすたびに、かさかさという音がするのが気になる。

錆びた釘を四本引き抜くと、おもむろに蓋は開いた。

中には落ち葉がぎっしりと詰まっている。用途は丸めた新聞紙と同じだろう。

「まあ……これはプラタナスの葉ね？　こっちは別の葉かしら。素敵なクッション」

ミイラ状態の葉は、どれもこれも限界まで巻き返った状態だったが、微《かす》かに黄色い色を残していた。その中央に、小さな箱がもう一つおさまっている。

宝石箱のようだ。

　俺はカトリーヌさんと目くばせをし、軍手を外して素手で小箱をとりあげた。女の人が膝の上で開いているのがよく似合いそうな、金メッキとエナメル仕立ての小箱で、ところどころにはめこまれたマザーオブパールが、螺鈿《らでん》のような輝きを放っている。こういう蓋つきの箱のことをキャスケットと呼ぶのだったか。マリ＝クロードさんがこれをいつ発見し、再び隠したのかわからないが、よくぞこれだけ美しく残ったものだ。

　宝石箱を手渡すと、カトリーヌさんは顔を上げた。

「私が開けて構わないの？　あなたが見つけた宝物よ」

「でもこれは、カトリーヌさんのお母さんが、回収しようと思ってできなかったものなんでしょう。お願いできますか。危険はないと思います」

「……びっくり箱だったらどうしましょう。お人形が飛び出してきたりして」

「そんなお母さんだったんですか」

「どうかしら。実を言うと彼女のことはよくわからないの。モデルとして有能だったのは知っているけれど、子どもがいることが有利になる業界でもないでしょう。小さい頃はお人形さんみたいに可愛がってくれたけれど、私のお金の使い方には死ぬまで納得してくれなかったし。『お母さん』って呼ぶのも怖かったわ。お葬式の時は少し、ほっとしたの」

　彼女は笑って話しているが、頬《ほほ》がこわばっている。傍《そば》に立ち、キャスケットの蓋を持ち上げる彼女が後ろに倒れてきても大丈夫なようにスタンバイすると、彼女はメルシーと小さな声で言ってくれた。

　意を決した彼女が、えいと蓋を跳ね上げる。

　宝箱の中身は、シンプルなものだった。

　埃だらけの青いびろうどの真ん中に、カボションの石がつらなったブレスレットが一つ。ごくシンプルな品だ。

「あら……これは」

「知っているものですか」

「もちろんよ。これは母が好きだった品物だもの。全然変わっていないわ、すごいわね。最後に見たのはいつだったかしら。これは普段使いのもので、そうよ、このヴィラにいる時によく使っていたの。親しいお友達からもらったとかで、大事なものだったはずよ」

「……手に取っても構いませんか」

　もちろんとカトリーヌさんは請け合う。俺はできる限りそっと、彼女の手からブレスレットを受け取った。

　石が二十個。石と石の間を金色の金具が留めている。地金、重さ、石の触り心地を確認する。

　まあるく削られた石は、水晶に瑪瑙《めのう》、さんご、ラピスラズリといったところか。どれも状態は良好。ところどころ傷はあるが、日常的に使い込まれたためだろう。ファセット面がある石は輝きが著《いちじる》しい。ダイヤモンド——を想定してつくられた石であると思われる。ほぼ間違いなく、どれも偽物《にせもの》だ。

水晶と瑪瑙は本物だとしても、さんごもラピスラズリも、ダイヤモンドも。金具はメッキだろう。ブレスレットが軽すぎる。

丸い玉を繋いだデザインは可愛らしいし、美しい女性の腕を飾っていたのなら、さぞかし映《は》えたことだろうが、あえて悪く言えば、これはどの国の露店でも売っていそうな、ほとんどおもちゃの装身具だ。『思い出価格』以外の言葉が出てこない。

マリ＝クロードさんは、こんなものをわざわざ昔の地下道に隠しておいたのか？　宝の地図まで作って？　これを高値摑みさせられた過去があったとか？　考えにくい。田舎《いなか》の人は名前を知らないようなブランドのモデルをして、高価な衣装で身を飾っていた人が、そんな間違いをおかすだろうか。

「………………何やら賑やかですね」

俺とカトリーヌさんは、揃《ごと》って顔を上げた。

今朝のカトリーヌさんの如く階段から下りてきたのは、ナイトガウンの裾《すそ》を引きずったリチャードだった。やつれた姿が痛々しいが、どうしてこうこの男はどんな状況においても金色の太陽のような磁力を発揮するのだろう。美しすぎて不健康だ。寝乱れた髪を手ぐしで整える息子に、母親はブレスレットを差し出した。

「見て！　おばあちゃまの形見よ。こんなものがあるなんて。全部オークションにとられてしまったと思っていたわ」

オークション？

俺がぽかんとすると、涙目のカトリーヌさんは説明してくれた。ド・ヴルピアンの名前を持つ彼女の一族が、貴族であること以外にはほぼ何の財産もないことは以前から聞いていた通りだ。マリ＝クロードさんもその定めからは逃げられなかったらしく、彼女がパリで死んだ時には、アパルトマンにあるものが全て競売にかけられた。当然このヴィラも抵当に入ったようだが、カトリーヌさんが頑張って、その時はヴィラの所有権を譲らなかったという。だがクレアモント家の夫と離婚したあとは、手放さざるを得なかったようだ。

「もしこのブレスレットがパリの家や、このヴィラにあったら、きっと売り払われていたわよ。お母さんはそれを見越していたのね。ありがとうママン、愛しているわ。今も天国からきっと私を見守ってくれているわよね」

そういう事情があったのか。だとしたら、わざわざ値段のないようなものを隠しておくことにも、一応の意味はあったのかもしれない。

リチャードはガウンの懐をさぐり、何かを取り出すと、カトリーヌさんに促した。

半分に折りたたまれた三枚の紙。ああ、ソリティア盤の中から取り出したあれか。もう少しあとで読んだほうがいいかもしれないと言って、カトリーヌさんには読ませなかった手紙だ。

ひったくるように紙を受け取ったカトリーヌさんは、一枚目の紙を音読し始めた。

「『親愛なる伯爵夫人へ。貸し出していただいたものをお返ししたいのですが、体の自由がききません。ご厚情にあだで報いるような運命を呪います。地図を同封いたしますので、しかるべき時に、しかるべき方に、受け取りに来ていただけますよう……』まあ……」

え？　『お返ししたい』？　『受け取りに来て』？

事態を呑み込めない俺の耳に、ファンファン、という明るいクラクションの音が聞こえてきた。家の前からだ。

「誰かいるかい。さっき一度来たんだが、お留守でね。そこらを一周して戻ってきたんだ」

俺が急いで出てゆくと、門構えの外には、貸し自転車を積んだ軽トラがとまっていた。運転席のドアがバタンと開いて、オーバーオール姿のおじいさんが降りてくる。ピエールさんだ。俺の姿を認めると、彼は嬉《うれ》しそうに手を挙げてくれた。

「おお、遠方からの友人。セイギだったかな？　手紙を持ってきたぞ」

「ありがとうございます！　ベストタイミングですよ」

「上がって大丈夫かい。お留守だったのかな」

「その、ええと」

「今しがた、宝物を見つけたところです」

口ごもった俺のあとを、俺の後ろから顔を出したリチャードが引き取っていった。

リチャード、ピエールさん、俺の三人は、ダイニングの大きなテーブルの椅子にそれぞれ腰かけていた。こういう時にはサロンを使うべきなのだろうが、あっちはまだ微妙に片づいていなくて、部屋の隅に掃除用具が寄せてある状態だ。

テーブルの上に置いた宝箱の横で、一人、立ったままでいるカトリーヌさんは、凜《りん》としたたたずまいで、右手に手紙を構えていた。

彼女の手にある手紙は四枚。

うち三枚は、ソリティア盤の間に隠されていたもの。伯爵夫人と、マリ＝クロードの間でやりとりされた英語の手紙。

四枚目はピエールさんが持ってきてくれた、マリ＝クロード晩年の手紙。フランス語だ。

カトリーヌさんが音読を始める。まず、一枚目から三枚目。

「親愛なる伯爵夫人へ。貸し出していただいたものをお返ししたいのですが、体の自由がききません。ご厚情にあだで報いるような運命を呪います。地図を同封いたしますので、しかるべき時に、しかるべき方に、受け取りに来ていただけますよう、病床からお願いいたします。お元気で。マリ＝クロード」

「親愛なるマリ＝クロード。それは私があなたに差し上げたものです。まだお手元に残っていたのですか？　いかようにでもご処分ください。それはもはや私のものではありません。古いお友達と会えないことが残念です。回復を祈ります。レアンドラ」

「レアンドラへ。そろそろこの体も終わりが近いようです。私の娘をいとってやってください。時々聖人のような優しさを発揮する娘で、荒野をゆく才能に溢れています。あなたがくださった宝石のような優しさに感謝します。できることなら私の体が、夏の庭に埋めてもらえますように。マリ＝クロード」

もういよいよという時に彼女はこの手紙を書いていたのか。四枚目。自分の持ってきた手紙が読み上げられるという頃には、ピエールさんはもう目を赤くして、ハンチングを握りつぶしていた。対照的にカトリーヌさんはしゃんとしている。まるで『手紙を読む女』という役に入り込んだ、手紙の主とは何の関係もない女優のように。

「私のピエール。元気にしていますか？　あなたのパンのことを思い出すと力がわいてきますが、そろそろ限界のようです。もうプロヴァンスの空気に親しむことができないのが残念で仕方がありません。私はあのヴィラで大切なものを見出しましたが、最後までそれを本当に手にするべき人のもとに送り出すことができませんでした。いつか誰かが見つけてくれるかもしれませんが、それだけが心残りです。たくさんの思い出をありがとう。アデュー。マリ＝クロード」

最後まで読み終えると、カトリーヌさんは丁寧《ていねい》に手紙を畳み、ピエールさんにそっと返した。ハンチングで涙を拭《ぬぐ》ったピエールさんは、彼女に礼を言ったあと、ダイニングテーブルをそっと撫《な》でながら呟いた。

「マリ＝クロード、ちゃんと見つけてもらえたぞ。安らかに眠ってくれ……それで、宝っていうのは？」

俺はカトリーヌさんに目くばせをする。彼女はピエールさんにブレスレットを見せ、ピエールさんはまた表情を歪めた。彼も覚えているのだろう。二人は早口なフランス語で、マリ＝クロードの思い出話をはじめ、フランス語初級の俺の出る幕はなくなってしまった。リチャード先生のご助言を仰ぐのもなんである。ところで、リチャードは？　いない。さっきまで俺の隣に座っていたはずだ。リチャードはどこだ。床にでも倒れているのか。ダイニングを見回すと、ラフな格好の男は、古い箱の上に覆いかぶさって、木の葉をがさがさかき分けていた。

もしかして、他にまだ何かあると思っているのか。

「リチャード、ちょっと落ち着け。外でやろう。ここじゃ足元が大変なことに」

「直接会ったことはありませんが、マリ＝クロードは聡明《そうめい》な女性だったと聞きます。いたずら目的で入ってきた人間が、ダミーの宝物を手にして嬉々《きき》として去ってゆくように、トラップを仕掛けた可能性も高い」

「トラップって」

「この箱には内張りが施されています。この木の葉も、本物の葉ではなく薄い布でつくられた細工ものです。気づきましたか？　あのような場所に木の葉を山盛りにした箱を放置しても、虫に食われて跡形もなく消えるだけです」

そう言われれば。

この大量の葉っぱの模造品にも、何か意味があるというのか。

がさごそしているリチャードに、二人のフランス人も注目し始めた。床の上はおがくずだらけの工房のようなありさまだ。せめて掃除くらいは手伝おう。

箱の中を探り続けていたリチャードは、不意に動きを止め、一瞬困惑したような表情を浮かべたが、次の瞬間完全な無表情になった。

何だ。この顔は他の二人には見えていないはずだ。どうした。

声をかける前に、リチャードは再び動き出し、ためらっているのかのろのろとした速度で、俺に向き直った。何かを摑んでいる。

「ご覧なさい。きれいなものがありましたよ」

これは――葉か。

金色の葉だ。

月桂樹《げっけいじゅ》の葉をかたどった彫金細工。ブイヤベースを作った時に、くさみ消しに二枚ほど鍋に放り込んだあの葉、ローリエだ。のっぺりとした造形ではなく、葉全体が微妙なカーブを描いていて、葉脈の一本一本にいたるまでが精密だ。そして少しも錆びついていない。これはまるで――いや、『まるで』ではなく。

非常に純度の高い、本物の金だ。

俺は慌てた。おもちゃの腕輪より、よほど高値がつくだろう。親指二本分くらいのミニチュアサイズだが、十万円程度はかたそうだ。だがカトリーヌさんにそれがわかるかどうか。

「まあ、そんなものまで入っていたの。きれいな葉っぱ。これは、金？　見て、ピエール」

「ディオ・ミオ。マリ＝クロードの本命は、こっちだったのかもしれないな」

あるいは、とリチャードが軽く請け合う。しかし表情は相変わらず晴れない。大丈夫か。まだ体調不良の余波が残っているのなら、部屋に戻って寝ているべきだ。必要なものは全部運ぶから。

俺が大体そういう気持ちをこめて、麗しい顔を凝視すると、リチャードは気の抜けた顔で微かに笑った。俺がこの顔に弱いと知っているのだろう。心配性、とでも言いたいのか。心配するに決まっている。穴の中であんなことを言われたら尚更だ。こいつの側にいることが、まるで俺の不利益になるとでも言いたげなことを。

ヴィンスさんでもあるまいに。

カトリーヌさんとピエールさんは、きれいな金の細工を日の光に透かし、きれいねきれいだなと言い合っている。もしかしたら彼女はこれをピエールさんにあげると言うかもしれないなと、俺はふと思った。マリ＝クロードが感謝していた恩人だ。思い出だけとっておけるのなら、実益になりそうなほうは、縁のあった人にあげてしまうというのもいい手だと思う。

と思っていると、彼女はふっと俺を見て、決然と微笑み、近づいてきた。

「セイギ、手を出して」

「……え？」

こうですかと俺が握手の姿勢で右手を差し出すと、彼女は俺の手の平を天井に向けさせ、その上に金の葉を載せた。

「あなたにあげたいわ。遠くからやってきてくれた、私と私のリチャードの大切な人。だめかしら。リチャード」

何故そこで俺に許可を取ってくれないんだ。リチャードも呆れている。

「……相変わらず、気まぐれに高価なものをプレゼントしたがる癖は変わっていませんね」

「当たり前よ。いいこと？　本当にいいものはね、いつまでも一人のひとの手元には留まっていないのよ。だったら自分がその持ち主でいられる間に、大切な人にそれをあげることの何が悪いの。ねえセイギ、あなたさえよければこれをもらってくれないかしら。私にはこのブレスレットがあればいいから」

この展開は予想していなかった。その、でも、と言いよどむ俺から、リチャードは目を逸《そ》らした。助けてくれ。いただけるはずがない。夕食をおごられるのとはわけが違う。

この金細工もブレスレット同様、お母さんの大切なものだった可能性があるのですから、もう少し時間をかけて確かめてから処分を決めるべきではないでしょうかと、俺は精一杯の常識人の言いまわしで提案してみたが、カトリーヌさんは頑《がん》として譲らない。こういう局面は前にも経験した気がする。あの時俺が受け取ったのはホワイト・サファイアだった。こんなレアな属性を母子《おやこ》で真似しなくてもいいのに。

「……仮に受け取る、という形でも構いませんか」

「往生際が悪いわね。私はあなたにあげたいの。だめ？」

カトリーヌさんは俺の手を両手で摑み、そっと体を寄せてきた。さりげなく一歩後ずさりすると一歩半距離をつめてくる。わかった。これは即答すべき局面だ。

「わ、わかりました。ありがたく頂戴《ちょうだい》します。でももし何かあったら」

「ありがとうセイギ。とても嬉しいわ。私たちの夏の思い出をとっておいて」

そう言って彼女はもう半歩、距離を詰めて、俺の頰に軽くキスをしてくれた。唇の感触がふわっと頰に残る。小さく震えがくるような感覚だ。フランスの人はこういう挨拶《あいさつ》を日常的にしているのか。何度目になるのかもうわからないが、文化が違う。

「さあ！　今夜はパーティよ。ピエール、家族を呼ぶといいわ。お暇なら近所の人も。リチャード、構わないかしら。体はもう平気？　実は二階でとってもいいものを見つけたの。vから始まってnで終わるものよ。わかるでしょ？」

答えるまでもないとでも言いたげに、リチャードは手を振る。決まりねとカトリーヌさんは半オクターブはねあがった声で歌った。パーティ。そういえば昨日、おしゃかになった分の準備が、冷蔵庫の中でまだ眠っている。それにしてもvから始まってnで終わるって何だろう。

「七時からこのお庭でガーデンパーティをするわ。ワインもたくさんあけましょう。賑やかになるでしょうねえ」

「では、フェアウェルパーティになりますね。正義も私も、明日には失礼しますので」

「まあー」

そんな急な話、とカトリーヌさんは身をよじったが、それほど残念がっているふうでもない。宝探しが終わったら、二人の風来坊が去ってゆくことは当たり前だと受け止めているのか。掃除を手伝いますと、俺はリチャードを牽制《けんせい》するように言ってみたが、そういうことは全部業者がやってくれるから気にしないでと、逆にカトリーヌさんに気遣われてしまった。ピエールさんは明日の仕込みがあるので長居はできないが、是非参加させてほしいと言ってくれた。一瞬でパーティの段取りが決まった。日常的に庭でパーティをしている人にとっては、庭で催しをすることのハードルなど、このくらいの低さなのか。

楽しみにしているよと、カトリーヌさんの頬に合計八回くらいキスをして、ピエールさんも去っていった。もちろん今度はちゃんと自転車を置いていってくれた。門の横に生えた二本の木が、緑の葉をそよがせ、さわさわと葉擦れの音を立てる。

この金の葉を、本当にもらってしまっていいのだろうか。

俺は玄関ホールに戻り、リチャードに控え目にすがりついた。

「なあリチャード、これ」

「どうしても気になるというのなら、今は預かっておきますよ。どうせあなたは、カトリーヌに付き合って『パーティ』の準備をなさるのでしょう。その間そんなものを持ち歩いているのは物騒です」

読まれている。確かに料理くらいは手伝えると思っていた。頼んだよと、俺が茎の部分をつまんで金の月桂樹を差し出すと、リチャードはおどけたように両手を合わせ、軽く一礼してから受け取ってくれた。もう一度寝ますと宣言し、美貌の男は階上に去った。是非ゆっくり休んでほしい。あとで何か栄養のつくものを作って差し入れにゆこう。

「さあセイギ！　忙しくなるわよ！」

「そうですね。じゃあ俺は、今日こそ仔羊《こひつじ》のローストを……」

「私は『とんぼ』の準備をしなくっちゃ。お庭にテーブルを並べて、クロスをかけて、そうだわ、さっきの収納に電飾があったわね。夜のパーティにはぴったりだわ！　手伝ってくれてもいいのよ」

「ああ……」

これはスピード勝負になりそうだ。雑用がたくさんある。でも俺の心はとても軽い。

カトリーヌさんは偽物の石だらけのブレスレットを、華奢《きやしや》な手首にはめて、時折いとおしそうに撫でていた。


午後七時、果たしてパーティは定刻に始まった。庭にはテーブルが五つも並び、木と木の間にはオレンジ色の電飾が張り渡され、カトリーヌさんはとんぼの翅をつけている。俺はといえば、給仕の人間に間違えられるようなことだけはするなと、休んでいるリチャードからメールを受け取ったので、やたらとフォーマルぶった服を着て構えていたが、ピエールさんの軽トラでやってきた彼の息子たちが、手に手にサンドイッチやワインやらを持っては陽気に配ってくれるので、細かいことを気にするのは途中でやめた。サンドイッチにはトリュフがぎっしりつまっていて、本当にこんなものをいただいてしまっていいんですかと尋ねたら、ピエールさんに「まさか切ったトリュフを埋めたら生えてくると思っているんじゃないだろうね」と、深刻な顔で心配された。過剰な遠慮がただの異様な行動とうつるのならば、もうありがたくいただいてしまおう。うまい。たくさん栄養をとろう。疲れもとろう。どうせ明日は移動日になるのだろうし。

ピエールさんは息子たちだけではなく、マリ＝クロードのことを覚えているお年寄りたちに声をかけてくれたらしく、庭の中は平均年齢七十オーバーのような素晴らしい光景になった。平均である。大体のお年寄りは八十オーバーで、送迎役の娘か息子を伴ってきていた。椅子が足りない人々は、みんなプールの縁に腰かけて、おいしそうにワインを飲んでいる。

いい風景だなあと、俺は仔羊のローストをあちこちに配りながらしみじみしてしまった。赤ワインの味つけが好評で、このままじゃ絶対に足りないわよというカトリーヌさんの助言に従って、財布の許す限りスーパーで追加を買い漁《あさ》ってきた甲斐があった。

ちょっと肌寒くはあるが、ここはまるで夏の縁日の神社だ。

みんなが昔の思い出を語り合いながら、会食に興じている。

マリ＝クロードさんはパリで死んだという。そこに彼女の友達はいたのだろうか。夏の庭に葬《ほうむ》ってほしいという彼女の願いが叶ったのかどうかもわからない。だが俺にはこれが、何十年も前に死んだ彼女に対する、最上級の手向《たむ》けのように思えた。日本人とフランス人の感覚は違うだろうが、もし俺が彼女の立場だったとしたら、こういうセレモニーを開いてもらえたら、とても嬉しいだろう。いろいろな人たちが楽しいひと時を過ごすきっかけになれたのなら、そんなに光栄なことはない。

本当にいい眺めだと思いながら、暮れ時に必死で設置した電飾の接触を直していると、俺は誰かに肩を抱かれて、庭の真ん中に連行された。カトリーヌさん。待ち構えるように立っているリチャードは、珍しく黒いシャツ姿で、何かのケースを抱えている。音楽家のような雰囲気だ。庭の準備をしている間、ヴィラの二階から楽器の音が聞こえてきたので、大体のところは俺も察していると思う。

カトリーヌさんは手にしていたシャンパンのグラスの中でスプーンをかき混ぜ、風鈴のような甲高い音を立てて視線を集めると、皆さん、とフランス語で呼びかけた。よし、リスニングを頑張るぞ。

「こちらは私の息子のリチャード、そしてこちらはその大事なお友達のセイギ。夏に遊びに来てくれたんです。彼らを皆さまに紹介できてとても光栄です」

拍手が起こる。どうもどうもと頭を下げるが、やめなさいとリチャードに留められ、俺は慌てて背筋を伸ばした。このあとはどうなる。

カトリーヌさんはリチャードにだけ目くばせをし、リチャードも頷いた。

「リチャード、もう大丈夫ね？　お任せしていい？」

「約束は守ります。しかし、一曲だけですよ」

十分よとカトリーヌさんは微笑み、今度は俺をプールの縁に連れていき、センター席に割り込ませた。両隣のおばあさんが楽しそうに笑ってくれたのが幸いだ。

庭の中央がよく見える場所に陣取った俺に、カトリーヌさんは微笑みかけてくれた。その後ろ、少し離れた場所にリチャードが立っている。ケースの中からvから始まりnで終わるものを取り出して。

ヴァイオリンだ。

母子は呼吸を合わせ、デュエットを始めた。

リチャードは音楽、カトリーヌさんは踊り。

ゆるやかに流れるヴァイオリンの音色に、俺は聞き覚えがあった。これは知っている。ギャルソンの格好をして、大学のサークルで客引きをした、あの管弦楽喫茶でも演奏されていた曲だ。とても有名なのだろう。だがあの時よりも数倍、音色が耳に心地よい。この男は本当に何ができないのだろう。

カトリーヌさんは土の庭の上で、パンプスのまま器用につま先立ちをして、バレリーナのように踊っていた。背中の飾りが邪魔だろうに、そんなことは微塵《みじん》も感じさせない、まるで生まれつきの妖精のような身振りで。これが彼女のお得意の『とんぼ』か。よくぞヴィラにこんな小道具があったものだ。いやよく見ると、針金の先からセロファンがはみ出している。作っているところなどちらりとも見せなかったが、箱を開ける時、思いのほか手早く工具を見つけてきたところからして、ひょっとしてこの翅はカトリーヌさん渾身《こんしん》のハンドメイドなのだろうか。でもこれは、尋ねないほうがいいだろう。答えてもらえる気もしない。知ってほしいことだったら、彼女がとっくにうちあけてくれているはずだ。

曲名が気になる。すみませんこれ何ですかと、俺は目の前を通りかかったピエールさんの息子さんの一人、英語を話す人に尋ねた。彼は顔を撫でるような手振りをし、『ベル・ローズマリーン』と言ったあと、『ション・ロスマリン』と言い直してくれた。それが曲名か？　俺が首をかしげると、彼はもう一度『ビューティフル・ローズマリー』と言い直してくれた。もう何語が何語に翻訳《ほんやく》されているのやらわからない。どれかで検索すれば、きっと配信サイトで曲が買えるだろう。買おう。そして一人の時に聞いて、今夜の眺めを思い出そう。

しっとりとした夜気を含んだ夏の庭で、カトリーヌさんはとんぼの女王になっていた。つつつ、とつま先立ちをしては止まり、ポーズを決め、またつつつ、とつま先で移動しては停止し、両腕を上げる。そのたび一拍遅れて翅が動いたり止まったりする姿が、生きた彫像のように優美だ。これだけを見て彼女との結婚を決めた男がいるという話は、にわかには信じがたいが、ありうるかもしれないと思わせる魔力は確かに、ある。たっぷりとある。

俺に微笑みかけてくれる時とそっくりのチャームを振りまきながら、カトリーヌさんはヴァイオリンの小品一曲分、片時も笑顔を絶やさなかった。

リチャードは飴《あめ》色のヴァイオリンに頬を押しつけて、右手で優美に弓を動かし、左手でリズミカルに弦《げん》を押さえ、最後にちょんと愛想《あいそ》のような音色をつけて、曲を終わらせた。

平均年齢の高い集団がカトリーヌさんに拍手する一方、俺はリチャードに手を向ける。美しいローズマリーならぬリチャードも、拍手に応じて一礼してくれた。まあお孫さんなの、そっくりね等、声が聞こえなくても見当がつく数々の言葉をさわやかに受け流しながら、リチャードは再び携帯端末を覗きながら姿を消した。

宴《えん》もたけなわになり、酒を飲まない宗派に帰依《きえ》しているというピエールさんのお孫さんが、高齢者の皆さんをピストン輸送し終わった頃、カトリーヌさんはようやくとんぼの翅を外した。とても満足気な顔だ。流し台にはもはや横ではなく縦に、何十枚もの皿やカトラリーが突き刺さっているが、本当に片づけなくていいのだろうか。

「おつかれさま、セイギ。こんなに楽しいパーティは久しぶりだったわ。今夜はあなたもよく休んで」

「カトリーヌさんもそうしてください。素敵すぎてびっくりしました。ダンサーもなさるんですか」

「まあお上手。子どもの頃の夢がオペラ座のエトワールだっただけよ。つまり、真ん中で踊るバレエダンサーのことね。でも私はそんなに上手じゃなかったから女優に鞍替《くらが》えしたの。こっちでよかったわ、私自分の声も好きだもの。ダンサーは喋れないものね。ああ、このソリティア。これだけは直さなくちゃ」

「俺がやりますよ」

「いいの、いいのよ。片づけは全部あとまわし。もう眠って。明日は十時の電車なんでしょう」

その通りだ。マルセイユまで車で赴いて、そこからTGVでパリへ。でもその後パリに一泊して、翌日早朝の飛行機に乗る予定だし、それほど急ぐ必要もない。だがカトリーヌさんは俺の言葉を笑顔で聞き流し、優しく肩を撫でてくれた。

足音を殺して二階に上がり、俺は客人用の寝室の扉を開けた。遅きに失したが、今日こそはきちんともう一部屋ベッドルームを整えてある。念願の個室だ。だが寝間着や財布は回収させてもらわなければ。

「……起きてるか？　荷物を受け取りに来たよ」

どうぞという声に招かれ、俺は薄暗い部屋に踏み込んだ。リチャードはまだ起きている。奥のベッドの上で、ランプの薄明かりに何かを照らして眺めているようだ。真昼の太陽のように目を刺す輝きは、黄金に間違いない。

月桂樹の葉をかざし、リチャードは俺を呼んだ。

「少し、話ができますか」

「お前が平熱で、どこも痛くも怠《だる》くもなくて、明日何が食べたいか具体的にイメージできるくらい健康だっていうなら、できる」

「明日は田舎風のタルト・タタンをいただきたいですね。蜂蜜《はちみつ》たっぷりのカヌレもよいでしょう。甘いものでなければ、鴨《かも》のコンフィをカンパーニュの薄切りに載せたものを、温かいハーブのお茶と一緒に」

オーケー。食べ物の話で生き生きと表情が動くリチャードは元気なリチャードだ。俺が向かいのベッドに腰を下ろすと、リチャードは黄金の葉をもう一度俺に預けてくれた。ずっと預かっていてくれてもいいのに。何だかこれは、歪曲といいフォルムといい、本物以上に本物らしい偽物で、持っていると落ち着かないのだ。

「ここで休んでいる間に、少し確認をとってみましたが、間違いないかと」

「……何が？」

「念のために確認しますが、あなたはナポレオンという男をご存知ですか」

もちろん知っている。今の俺はミラボー伯爵だって知っているくらい、フランスの歴史に精通している中田《なかた》正義だ。フランス革命のあとに現れたカリスマ指導者にして、フランス第一帝政の星、皇帝ナポレオン。妻ジョセフィーヌがジュエリーを愛好したことでも有名で、今にいたるフランスの高級メゾンの礎《いしずえ》を築くきっかけとなった大権力者だ。ちなみにこの情報はほぼ全てネット発である。ピエールさんとゲームコーナーで会話をしたあとに、『サン・ジュスト』が気になって調べたのだ。彼もフランス革命の関係者で、冷酷《れいこく》な美男として有名な人だった。サンキューインターネット。

フランスの皇帝だよなとだけ告げると、リチャードは及第点とばかりに頷き、携帯端末に何かの画像を表示させた。絵画だ。巨大な、横長の絵で、ド・ゴール空港の壁に、大きく引き伸ばして印刷されていた。

戴冠式《たいかんしき》の絵だ。

ナポレオンが、妻のジョセフィーヌに、皇妃の冠を授けている。ジョセフィーヌは跪《ひざまず》き、手を合わせて冠を受けていて――うん？

「このあたりにご注目を」

リチャードの指が液晶を滑り、画像の一部を拡大する。大きくなったのはジョセフィーヌではなくナポレオンの頭の部分だった。この時彼は既に皇帝になっていたようで、頭にそれらしい冠をかぶっている。とはいえ幼稚園のお絵かきで子どもが描くような『かんむり』ではない。もっと精密な細工で――

そうだ、これは古代ギリシアやローマの習慣を踏襲《とうしゅう》した権力の証《あかし》で――

月桂樹《げっけいじゅ》の冠をかぶっている。

金細工の、精巧な葉。

「…………え？」

「古い話になります。ナポレオンが失脚した際、この月桂樹の冠は鋳溶《いと》かされ、ただの金として新たな権力者の力の礎となりましたが、戴冠式に臨《のぞ》む前に、ナポレオンは細工師に四枚、黄金の葉を外させたといわれています。『頭に載せるには重いから』と」

「そ、その葉っぱは、どうなったんだ」

リチャードは無言で画面を切り替える。今度は英語圏の有名なニュースサイトの記事だ。最近のバックナンバーで、タイトルは『ナポレオンの帝冠の葉、オークションで落札』。一番大きな文字で表示されているのはタイトルではない。落札金額だ。

葉っぱ一枚、六十二万五千ユーロ。

明らかに同じ重さの金の価格ではない。世界中の誰もが名前を知っている皇帝が着用し、かつ今も残っている宝飾品メゾンの老舗《しにせ》が作成した、歴史的に意味がある品であるからこその値段だ。それはわかる。ゼロを二つつければ大体日本円だろうが、そんなことはしたくない。とんでもない数字が出てきてしまうではないか。そんな怖いことはしたくない。

だって今それが、俺の目の前に存在するというのに。

「おぉおおお……」

「オークションで落札されたものを含む四枚の葉は、冠をつくったメゾンが管理していると言われていますが、冠が現存しない以上、残っている葉が本当にそれだけなのかは神のみぞ知る話です。この当時のレートで日本円にすると、おおよそ八千万円強といったところでしょうか」

「あぁぁああ……」

これなのか。これがそうなのか。そうなのだろう。この男は確認したと言っていた。

明らかに、いや絶対に、これは俺個人が勝手にもらったりしてはいけないものだ。

「どうすればいいんだ。いやその前に、どうしてこんなものが」

「カトリーヌの母、マリ＝クロードが伯爵夫人に返したがっていた『宝』とは、あのブレスレットではなく、この葉のことだったのでしょう」

冷静な声と状況解説に、俺はようやく我に返った。奇声を発している場合ではない。謎解きの仕上げがまだ残っている。

この葉はどこからどうやって、このヴィラにやってきて、あんな地下通路に隠される羽目になったのだ。

これはそもそもクレアモント伯爵家に属する宝物だったのではないか。リチャードの父方の実家の品物だ。

俺が食いつくと、長くなりますよと美貌の男は前置きした。

「まずはド・ヴルピアン家とクレアモント家の繋がりから解説しましょう。私の両親、カトリーヌとアッシュクロフトが出会ったのは偶然でしたが、彼女がパーティに招かれたのは、マリ＝クロードとレアの縁があってのことだったようです。伯爵家は定期的にチャリティのパーティも開催していますが、一族と親しく付き合う人間は限られています。カトリーヌが招かれたのは、ごくごく親しい人間だけが出席するパーティで、その時に隠し芸を披露した彼女は初手から顰蹙《ひんしゅく》を買いましたが、昆虫好きの三男坊だけには非常に好かれてしまいました。ある意味で、レアはマリ＝クロードが最後の手紙に託した願いを守ったのかもしれませんね」

「ならもしかして、二人の結婚はレアさんが後押しした結果だとか」

そこまでは、とリチャードは肩をすくめた。わからない、ではなく、それはないだろう、のポーズだ。多分これは両親の好悪の基準への絶対的な信頼ゆえだろう。そんな助言を素直に容《い》れる人たちではない、という無言の声が聞こえてきそうな顔だ。わかった。話を続けよう。

そもそも、リチャードの父方の祖母のレアさんは、戦時中にスリランカからやってきた、誰にも歓迎されない花嫁だったという。植民地生まれの白人、両親共に不明の教会育ち。絶対にそんな相手との結婚は無理だろうと言われていたが、他に後継者がいないためへたをすれば御家断絶、財産没収の危機という究極の泣き所をつかれ、伯爵家は彼女を迎えた。

彼女とその夫、新伯爵を待っていたのは、終わりのない社交の日々だったという。

「人間社会に属している以上、完全に『人付き合い』と無縁に過ごせる人間は存在しません。早々に彼らがイングランドの生活に飽き飽きして、バードウォッチングの隠居生活を送っていたことはお話ししましたね。ですが限度があります。もとから父親に反抗しがちだった八代目伯爵には、地盤固めや根回しといった政治の才能が根本から欠けていたそうです。しかし伯爵家にはお金があります。お金のあるところ人間が寄ってきます。そして寄ってくる相手をうまく捌《さば》き切らなければ、蟻《あり》にたかられる砂糖の山になってしまう。レアは覚悟を決めたそうです」

彼女はラトゥナプラからやってきた人だった。特技は宝石の目利き。階級と格式にこだわる人々が大好きな品物だ。彼女は彼らのような発音の英語ではおしゃべりできないかわりに、彼らが大事にしている宝石の生まれ故郷や価格、真贋《しんがん》までもを、その瞳で見抜くことができた。時にはそこにまつわる逸話《いつわ》や謎、解いてはならない因縁までも。

その蓄積が、彼女にとって完全にアウェーの社交界を生き抜く武器となった。

レアという短い本名を封印し、彼女は伯爵夫人レアンドラになった。

「……何か、お前みたいだな」

「何故です」

「だって、宝石に秘められた謎を、知識と教養で華麗《かれい》に解き明かすんだろう」

まるっきり銀座《ぎんざ》エトランジェのリチャードではないか。

リチャードはしばらく不服そうに口をとがらせていたが、まあいいでしょうと言って、ガラスの水差しからコップに水を注ぎ、唇を湿らせた。話を続けるという合図だ。

レアさんはその筋では有名な『宝石探偵』になった。確かなクオリティの石の鑑定鑑別を秘密で請け負ってくれるというだけではない。彼女には夫の財産というバックボーンがある。時には後ろ暗い来歴の宝石を破格で買い取ってやったり、偽物だと知れれば大恥をかかなければならない宝石を、巨大な恩義と共にそれらしい本物と交換してやったりしたという。もちろん極秘の話である。イギリスの貴族は財産の散逸を防ぐために、長男にのみ全ての財産を相続させるため、昔の大金持ちは今なお大金持ちであるケースが多い。そんな人々の醜聞《しゅうぶん》など、ＭＩ６の極秘文書ばりに流出してはいけないものだ。

だが人間はいつか死ぬ。

認知症を患《わずら》った夫より少しだけ早く、レアさんはこの世を去った。惜しい話だ。もし彼女のほうが長生きしてくれていたら、あの悪夢のような相続騒動を一笑に付し「大昔にそんなこともあったわね」で終わらせてくれたかもしれないのに。

薄明かりの下で話し続けるリチャードは、美しさだけではなく不思議な迫力をまとっている。画家が魂《たましい》を込めて描いた絵画が動いているようだ。

「手紙魔とまではいきませんが、レアは筆まめな女性でした。その記録が彼女と彼女の夫を守る証になるとなれば当然でしょう。無論、秘密にすることで効力を発揮する記録ですので、厳重に金庫で管理されていたのですが」

彼女たちが籠《こ》もっていたカントリーサイドのお屋敷を、最近になってとある事情で整頓《せいとん》したところ、隠し部屋から記録が出てきた。きっとどこかにあるのだろうと、彼女の生活を知っている使用人たちには言われていた記録だ。出るわ出るわ、読み解くのもひと苦労の量だったという。というからには、伯爵家が信頼を置いている誰かが責任をもって閲覧《えつらん》したのだろう。ヘンリーさんか？　違うと思う。彼は回復しているだろうが、ジェフリーの話からして、自分自身の領域から離れた業務にうちこめるほどではないだろう。

その記録の中には、不名誉な取り引きの記録も存在したと、リチャードは語った。取り引きの相手にだけではなく、伯爵家にとっても。

「……たとえば、『本物ですよ』って言って、実は偽物を売りつけたとか、そういう？」

「あるいは、実際には双方納得の上の取り引きであるものの、記録だけを残すと著しく相手に不利益になる取り引きなども」

それこそまるで、生前贈与のかわりにホワイト・サファイアをダイヤモンドとして購入し援助した、七代目伯爵のような話だ。

そういう記録が、伯爵夫人が死んだ今になっても、過去の亡霊のように残っている。

少しだけわかってきた気がする。リチャードは俺の目を見て、話を続けてくれた。

「あの歩くクレジットカードからの情報で、ある程度ご存知かとは思いますが、ヘンリーとジェフリーの実父であり、私の育ての父でもある九代目クレアモント伯爵ゴドフリーは、現在病院での治療を終え、自宅療養の段階に入った、終末期の患者です」

うっ、また登場人物が増えた。でもこの人はリチャードの親しい相手だ。そんなことは言えない。現伯爵のお名前は初耳だが、ざっくりいうと世代交代が近いということはうかがっていた。イギリスの貴族の相続はいろいろ決まりが多いらしく、相続人が確定していても、世帯主の存命中に称号を譲ることはできない。ヘンリーさんもじりじりしているのだろう。

「レアンドラは彼の実母です。彼女が行っていた人道的な詐欺《さぎ》行為の存在を把握《はあく》したゴドフリーは、どうにか自分が生きている間に、それらの不始末の決着をつけようと試みているようです。息子の未来のため、といったところでしょうか。無論、彼自身が行動できる状態ではありませんので、クレアモント家の執事室の人々が実働部隊として動いているようです。執事はフットマンとは違います。主を主体的に考え、支えることが許可されている、時々鬱陶《うっとう》しいほど差し出た助言をしてくる使用人、といったところでしょうか」

「……執事室の人たちが、レアさんの取り引きの記録を閲覧して、伯爵家に後々《のちのち》不利益になりそうなもののアフターケアを現在進行形でやりくり中、って認識でいいのか」

「グッフォーユー。パーティのあとにしては、随分頭がしっかりしていますね」

「酒は俺が飲む前に大体消えてたよ。みんな元気だな」

リチャードは俺の話を半分に聞きながら、立ち上がって自分の荷物の中を探った。取り出したのは腕時計ケースのような柔らかい革のケースで、中からは布に包まれた輝くものが出てきた。

ピンク色のサファイアのついたペンダント、いやチェーンが短すぎる。初めて見るタイプの装身具だが、ひょっとしたらこれは額飾りか。

「今は亡きガルガンチュワ初代理事に、レアが貸し出していた額飾りです」

「ガルガンチュワ？」

あの？　リチャードは頷く。薄明かりの下でピンクの石がきらりと輝いた。パパラチア、のように見えるが、輝き方が奇妙だ。この石に関して自分の目が見間違いをするとは思わない。

「これも偽物だな」

リチャードは頷く。自明ということだろう。

「インスピレーションの泉になるという理由で、理事はこれを所望し、レアは三千ポンドの貸し出し料を得て受け渡しています。実際の金額は数ポンドの品でしょう。詐欺行為と受け取られても不思議ではありません」

「そ、そんな」

「何も知らない人間が書類だけ確認すれば、そのように解釈される可能性があるということです。そして文書の秘匿《ひとく》は税法上の重大な問題とされることがあり、往々にして遺産相続などの局面では、そのような面倒な書面を一通り確認する人材を、お役所が派遣してくるものです。脱税と認識されれば、過酷《かこく》な額面の違反金が取り立てられます」

ゴドフリー卿《きょう》は死にかけている。その後はヘンリーさんが家督を受け継ぐ相続パーティの始まりだ。アフターケアに奔走《ほんそう》するにしても、残り時間は少ないということだ。リチャードは話を続ける。まわりくどいが少しずつ核心に近づいているのがわかる。もう少し。もう少しで視界が開けそうだ。

偽物のピンクサファイアを再びケースに収納し、リチャードはまた水を飲んでから、言葉を続けた。こいつにいつものお茶をいれてあげられたら。

「ガルガンチュワのクルーズに私が駆り出された理由は、執事室を経由したゴドフリー卿からという名目の依頼でした。『とある事情で、ある額飾りを返却してもらわなければならない。そのためには相手の要求を呑《の》む必要がある。要求の内容については、現地確認、随時受け入れられたし』」

つまりそれは、リチャードに対する「相手のわがままを何でも聞いてやってください」という無茶苦茶な命令だ。育ての父親に対するこいつの恩義の感情を考えれば、簡単にはねつけられるものでもないだろう。しかし思い出すだけでまだはらわたが煮えくり返るあれが、リチャードの実家からのオーダーだったとは畏《おそ》れ入る。

でも、それはそれだ。要領のいいリチャードのことである、するっと逃げてしまったのではないだろうか。いくら恩のある相手からの依頼だといっても、秘書室のようなものを経由しているのであれば、本当にその人が自分に命令しているのかどうかくらいわかるだろう。そしてリチャードは自分を安売りする男ではない。してほしくもない。

それでもあの時、リチャードが逃げられなかったのは。

俺があの船に乗っていたからだ。

あの場所に俺を招いたのは執事室とやらではない。ジェフリーの通称『暗部担当』さんを買収したオクタヴィア嬢だ。彼女はリチャードに私怨《しえん》を抱いて、不可思議な復讐計画を実行に移している。だがそれで得をするのは彼女だけか？　リチャードから聞いた話を踏まえて考えてみる。具体的な利益を得るのは？

不始末を上首尾のうちに解決したい、執事室とやらではないだろうか。

俺が目をぎらぎらさせながら美しい顔をじっと見ると、リチャードはいさめるような微笑を浮かべた。

「奇妙な話です。自分自身を持て余している幼い富豪の女の子と、そろそろ二代前になろうとしている主の不始末を闇に葬ろうとする使用人集団との間で、利害の一致が生まれるとは」

「……今回のことはどうなってるんだ。葉っぱの回収が目的だったのか」

それもあるだろうとリチャードは言い、端末をすいすいと操作した。今度はメールである。差出人は『ヘンリー』。リチャードが彼に何かの調査を依頼していたようだ。

簡潔な箇条書きの文章だったので、俺にも理解は容易だった。

レアンドラの日記。一九七九年十月、マリ＝クロード・ド・ヴルピアン。モデル。廃兵院慰問で知り合う。ブレスレットを購入。八万ポンド。最後に三角の印。

「……これは……」

「マリ＝クロードが、レアンドラからブレスレットを購入したという記録です。代金は八万ポンド。しかしそのような腕輪は存在しませんし、祖母の裏帳簿にも、八万ポンドの収入は記録されていませんでした」

　それはそうだろう。そもそもマリ＝クロードさんはそんなに裕福な人だったのか。七十年代にはすごいパトロンでもついていたのだろうか。そうではないと思う。

「どうやらこれもレア流の小細工のようでした。三角の印が一応の証です。実体のない取り引きの記録には、こうしたサインを入れていたようですね。上流階級の『友人』が多かった彼女が、宝石の売買をしたという噂《うわさ》は風のように広まります。インターネットのない時代のゴシップが、どれほど人々の無聊《ぶりよう》を慰《なぐさ》めたか、少しは想像できるでしょう」

「じゃあこれは『マリ＝クロードってモデルは、そんなにお金持ちには見えないけれど、実はすごくリッチらしい』って噂を流すため、とか？」

「トレビアン。その通りです」

「…………もう一回言ってくれないか？」

　リチャードは「は？」という顔をしたが、今度はやや下がり調子で、トレビアンと言ってくれた。かっこいい。トレのあたりがいい。リチャードのフランス語の発音が俺は好きだ。いやこんなことに感動している場合ではない。話を先に進めなければ。

「そんな噂を流すことで、何かメリットがあったのか」

「無論です。おおっぴらにはできないものの、大きな買い物をしたという噂は、それなりの箔《はく》付けになります。その時既に彼女はカトリーヌを育てていたでしょうし、金のにおいのする相手と知り合いになるためならば、渡れる橋は何でも渡ったのでは。そして記録を確認する限り、レアはそういう女性には援助を惜しまなかったようです」

なるほど、取り引きはわかった。だがまだ肝心《かんじん》の要素が出てこない。黄金の葉はどうしたのだ。

「こちらには別の記録が残っています」

再びメールを見せてもらう。一九八三年八月。マリ＝クロード・ド・ヴルピアン。『思い出を』。最後にバツ印がついている。

「この印がついている取り引き相手は、レアが個人的な裁量で伯爵家の品物を譲渡していたと思われる相手です。手紙は残っていませんが、どうやらこの頃からマリ＝クロードは病に苦しんでいたと思われます。仕事ができなくなってきた時期と合致する以上、金銭的な援助と考えるべきかと」

「普通にお金を送るんじゃだめなのか……あれ？　俺、前にもこんな質問したかな？」

「二年半ほど前のことであれば、うかがったように思います」

あの時俺が質問したのは、イギリスの伯爵から、スリランカの息子に向けての『仕送り』のことだったと思う。何故そんなことをと。その答えは今でも覚えている。

外野から難癖をつけられないように、個人的な知り合いに高額の援助をするためには、こっそり、小さなものを送りつけるしかないのだ。

たとえば宝石のような。あるいは金細工の葉のような。

なんて面倒なことを、などと言ってはいけない。レアさんもマリ＝クロードも必死だったのだろう。

さっきリチャードは、ナポレオンの冠は大部分が鋳溶かされてしまったと言っていた。金のアクセサリーのリメイクが一般的なのは、溶かして再び加工するのがそれほど難しくないためだ。歴史的価値は凄《すさ》まじいものだが、そのままやりとりできるとも思えない。ひょっとしたら溶かして使えと、レアさんは助言したのだろうか。俺がそう言うと、美貌の男はハッと鼻を鳴らした。

「大変独創的なアイディアではありますが、私であれば別の案を考えます。歴史的価値のある素晴らしい美術品を、無下に損なわずにすむ方法です」

「……どんな？」

「『古い貴族の家の、隠し通路の中から出てきた』と言うのです。自分で自分のヴィラの中に黄金の葉を仕込み、何食わぬ顔で発見したふりをすればよいのです。『この屋敷の中にこんな宝物が隠されているなんて、全く知らなかった』と。どうせあるはずのないものです。大っぴらになってしまえば、その所有者にけちをつけられる相手は存在しません」

あ。

つまり、俺たちが今回のバカンスで試みたことを、事実はどうあれ『やったこと』にしてしまえば、譲渡に関する手数料抜きで、いただきものを『拾得物』にすることが可能だと、そういうことか。頭がいい。フランスならではという感じもする。革命のごたごたがあったのだから、何が出てきたって不思議ではないと、地元の人も言うくらいだ。

でも、だったら何故。

「……どうしてマリ＝クロードは、そうしなかったんだろう」

「そこまでの記録はありませんが、単純に惜しくなったのでは？」

あるいは金額に驚いて、処分をためらった可能性もありますと、リチャードはそっけなく付け加えた。どちらの可能性もあるだろう。レアさんがどれほどマリ＝クロードに心を寄せていたとしても、法外な金額に変わりはない。

「憶測でしかありませんし、あなたには言うまでもないことでしょうが、マリ＝クロードの時代の華やかな世界を、子どもを持った女性が生き抜く難しさは現在の比ではなかったかと。そういう中でも、彼女の生き方はどこか堂々としていたように思われます。モデルの仕事をやめたあとにも、このヴィラを維持していたことからして、ド・ヴルピアン一族らしからぬ節制の才能もあったのでしょう。私にはそれがどこか『保険』を持っている人間ならではの、余裕のようにも思われます」

人生の荒波はどこで襲ってくるかわからない。でも今は何とかやれている。そのうち何とかならなくなる時がやってくるかもしれないが、そういう時、魔法の打ち出の小づちのように、莫大《ばくだい》な富をもたらしてくれるとわかっている財宝があれば。

少なくとも「お金がないから」という理由で、苦しい決断を迫られることはなくなる。

マリ＝クロードはそうして、最強の保険を温存したまま、人生をあがってしまったのだ。堅実な人だったのだろうか。もうどうしようもないというピンチは、いつだって訪れるものだ。単純にお金持ちになりたいという気持ちだって、どんな人にでも存在する。最後の手段はいつかは使いたくなるものだろうに。

それとも、逆だろうか？　どんなにつらい目に遭《あ》っても、最後の最後まで、一番の味方は手放せなかったりするものだろうか。

想像するのは、中田のお父さんがプレゼントしてくれたタンザナイトのカフスだ。いざという時換金できるという点が、宝石の大きな特徴の一つだろう。だが石には思い出がこもる。大きな金額だからこそ思い入れも大きくなるのかもしれない。そんな機会がないにこしたことはないが、できるだろうか。

何か別のものに換えられるだろうか。

俺を大切な人間だと、ありったけのパワーで示してくれた相手との、よすがのようなものを。

困窮《こんきゅう》は理屈ではない。それは俺のばあちゃんが証明している。だが今の俺は幸いなことにそういう状況にはない。この仮定は一旦置いておこう。

「……もしかして、紙片の中に組み込まれていた宝の地図って、その『もしもの時のため』に、マリ＝クロードさんがレアさんに送ったものだったりしてな。『受け取りに来ていただけますよう』って手紙にも書いてあったし」

「可能性は十分にあるかと」

そこは手紙の通りということか。伯爵家にも内緒でもらったものだ。郵送してうっかり中身がばれたり、郵送事故で海の藻屑《もくず》になったりしていいものではない。今回見つかって何よりだ。

「……返さなきゃよかったのにな。カトリーヌさんにあげるって手はなかったのかな」

「荒野をゆく才能に溢れた娘が、誰かにそれをあげるのを予想した上で、ですか？　私がマリ＝クロードならば、そんなことはしませんね。彼女は大きなものを手に入れれば手に入れるほど、それを手元には置きたがらない人間です」

そうしてリチャードは、これで最後ですと言いながら、端末を俺に見せた。今度は絵画の画像でも日記でもない。写真だ。これはグラビアだろう。古そうなカラー写真だが、女性向けファッション誌であることはしっかりわかる。今も昔も、かっこいい女性が高そうな服を着て、おしゃれな場所に立っている写真が載っているものだ。

つんと上を向いた、ベリーショートの金髪の女性。撮影時期は秋だったようで、裾のだぼっとしたパンツにタイトなハイネックのセーター、頭には炭鉱労働者のような帽子をどーんと被り、口には煙草《たばこ》をくわえている。背景はパリの公園だろうか。黄色く色づいた細い葉が、舞台のフィナーレの紙吹雪のように、モデルの上に降り注いでいる。彼女は俺が思っていたより、リチャードにもカトリーヌさんにも似ていなかった。だが確かに美しい。意志の強そうな眉と、淡い色合いの目に、ほのかに俺の知っている世界で一番美しい人間の面影があるが、どちらかというとより似ているのは、その言葉だろう。

グラビアの脇に、インタビュー記事が載っていた。名前の知れたモデルだったらしい。そんなに詳しい業界でもないが、普通、モデルさんというのは喋らないものだろう。

マリ＝クロードの流儀、と書かれた記事は英語で、大文字になっているところは、彼女自身の好きな言葉のようだった。

——愛は人生の宝石。なくても生きてゆけるけれど、あったらとても素敵。

フランスは愛の国だという。愛がなくても生きてゆけると、この国の人はどのくらいの覚悟で言うのだろう。わからない。でもこれがリチャードのメールボックスに入っていたということは、レアさんがこの切り抜きを保存していたということだろう。雑誌の端に年号がある。一九六九年。レアさんとマリ＝クロードの最初の『取り引き』より、ずっと前だ。

俺の胸にすとんと何かが落ちた。どうしてレアさんはこんな危険な賭《か》けをしたのだろう、家族でもない相手のためにと、俺は思っていたのだが、何のことはない。

ファンだったのだ。

苦しい環境に置かれていた彼女にとって、多分この言葉は大きな慰めになったのだろう。最初の手紙の書きだしを、格式ばった『伯爵夫人へ』にしていたマリ＝クロードさんが、それを知っていたかどうか。でもそれがどうした。知っていなかったとしても、二人の間には、温かい気持ちが通じていたのだ。ちょっと危険すぎる気はするが、それもまた『人生の宝石』か。

リチャードの二人の祖母の不思議な繋がりはわかった。少し話を戻そう。

俺はもっと、オクタヴィアと執事室のことを知らなければならない。

俺の目が少し怖くなったのだろうか。リチャードも端末をベッドに置き、俺の顔を見返した。

「……リチャード、今回のヴィラへの招待は」

「私がカトリーヌからうかがった範囲では、彼女とオクタヴィアの共同計画という体裁でした。彼女は本当にそれ以上のことは知らないようです。しかしソリティア盤から出てきた手紙は、伯爵家に携《たずさ》わる者でも一部の人間しか見ることが許されないものです。スイスに籠もっている少女の手に、ひとりでに渡るものではない。情報が意図的に横流しされています」

「……じゃあ、今のところのお前の考えでは」

リチャードが頷く。もうこれはただの答え合わせだ。

「法的な措置《そち》に関する話し合いを持った際にも、このような話になりました。オクタヴィアだけを糾弾《きゅうだん》するのでは意味がない。とりわけヘンリーやジェフリーにとっては、まわりまわって自分たちの拠《よ》って立つ場所を攻撃することになりかねません」

クレアモント家執事室とオクタヴィア嬢、どちらかがどちらかを利用している――いや、互いに利用し合っているのか。

やめてくれと申し上げたい。個人的な感情で動いている人にそんなことを言っても意味がない気がするので、オクタヴィア嬢ではなく執事室の人々の方に申し上げたい。十七歳の女の子を過去の清算に巻き込んで、犯罪まがいの計画にどうぞどうぞと協力し、何食わぬ顔で忠義者面をしそうな人々など、一発退場全員クビだと、病床のゴドフリー卿にお沙汰《さた》を申し渡していただきたい。でもそういうことをさせているのは、ゴドフリー卿の親心だとリチャードは言っていた。退院して自宅療養ということは、もう治療をしても意味がない段階ということだろう。そんな人にどこまでの権力があるのか。それに誰が、そんなことをさせるのか。

どっちを向いても酷《こく》な道だ。

「……今回の宝探しイベントは……どっちの企画だったんだろうな」

「ガルガンチュワのクルーズ同様、半々ではないかと思っています。オクタヴィアから送られた暗号は、確かに私に向けられたものでしたが、宝探し自体は執事室の画策でしょう。伯爵家の隠し財産目録に含まれていた『ナポレオン帝冠の葉』が紛失しており、どうやらそれがフランスの片田舎に存在する可能性があるとわかれば、回収に向かうのが道理かと」

でも、宝の地図もレアさんの遺《のこ》した文書には存在したわけだろう。わざわざ俺とリチャードを差し向けさせたのは何故だ。執事室の一番下っ端の、執事見習い助手みたいなポジションの人をプロヴァンスに派遣して、土木作業員の格好でもさせて地面を掘らせればいい。それで解決ではないのか。そう考えたところで、俺は一人納得してしまった。

「……そこから先が、オクタヴィアのオーダーだったってことか」

「そのように考えます。加えて、私を派遣することにも意味がある。それらしい人生を送っているとは言いがたいものの、私もまた伯爵家の片隅に身を置く人間です。家に仇《あだ》なすことはしないだろうという信頼があるのでは」

ありがたいことですという貌《かお》を直視しなくて済んだことを、俺は半分後悔、半分感謝した。今までお前たちが私に何をしてきたのか忘れたとでも言うのではあるまいなと、言外に怒りをにじませる声色《こわいろ》で、こういうことを言う時のリチャードは感情の原石になったような剝《む》き出しの顔を見せるのだ。

　腹筋の力で体を起こすと、リチャードはベッドの上ではなく、サイドに脚《あし》を垂らしたポジションで、俺と向き合ってくれた。

「キャンディの家でも申し上げましたが、どうやら私はもうしばらく、あなたにご迷惑をおかけするようです」

「前にそう言ってくれた時の顔より、今の顔のほうが俺は好きだよ。いやどっちも好きなんだけどさ、今のほうが……」

「今のほうが？」

「戦士っぽい」

　リチャードはややあってから、柔和に笑った。最初に俺が思いついた表現は『獰猛《どうもう》に見える』だったが、さすがに褒《ほ》め言葉には不向きすぎるだろう。ライオンのようだと思ったのだ。こいつの名前にちなんだ、あの王権を示すという獣《けもの》に。

「手伝えることがあったら何でも手伝うし、俺も俺で気になることを探る。期待してくれ」

「承知しました。しかし、一つ、忘れないように」

　約束です、とリチャードは言う。このために居住まいを正してくれたのだろうか。

「あなたの本分は、宝石商見習いとして目を磨くこと。そして一年半後に帰国した際の公務員試験の再試の準備を行うこと。その二点です。私の面倒ごとにばかり連れまわして、時間を浪費させていては、中田さまに申し訳が立ちません」

「あれっ、中田のお父さんとまた会ったのか？　けっこう会ってる？」

「時々銀座の店を訪れてくださいますので。本当ならあなたのいる時に訪れたかったと、よくそう仰せになりますね。お買い物は……奥さまにとめられているようですが」

ひろみが『奥さま』か。まだちょっと変な気分がするが、リチャードの口から彼らの話を聞くのは素直に嬉しい。電話やメールは定期的にしているが、会ってはいない。武者修行だなと中田さんに言われ、はいと元気に答えた記憶も新しいから、ホームシックに陥《おちい》ったのかと思わせるような真似をしたくないという強がりもあるけれど。

「……そろそろ日本が恋しくなってきましたか？」

リチャードの質問は優しい。『そろそろ日本の雑踏を歩いても大丈夫だと思えるか？』と、一番穏当な形で尋ねてくれる。もちろん大丈夫、だと思うが、想像と現実は違うだろう。でも今はなにより、他にしたいことがある。

スリランカにいる間、俺は日本での人間関係のほぼ全てから解放されていて、日々同じことを空気から繰り返し語りかけられるような経験をしている。

別にお前がここにいる必要はないと。

ここはお前の生まれた土地でもないし、絶対にやり遂げなければならない使命のような職務があるわけでもないのだから、別にお前はここにいなくていいのだと。

こんなことを感じるのは初めてだった。日本で生まれて日本で学生をし、こつこつアルバイトで貯金を増やしてきた人間には、新鮮すぎて宇宙に放り出されるような体験が目白押しだったせいもあるだろう。さまざまな人に助けられてきたことはさておき、何でここにいるんだろうと、繰り返し自分に問いかけ、とりあえず俺が出した結論は、日本にいてもそれは同じだということだった。

封建制度の農村じゃないのだから、『いるべき場所』があるなんて考え方は奇妙で、そんなことがあるはずはないのだ。逆に考えると今まで自分が『日本で暮らして日本で生計を立てるのが正解』と無意識に考えていたことに驚いた。これは意思の問題だろう。

下村晴良《しもむらはるよし》が大学を中退してギターの世界に飛び込んだように、行こうと思えばどこへでも行ける。リスクはあるが、十分可能な選択であると、いろんな人が教えてくれている。今までの俺が、そういう選択肢を、特に見てこなかっただけで。ひょっとしたら転職を考えている人も、こんなことを考えたりするのかもしれない。

俺はスリランカで二足の草鞋《わらじ》生活を続けている。昼は石を見る目を磨き、最近は侃々諤々《かんかんがくがく》で裸石《はだかいし》の値段を上げたり下げたりし、夜には公務員試験の勉強をする。将来的にどちらか片方は無駄になる可能性が高い行為だ。でも不思議なことに、どちらもとても楽しくて、どちらも日々の生活の中で役に立っていることを実感する。

未来の俺がどんな道を選ぶにせよ、今の日々が無駄だとは思わない。

「特にそういうことはないな。できればもうちょっとこういう生活をしたいなって思ってるところだよ。スリランカで暮らしてるのに、最近フロリダだのフランスだのって、あっちこっちに飛びすぎで、近所の子に顔を忘れられてないか心配だな」

「あなたはどこにいても友達を作ってしまいますね」

「お前のおかげだよ」

エトランジェ。

異邦人。

そこにいなくてもいい人。

自分自身をそういうふうに感じ、どう行動すべきかと考える時、俺の頭の中に北極星のように輝くのはリチャードの姿だ。必要はないだろうしできるとも思わない。でもレールのない道を歩き始めた今、その圧倒的な美しさに何度も救われている。

俺もいつかそんなふうになれるだろうか。

「明日は、十時の列車の予約を取ってくれたんだよな。何時に出る？」

「遅くても八時には。予約した切符を引き換えなければなりません。駅までは私が」

「俺が運転する。寝ていってくれ。朝は俺のほうが強いだろ」

「…………」

めんぼくありません、とリチャードはぼそぼそと言うが、納得してくれている。ありがたい。適材適所を少しずつ増やしてゆこう。

気持ちは少し、晴れやかだ。

これから自分が、何に立ち向かわなければならないのかわかると、とても気分が楽になる。オクタヴィア嬢の無茶ぶりに悩まされることが、今後も何度かあるかもしれないが、敵の本陣が見えてくれれば、対処方法だってあるはずだ。ジェフリーの言っていた通り、ヘンリーさんの格好いいところを見る機会もあるかもしれない。頼りにしたいものだ。

推定八千万円相当の黄金の葉をリチャードに託し、俺は荷物を持って部屋を出た。一人の部屋はひろびろとしているが、少し寒い。カーテンが薄く窓の輪郭《りんかく》が見えるのも、リチャードの寝ている部屋と同じだ。

明日は早く起きて、屋敷の掃除をしよう。ルーチンの筋トレを静かに済ませると、俺は毛布にくるまって目を閉じた。


「起きて。セイギ。起きて。ソリティアをしましょう」

「……ソリティア……？」

寝室の鍵をかけなかったっけ。いや存在を忘れていた。青白い夜明けの光の中に、カトリーヌさんが立っていて、枕元で俺の顔を覗き込んでいる。これは一体。

夢の中で妖精に誘われるように、いそいそとベッドを出て、階段を下り、ダイニングに入ると、柱時計が目に入った。朝の五時三十分。『少しだけ早く』どころではない。カトリーヌさんも朝に弱いのではなかったのか。

彼女は白いワンピースの上に淡いグリーンのストールを纏《まと》って、サンダル履きという格好だ。どこの世界からやってきたのかと訝《いぶか》りたくなるような、浮世ばなれした雰囲気に、俺は圧倒された。

彼女に促され、俺は庭に出た。昨日のパーティの名残がそのまま残っているが、昨日と一つだけ違うのは、庭の真ん中にテーブルが一つ、置かれていることだ。対面に一脚ずつ、背もたれのある椅子が置かれている。

テーブルの上にあるのは、石の球が並べられた遊戯盤だ。

「一度も遊ばなかったでしょう。ストーン・ソリティアのやり方を知っている？」

「知りません……」

「まずセンターストーンを取るのよ」

カトリーヌさんは嬉々として腰かけ、盤の中央の穴から、透き通った水晶の石を取り除いた。たまご置きのようなくぼみがいくつもある台座のまわりを、なめらかにカーブする溝が囲んでいる。この溝は取り除いた石を置くための場所らしい。サーキットの中を水晶がくるりと回った。

「一人でもできるゲームだけれど、複数人でプレイすることもできるの。こうやって、石で石を飛び越すと、飛び越された石を取ることができるのよ。飛び越えられる石は一つだけ。一人ずつ交替で石を動かしてゆくの」

カトリーヌさんは、石のなくなった中央のくぼみに、そこから二マス離れた場所にあるローズクオーツを置き、ローズクオーツの飛び越した黒白のジャスパー石をサーキットに流した。球が減る。残り三十一個。こういうゲームだったのか。

「ゲームを終わらせる条件は『石を一つだけ残すこと』。二つも三つも残ってしまったら、そのソリティアは失敗よ。複数人プレイで失敗の場合は、石を一つも動かせなくなったほうが負け。わかった？」

「……わかりました」

ひんやりとした湿気のただよう庭を背に、カトリーヌさんが俺を促す。ひやりとした球をつまんで、飛び越させ、飛び越された球をつまんでのけようとしたところで、細い手が俺を留めた。

「セイギ、その石はなあに？」

「これですか。これは、アマゾナイトじゃないかと思います」

「アマゾンの石？　いやだわ、困った思い出がある場所よ。珍しい蝶々《ちょうちょ》たくさんいるから」

「難しく言うと、微斜長石《マイクロクリン》って名前だったと思うんですが……いろいろなところでとれる石ですよ。ロシアやリビアでも。古代エジプトでも活用された記録があったはずですから、人間との付き合いの長い石です」

「まあ」

その後もカトリーヌさんは、一つ一つ、石を取りのけるたびに、これはなあに、これは？　と俺に問いかけ続けた。八割がたはクオーツやアゲート、カルセドニーといった石英系の仲間たちだったが、時々ひっかけ問題のような石も混じっている。叩き起こされたばかりの早朝なのに、俺は不思議と、石の話をしているのが楽しかった。

ラブラドレッセンスと呼ばれる燐光《りんこう》を放つ、ラブラドライト。

天青石《てんせいせき》という和名を持つ、淡い青のセレスタイト。俺の好きな石。

紫色のくわせもの、スギライト。スギの名前は日本人の岩石学者、杉《すぎ》博士にちなんだものだ。高貴な色合いにちなんで、ロイヤルアゼールとも呼ばれる。

カトリーヌさんはそういった話全てを、目を細めて聞き入ってくれた。

少しずつ、しかし順調に、盤上の石が減ってゆく。慎重なゲーム運びが必要だ。そう思っていた矢先。

「あなたは」

カトリーヌさんが石を選びながら言う。それまでは不気味なほど聞き役に徹してくれていたので、喋る気はないのかと思っていた。

「あなたは私の息子を、『美しい』と思ってくれているのね」

カチンという音が響く。サーキットは石の球で大渋滞で、隙間を探すほうが難しい。俺の頭の中にも小さな火花が散った。

「そ、れは、そうですね。はい」

そうです、と俺は無駄に二度も繰り返してしまった。慌てすぎてへどもどする。いきなり何の話だ。俺の手番。だんだんコツがわかってきた。カトリーヌさんは気にせず話し続ける。

「本当に美しいと思ってくれているのね」

ブラッドストーンをサーキットに流す。黒地に赤い斑《まだら》がちるこの石は、おどろおどろしい外見から魔術師の魔除《まよ》けとしても重宝されたといういわくつきの石だ。だが彼女は解説を求めない。俺が再び、はいと答えると、彼女はソリティア盤ではなく俺を見た。

「それがどういうことなのか、あなたにはきちんとわかっている？」

「……『美しい』ってことが、ですか」

「違うわ。あの子にそう伝えることの意味よ」

そして彼女は、『美しい』という言葉の意味を教えてくれた。大きく分けて二つ。

一つは関心や好意を得ようとしたり、美術品を評価したりする、口当たりのよい甘いお菓子のような『美しい』。わかるでしょう、とだけ彼女は言う。わかると思う。彼女の甘い微笑みの裏に、無数に見え隠れする亡霊のような影だ。

もう一つは自分の大切な相手を気遣おうとする、客観的な美の真贋とは無関係な衷心《ちゅうしん》から出てくる『美しい』。赤ちゃんの涙を拭う時の一言や、自分のためにドレスアップしてくれた恋人に対する言葉だと。

「あなたの『美しい』はどっちかしら。どっちでもないのかしら」

たとえば夜明けの高山。あるいは日没の海原。砕けたガラスの輝きや、つるりと滑らかな工業製品の拡大図。

俺はリチャードの『美しさ』を、何だかそんなふうに解釈している。本当に格好いいと思うし、人格的にも尊敬している。だが俺が、最初に感じ入ったあいつの美しさは、そういうタイプのものではなかったと思う。

砂場に磁石をつっこめば、問答無用で砂鉄がつく。そういう類《たぐい》の言葉だった気がする。我慢すべきだと思ったが、あいつは受け入れて、許してくれたから、ずるずると今までやってきてしまった。

どちらなのか考えてもわからない。厚意に甘えているだけなんです、本当に失礼なことを、と俺が言いかけると、カトリーヌさんは瞳に燃える炎を宿し、ノンと言った。違う、違うと。

「もうそんなことはどうでもいいの。わかっていないのね。あなたはあの子の胸に何重にもナイフを埋め込んでいるのよ。考えてみて、いつも自分を当たり前に『美しい』『美しい』と賞賛してくれた相手が、ある日突然石になったみたいに、何も言ってくれなくなる日のこと。考えたことはある？　あるの？　ないのね……よかったわ」

ここに私がいて、と彼女は小さくひとりごち、サーキットに石を投げ捨てた。

自分の手番が回ってきたと理解しつつ、俺は手を動かすことができなかった。

「言葉は生き物なのよ。美術館のもの言わぬ彫像に言葉を投げているんじゃないの。あの子は誰よりも優しい子だから、あなたが理解していないことまで理解して、それでもあなたを許している。どうして私のたった一人の可愛い赤ちゃんが、そんなことまでしなければならないの。私だったらあなたとは距離を置くわ。でもあの子はあなたと一緒にいるのが好きなのよ。きっと私があの子にしてあげられなかったことを、他の誰かにしてあげて、喜んでもらえるのが嬉しいのね。だからあなたを何年も傍《そば》に置いている。理不尽よ。何をしているの、早く手を動かして。私の番が来ないわ」

俺は盤面を確認し、黒緑色のダイオプサイトを飛び越し、カーネリアンの球を取った。

カトリーヌさんは再び語り始める。

「私と約束してくれる、セイギ？」

「…………約束の内容によります」

「もちろんそうね。あなたはそう言うと思っていたわ。あの子は優しいからあなたに過剰なものを求めたりしない。でも私はちっとも優しくないから、あなたにたくさん求めたいものがあるわ」

そして彼女は言った。

明日も明後日も、一年後も十年後も、ずっと、ずっと。

リチャードを『美しい』と言えと。

彼との付き合いが続く限り永遠に、昼も夜も、機嫌がいい時もそうでない時も。

今の俺と変わらず、飾らず、本心から。

自分で始めたことには責任をとれというように、彼女は俺に迫った。

「当たり前のことを言っているだけよ。よく考えて。できないと思うなら、今すぐ荷物をまとめてここを去って。あの子の前から永遠に消えて。あなたもあの子も幸せにならない」

「そ、それはちょっと、追いかけられるんじゃないかと」

「なら逃げて。アマゾンでもサハラでもいいから逃げ続けて。でも、もし去らないなら」

覚悟をして、と彼女は言った。

月桂樹の冠を、勇者に授けていた時代の人々は、巫女《みこ》の託宣《たくせん》を重用《ちょうよう》したという。もしそれが現代に蘇《よみがえ》るなら、こんなふうかもしれない。青い瞳がボードゲームを挟んで俺を見ている。もしこのテーブルがなければ、竜になった彼女に頭から食われてしまいそうだ。

「永遠にあの子を『美しい』と言って。あの子が怒っている時でも泣いている時でも、二目と見られない顔になっても、あなたではない誰かと永遠の愛を誓っても。私と約束して。絶対に破らないで」

冷静に考える。

俺がリチャードに、美しいと言う時のことを。

逆に考える。リチャードに美しいと言わなくなった俺のことを。

言うべきではない時にまで言ってしまって頭をかかえた記憶は何度もある。だがあいつが許してくれるようになってからは、そんな葛藤《かっとう》も遥《はる》か彼方《かなた》のことだった。今日もきれいだなと思うし、明日もきれいだろうと当たり前に思っている。それがどういう状態なのか具体的にイメージしているわけではない。だがあいつが傍にいる時に感じさせてくれる、世界ってこんなにいいものだったのかという感覚が、俺の思う『美しい』だ。音楽や絵画や宝石に、思いがけず触れた時に感じるような。

それをあいつに言わない自分を、イメージできるだろうか。

考える。考える。

考えて、俺は結論を出した。

燃えるような気迫を放つ彼女に、俺は何とか微笑みかけた。

「……真剣に考えたんですが、そんなに難しいことじゃなさそうです。約束します。ずっと『美しい』と言います。やめないと殺すってあいつに脅されない限り、ずっと」

「脅されても言ってちょうだい。あなたは殺されてもいいのよ。そう思わない？」

「そ、それはどうかと」

「うふふ」

カトリーヌさんはいたずらっぽく笑うと、くるりとその場で一回転し、振り子のように体を左右に動かしたあと、一つ球を選んで、ころりと溝に転がした。俺も続いて石を取る。

最後に一つだけ、透明な水晶の球が残った。

「まあ、クリアね。おめでとうセイギ、初プレイでしょう、難しかった？」

「おかげさまで全然。コツがつかめてくると面白かったです」

それに、一人プレイの場合はいざしらず、複数人、特に二人で行うこのゲームの真髄《しんずい》は、多分石の操作とか、そんなことではないのだ。

ゲームクリアを目指しているのなら、相手が何を考えて、何をしたがっているのかをつかみ、呼吸を合わせること。

相手を詰ませようとしているのなら、呼吸を読んだ上で、相手の裏をかけばいい。

同じ戦略に沿って二人の人間が手を組むか、相手を自滅させようと相争うかで、このゲームはまるっきり性質を変えてしまうのだろう。

カトリーヌさんは時々トリッキーな動きをしたが、石トークに時間を費《つい》やしている間にいろいろ考えてみると、きちんと俺に先の道を示す石ばかり取っていた。語調や顔は少し物騒だったが、彼女は俺を詰ませたいとは思っていなかった。それは確かだ。

ちょっと怖かったが、終わってみると初心者に優しいゲーム運びだったと思う。

一回転して、俺から目を逸らした時に、カトリーヌさんは肉食獣のようなオーラをきちんと折りたたんで、どこか見えないところに収納したようだった。にこにこ微笑む愛想のいいお母さんが目の前に立っている。だがまだちょっとだけ、空気が不穏だ。

ソリティアの終了を祝し、石をくぼみの上に戻しているうち、俺は思わず目を閉じた。

夜明けがやってきたのだ。

薄黒い緑色だった庭が、夏の緑に戻ってゆく。小麦のような金色の光だ。濡れた芝生《しばふ》の上を、まっすぐに光が走る。山並みの向こうから朝がやってくる。どんどん空気が温まってきて、肺の中まで温かい。この土地で生きているもの全てを祝福するように、無尽蔵に光が溢れていた。

きれいだな、と俺が呟《つぶや》くと、カトリーヌさんは微笑んだ。遊戯盤を手に、ダイニングに戻ろうとしている。

「さあ、遊びはおしまい。セイギ、サンドイッチの支度をしましょう。あなたたちのお弁当をつくりたいの。助言をしてもらえるかしら？」

「もちろんです。その……」

ご心配をおかけしてすみませんでしたと、俺はまたしても謝ってしまった。しかしカトリーヌさんは涼しい顔で含み笑いし、いいのよと言ってくれた。どこかしら、竜の気配を残した声で。

「でも、さすがゲームが上手ね、セイギ。及第点をとっただけある」

「及第点？」

「ええ」

そう言って彼女は、俺に体をもたせかけ、喉から鎖骨《さこつ》を見せつけてきた。本当に体が柔らかい人だ。そっと彼女を押し戻すと、彼女は面白そうにけらけら笑った。

「不思議ね。このヴィラで宝物が見つかるまで、あなたと一緒に過ごせたなんて。その前に、あなたは帰ってしまうと思っていたのに」

「……どういうことですか」

そして彼女は微笑み、教えてくれた。

「このヴィラにいる間、一度でもあなたが私に『美しい』と言ってくれていたら、そこで終わり。アウトだったのよ。私とリチャードは顔が似ているし、今のメイクはあなたが言っていた大学のお友達に寄せたナチュラル志向だけれど、同じ家の中にいる二人の人間にそれぞれ『美しい』なんていうのはだめよ。人間としてだめ。そんな男に用はないわ」

即刻退場、お腹《なか》を壊したということにして、スリランカなり日本なりに帰ってもらう予定だったと。

「本当によかったわ。ひょっとしたらあなたは、自分で思っているよりいろいろなことを理解しているのかもしれないわね。逆よりずっといいわ。さあ、サンドイッチの具は何がいいかしら。セイギは何が好き？」

微笑みながら腕まくりする彼女が、俺は世界の外からやってきた天使のように見えた。怖い。きれいな形をしているが、常識の通じる存在ではない。これが畏怖《いふ》というものかと、俺は深く息をはき、時間差で恐怖した。


駅までの車の中で、カトリーヌさんはサンドイッチ自慢を繰り返し、助手席のリチャードは武道の達人のように右へ左へ言葉をかわしていた。カーステレオは封印である。車の持ち主がかけようとしなかった。運転席の俺は何も言わず、ただ標識に従って車を走らせる。三日前にやってきた時と変わらない、ひまわりとラベンダーの畑。麦の穂。ぶどうとオリーブ。時々姿を現す、帽子をかぶった子どもたちと、彼らを見守る大人の姿。

新鮮なクレソンはそれだけで健康にいいというカトリーヌさんの話に、そういえばとリチャードが突然割り込んだ。なんだろう。

「マリ＝クロードの体は、今どこに？」

「パリの墓地よ。最初からずっとそこ」

言われてみればマリ＝クロードは、できることなら夏の庭に葬ってほしいものだと手紙に書いていたっけ。将来的にはそういうことも、カトリーヌさんは考えているのだろうか。リゾートワンピースの上にウィリアム・モリス柄のパーカーをひっかけ、頭に赤いスカーフを巻いた彼女は、でもねえと後部座席で頬杖をついた。

「そんな余裕はないしねえ。どうせあのヴィラも手放してしまうし」

ぎょっとする。ええ。だって。オクタヴィア嬢は万単位のユーロを動かしてくれたのではないのか。俺はちらりと助手席のリチャードを見る。彼はそれほど、驚いていないようだ。ただし頭は痛そうだ。

「……また金を貸しましたね」

「貸したんじゃないわ、あげたのよ。だってあの人たちはお金を返せないもの。もしヴィラを買い取ろうと思っていたら、確かにあのお金を全部つぎ込んだけれど、夏の間あなたたちをおもてなしするだけでいいなら、ほんのちょっと今の持ち主からお借りすればいいだけの話よ」

「ただやるのと貸すのとでは、使う側の意識も変わるものです。あの自称映画監督にせよ、自称音楽家にせよ」

「よしてちょうだい。なら仕事のない時の俳優だってみんな『自称』よ。みんなずっと困っていたんだから、あんな大金、私だけが使うわけにはいかないわ。どうせ私の今の拠点はアムスだから、プロヴァンスの家なんか維持はできないし」

「アムス？　アムステルダムに？　南仏では？」

「引っ越したの。いいところよ。素敵な人もいるの。でもこれからもっと寒くなるでしょうし、また新しい街に住むべきかもしれないわね。新しい恋を探すわ」

息子が今度こそため息をつく。俺には彼女がどこまで本気なのかわからない。今朝のような顔を見てしまったのならなおのことだ。彼女は面白そうにくつくつと笑い、ありがとうと歌うように言った。

「リチャード、セイギ。私とあのヴィラの最後の思い出は、あなたたちと過ごした美しい夏よ。ほんのちょっぴりサスペンスが多すぎたけれど、二人とも無事で、宝物も見つかったのだから、最高の夏よね。心から感謝しているわ」

「……体にだけは気をつけてください。見知らぬ土地にあなたの死体を引き取りにゆくのはごめんです」

「物騒なことを言う子ね！　私はそんな不摂生をする道楽者じゃないわ」

「マリファナのやりすぎもご法度です。においでわかります」

「いやあね、セイギの前で。におい消しの香水はしていたじゃない」

「そういう問題ではない」

ひたすら走り続け、どことなく車の整備工場のような雰囲気の駅に到着すると、カトリーヌさんはぶわっと瞳に涙を浮かべた。ありがとう、アデュー、アデューと俺に言い、リチャードにはアビアントと言う。フランス語初級でもわかる。これは『ほぼ永遠にさよなら』と『またね』の違いだ。

「またあなたに会いたいわ。今度は前よりも、もう少し間隔をつめて会いたいの。いいかしら。私はあなたに会うたびにパイを焼いてあげられるような女じゃないけれど、いつかまたあなたに『お母さん』って呼んでもらえる日を待っているのよ」

えっ、という声は、俺とリチャード、同時だった。見事なまでの日本語の『えっ』だったので、カトリーヌさんが困惑する。なに、なにと彼女は俺たちの顔を見比べた。

俺はそっとリチャードの顔を見る。これは本人が語ってくれるだろう。

また偏頭痛《へんずつう》の顔になった麗しのリチャード氏は、失礼ながらと前置きをし、カトリーヌさんに向き直った。

「……私に『ママンと呼ぶな』と仰《おお》せになったのは、あなたでは？」

「え？　私が？」

俺もそう聞いている。そして俺の上司は、そんなことに関して嘘をつくような相手ではない。

沈黙が流れる。カトリーヌさんは目を大きく見開いて、バチバチと音がしそうなほど派手なまばたきを繰り返した。まばたきをするだけで何かのイベントのような華やかさをかもしだす親子は、世界広しと言えどこの二人くらいなのではないだろうか。

「そんな……そんなはずない……と思うわ。でも、いつのお話？」

リチャードは訥々《とつとつ》と、細かい年月とシチュエーションを述べた。彼女がイギリスのお屋敷を去ってすぐの頃で、もうシングルなのだから既婚者みたいな呼び方はやめてと。あら、あら、とカトリーヌさんはうろたえ、最後に天を仰いでため息をついた。

「……なんてことなの。私はてっきり、あなたが私に腹を立てて、ママンを封印してしまったんだとばかり思っていたのよ。でも私がお願いしたことだったのね。ああ。神さまはとてもフェアだわ。私は私から罰を受けていただけだったのね」

「冗談ではない。私にとっては少しもフェアではなかった」

「……そうみたいね。わたしにとっては今の言葉で、今までの苦しみに全部おつりが来てしまったし。本当にごめんなさい、リチャード。私……」

身を引きかけたカトリーヌさんを、リチャードが引き留め、ハグした。目を見開く光景だ。リチャードが誰かを抱きしめている。その姿勢のまま、美貌の男はゆっくりと喋った。誰かによく似た、歌うような抑揚つきのフランス語で。

「あなたが私に、この顔の負い目を感じていることは知っています。私も以前は今ほど大人ではありませんでしたから、恨みを募らせたこともありました。しかしあなたの好きな言葉は『何を考え、どう行動しているかに比べれば、外見など些細《ささい》なこと』だったのでは？　恨みはしても嫌ったことはありませんよ、ママン。人生のスパイスの一つです」

そう言ってリチャードは、カトリーヌさんを腕の中から解放したが、今度はカトリーヌさんのハグが決まった。身も世もなく号泣しながらの抱擁《ほうよう》である。周囲からの注目度は抜群だ。カトリーヌさんが泣き止むまで、リチャードは長大なハグを続ける羽目になっていた。一人逃げるわけにもいかず、俺は手持ち無沙汰な番犬のように、母子のまわりをぐるぐると回った。

涙をぬぐって駅の雑踏を歩きながら、カトリーヌさんは小さく嘆息し、そっとひとりごちた。

「マリ＝クロードのこと、もっと『ママン』と呼んであげればよかった」

その言葉を聞きつつ、俺は何と言ったらいいのかわからなかった。

列車の切符を引き換えて、大急ぎでＴＧＶに乗り込むと、リチャードはようやく顔のこわばりを解き、眉間《みけん》をもみほぐした。おつかれさま。本当におつかれさまだ。それ以外にかける言葉が見当たらない。

指定の四人掛けボックス席に、他に乗客はいないので、二人で二席ずつを向かい合わせに使う。ふう。俺にもちょっとだけ『おつかれさま』だ。

「いやあ、最後まで盛り沢山《だくさん》な旅になっちゃったな」

「そのようですね。朝から彼女と何をしていたのです」

　見てたのかと俺が問うと、窓から見えただけですとリチャードはとぼけた。話し声は聞こえなかったらしい。別に大したことじゃなくて、お前のことを永遠に『美しい』と言うと誓ったんだよと正直に話すべきだろうか。語弊《ごへい》がありすぎる気がする。朝起きておはようとかかさずに言うようなことだ。申告しなくても許してもらえるのではないだろうか？

「な、ないしょ……は駄目かな」

「不許可です」

「だよな」

　ざっくり言うと、親しき仲にも礼儀ありよとお説教されたと、俺は正直に伝えた。そう間違っていないと思う。リチャードは呆れたように、どの口がと言い、しばらくすると苦く笑った。

　カトリーヌさんは確かにリチャードのアキレス腱《けん》のようだが、オクタヴィア嬢が求めていたことが、豪華客船でのことのような大災害であれば、狙いは外れていると思う。この二人の間にあるのは、距離が近すぎるがゆえのすれ違いのようなもので、世界中の親子が多かれ少なかれ経験している類の不仲だ。敵対関係などではない。

　電車がアヴィニヨンを過ぎた頃、そういえばと俺は切り出した。リチャードはクレソンとたまごのサンドイッチを食べている。飲み物はフレッシュなレモネードだ。ペットボトルに入れた瞬間お茶は死ぬとのことなので、ミルクティーはやめて、カトリーヌさんと一緒に、気合を入れてレモネードを作った。砂糖は少なめに、ミントのシロップをほんのりまぜるのがコツだという。

「オクタヴィアの暗号……お前に宛てたものって言ってたけど」

一体何だったのか、尋ねてもバチは当たらないだろうか。

ごくごく個人的な内容の文章だったとしたら、何も言わないでほしいが、もし単純に、俺にも腹を立てる権利があるような失礼なものだったとしたら、一人で抱え込ませずに聞いておきたい。こういうのもよくないのだろうか。わからない。わからないので尋ねることにした。

サンドイッチを食べきってしまうと、リチャードは車窓から外を眺めつつ、そうですねと呟いた。長距離列車は、日本人の感覚だと区間準急くらいのスピードで走っている気がする。国土が広すぎるからだろう。でももう少し急いでパリに向かってくれてもいいのに。

「……詩でした」

「詩？」

「彼女と私が、過去やりとりした手紙に含まれていた、詩です。悪い言葉ではありませんでしたよ」

そしてリチャードは再び端末の画像を呼び出すと、これがこう、これがこうとアナグラムを解き明かし、俺の前でペーパーナプキンに英語の詩を書き綴《つづ》ってくれた。文章が二つ。

アクセサリーにまつわる詩だ。

一つめは『もしあなたが宝石であったならば腕にまいて抱き留めておけるのに、現実の人間だからそうはいかない』。その次が『つらい思いをしているので、できることなら本当に宝石になって腕にまかれてしまいたい』。文章の関係を鑑《かんが》みるに、どうやらこれは二人の人間の間のやりとりのようだ。かなりダイレクトな愛の詩である。

「お国柄を感じるなあ。シャイな日本人代表としては照れるよ」

「何を言っているのです。この詩の作者はあなたの国の人間ですよ」

「えっ？」

そしてリチャードは、英文字の隣に、画数の多い漢字を書きとってくれた。

大伴坂上大嬢《おおとものさかのうえのおおいらつめ》。

大伴家持《おおとものやかもち》。

口をぽかんと開ける俺を、リチャードは半笑いの顔で眺めていた。

「『万葉集《まんようしゅう》』。八世紀ごろに成立した、日本最古の歌集ですね」

「…………はあっ」

「英語圏においては、テンサウザンドリーヴス・オブ・ポエム、あるいはミリアッド・リーヴスなどと呼ばれることもあります。英訳されて久しい文献ですね。日本人であっても、イェイツやキーツの詩を口ずさむ人は珍しくないでしょう。多少マニアックであることは否定しませんが、同じことです」

そしてこれは、後々夫婦になる二人が、まだ恋人同士であった頃の相聞歌《そうもんか》であると、リチャード先生は教えてくれた。もはやどっちが日本文化を背負っているのかわからない。もっと勉強しますと、いつもの顔で笑おうと思った時、俺は気づいた。

リチャードはまた窓の外を見ている。

何だろう。とぼけた俺のことを見たくないのだろうか。違う、どこも見たくないのだ。車窓を流れる景色の上に、おぼろな幽霊のように浮かんでいるのは、物憂《ものう》げな俺の上司の顔だ。

そういえばこの男は、イギリスの有名な大学で日本の勉強をしていたはずだ。だから古典にも当たり前のように詳しい。そこで出会った人が、確か。

オクタヴィア嬢が『応援団』をしていたという、彼女で。

オクタヴィア嬢からの手紙で、リチャードが連想しそうな相手は、俺には一人しか思い浮かばない。会ったこともないが、この男の心の一等地に、今も静かに住み続けている女性だ。

やはりオクタヴィア嬢は、リチャードにのみ届くメッセージを仕込んでいたのだ。

だが、何のために？

あなたたち二人を応援していたのに裏切られてとてもつらいです、あなたもあの時の気持ちを思い出してつらくなってください、といったところだろうか。

違う気がする。もし本当に『つらくなってください』が目的なら、こんな愛の詩より、もっと効くものがあると思う。たとえばリチャードがオクタヴィア嬢のいるところでデボラさんにかけた言葉とか。デボラさんからリチャードに向けたメッセージとか。どれだけオクタヴィア嬢がそういうものを把握しているのかは知らない。だが万葉集より効力の高いものはいくらでもあるだろう。

悪意だけではないのだと、俺はおぼろに察知した。願望かもしれない。十七歳のヨーロッパ人と二十代の日本人という差異のせいだけではなく、誰かの心中を勝手に理解しようとしたって限界がある。だとしても。

オクタヴィア嬢には、動画メッセージで俺に告げた言葉以上の考えがあるのだろう。まだ俺には見せていないが、何かが。

思わせぶりなことを言っては逃げてゆくどこかの誰かの顔がちらつき、俺は微かにいら立った。ヴィンスさん。救助してくれてありがとうございましたというメッセージは既に送信してあるが、返信はない。案の定だ。万が一のことを考えて、船の上で借りたシャツを、クリーニング屋のビニール袋に包んだまま持ってきているというのに、結局渡す機会もなく、そのまま持ち帰る羽目になっている。次こそは丁重にお返ししたい。

　ＴＧＶがトンネルに入り、おぼろな顔立ちが鏡のようにくっきりと浮き上がってくると、リチャードは気を取り直したように俺を見た。しまった。俺の顔も窓ガラスに映っていて、リチャードを見ていたことがばれたらしい。笑っている。

「そういえば、驚きました。隠し通路でのことです」

「……お前を置いて宝探しに行ったことか？　あの時は本当に、レスキュー隊が入り口を壊したらどうしようかと思って」

　そんなことではありません、とリチャードは首を横に振り、唇を動かし何か口ずさんだ。アモーレアモーレ？　違う。パローレパローレだ。ああ。

「あのフランス語の歌か？　覚えちゃったんだよ。カトリーヌさんが車でずっとかけるから。昔からあの人は、あの曲が好きだったのか？」

　ありがたいことに俺たちのボックスの隣に人はいない。少し小声で歌うくらいなら迷惑にはならないだろう。空耳も空耳で歌ってみせると、何故か、リチャードは石をのんだような顔をし、俺の顔を凝視した。

「……どうしたんだ？」

「彼女が？　カーステレオで？　ありえない。彼女はラジオもテレビも嫌いだった」

　そんなはずはない。彼女は俺を駅まで迎えに来てくれた時も、一緒にスーパーに買い物に行く時も、かかさずあのダリダさんという歌手の曲をかけたのだ。しばらく会わないうちに趣味が変わったんじゃないかなと俺が笑っても、リチャードの表情は硬かった。そして何故か、自分の端末をいじる。何だ。もう少し何か喋ってくれ。不安だけがつのる。と思っていたら、リチャードは液晶画面を俺に差し出した。文字である。

歌詞か。

「……ご一読の後、あなたの歌のレパートリーに加えるか否か、再考すべきかと」

そう言ってリチャードは、フランス語の歌詞が書かれたページと、日本語訳の載ったページを示してくれた。この曲は過去日本でもヒットしていたデュエットナンバーらしく、『あまい囁《ささや》き』という邦題までついている。サビの部分だけ何故かフランス語ではなくイタリア語なのは、もともとそちらの歌をカバーしたものであるかららしい。

内容はというと、ひたすら男性が女性を褒め殺しにし、女性がそれを『あなたの甘い言葉は心に響かない』と華麗《かれい》に歌っていなす、なんというか、ある種の人間には非常に胸が痛くなる内容だった。ナンパからの自衛ソングとも解釈可能だろう。

カトリーヌさんはこれを、何度も俺に聞かせていたのか。俺には理解できないことは承知の上で。いや理解できていたとしても、あの笑顔で微笑みかけられてしまったら、何も言えないのは同じだったかもしれないが。

今朝の庭で言われたことを思い出す。

美しいと言い続けることは、胸にナイフを埋め込み続けることだと。

彼女がオクタヴィア嬢の申し出を受けた理由は、ひょっとして、お母さんの遺した宝物を探すことだけではなかったのかもしれない。だとしたら俺を招く理由がないからだ。

私の可愛い赤ちゃんに何をしてくれているのよ、という圧力に、俺はため息をついた。申し訳ない。申し訳ない。無性に申し訳ない。美しいものは美しいと思うが、それを家族が聞いていたらいたたまれない気分になるのも道理だ。心から反省する。もうちょっと言っても当たり障《さわ》りのない場面で言おう。それもそれでよくないだろうか？　難しい。

「…………保留にする」

「賢明かと」

そしてリチャードは、何故かくすくす笑い始めた。笑ってはいけないのに笑ってしまって困っているという、この男にしてはかなり素に近い、悪戦苦闘が伝わる笑い方だ。何だ。俺はけっこうショックを受けているというのに。

「カトリーヌがぼやいていましたよ。『こんなにおめかししているのに、セイギはちっとも私のことをきれいと言ってくれない。悲しいわ』と。もちろん冗談のようでしたが」

何故です、とリチャードが尋ねた時、俺はカトリーヌさんの優しさに触れた。

彼女はそんなふうに言う必要はなかったはずだ。もし俺のことを追い出したかったのなら、リチャードに「あの子は初めて会った時、私とあなたを間違えたのよ」とリチャードに告げて、この男を何だか微妙な気分にさせることくらいできたはずである。リチャードは嘘を見抜く達人だ。それだけに与太《よた》と真実の区別くらいはつくだろう。

俺は面倒なことにならないうちに、パリ・リヨン駅での件を申告した。どちらにも申し訳ないことをしてしまったという弁解は途中で打ち切られ、同じようなことを大学時代の友人たちに仕掛けたことのある女性なのである程度予想はしていたという、斜め上の情報が返ってきた。なんてこった。ともかく許してくれたらしい。ありがたい。

俺は静かに気合を入れ直して、リチャードの問いかけに答えることにした。

「……俺の感覚が特殊で、おまけに古いのかもしれないけど」

「前置きは結構」

「わかってる」

思い出すのは、中学時代、放課後一緒にゲームをさせてくれた友人の家だ。確か苗字《みょうじ》は黒田《くろだ》だった。そいつの家にはいつもお母さんがいて、俺たちが四人くらいで徒党を組んでドタドタと遊びに来ると、にこにこ笑ってお茶とお菓子を出してくれたのだ。今考えれば、男ばかり四人なんてうるさいに決まっているのに、文句も言わず。俺は一度も貸せるゲームソフトなんか持っていけなかったのに、わけへだてなく。

友達のお母さんというのは、そういう存在だ。

もし俺があそこで黒田に「お前のお母さんって優しいいし美人だな」と言ったら、どんな雰囲気になるだろうか。黒田は格ゲーのハメ技と理科の実験がうまい豪快なやつだったが、何だか微妙な雰囲気になる気がする。中学生なら笑って終わりにできるかもしれないが、ほどほどの大人になった今、そういうことを言うのは、俺基準でも『ちょっと』である。これは礼儀というより、友好関係の問題だ。自分のお母さんのことを男友達がきれいだと言い始めたら、こいつは一体何を言っているんだという気持ち悪さが先立たないだろうか。俺はリチャードにそんなふうに思われたくない。

大体そういう気持ちで頑張っていたと俺が弁解すると、もはや笑っていないリチャードは、左様ですかと受けてくれた。

「頑張っていた、とはつまり」

「言わないようにしてたんだよ。それは、思うよ。当たり前だろ。あんなキラキラ輝くイエローダイヤみたいな人を目の前にして、何も思わないほうが不自然だろ。でも俺は」

何と言えばいいのかわからない。自分の心はわかっているはずなのに、いい表現が出てこないのだ。車両の端の自動ドアが開いて、車掌《しゃしょう》の男性がやってくる。あまりもたもたしていると邪魔が入りそうだ。

「……お前を失いたくないんだよ」

切符を拝見、とやってきた車掌さんに、リチャードは無言で財布の中からチケットを差し出した。車掌さんはややあってから、違いますよとリチャードに言ったようだった。はっとしたリチャードが確認すると、差し出したのは切符ではなくポイントカードか何かだったようだ。失礼、と優雅な発音で詫《わ》びて、美貌の男は今度こそ正しい切符を差し出す。車掌さんは帽子をとって一礼し、次の座席の改札に向かった。

車掌さんが去ってもしばらく、リチャードは黙ったままだった。大丈夫だろうか。

「リチャード？」

「いつから私は、あなたの所有物になったのです？」

「ごめん、そういう意味じゃない！　お前の信用を失いたくないって言いたかったんだ。ああ、俺そのうち、変な日本語と変な英語しか喋れない人になりそうだな……」

「何を今更。粗忽《そこつ》さはあなたの売りの一つでしょう」

「うっ、追いうちをサンキュー……でも……うん、そう言われればそうだな」

「何事にも物おじせず飛び込んでゆく長所まで切り捨てる必要はありません。時々不利益を被る覚悟を決めて、あとは開き直ってしまったらいかがです？」

リチャードは微笑んでいる。そんなのはいつものことだろうと言いたげな呆れた顔で、でもとても優しく。ありがたいが、いつまでも甘えてはいられない。

「……えー……開き直りつつ、礼儀正しさまで失いたくはないので、日々精進いたします」

「はい、頑張ってください」

俺たちは茶室で向かい合わせになった先生と生徒のように、膝に軽く手をたててお辞儀をした。ＴＧＶの中である。何でこんなことをしているんだと、互いに顔を上げて目が合った時、俺たちは少し笑った。パリに到着して昼を食べたらフライトまで何をするか話すと、リチャードは寝ますと宣言してアイマスクをかけてしまった。目の前にいる男が、万葉集も愛の詩も暗号も関係ない、お菓子と宝石の夢を見ますようにと、俺は微かに祈った。

アイマスクの男の呼吸が落ちついてきた頃、俺は携帯端末を開いた。連絡先は『ひろみ』。この地域と東京との時差は七時間だ。まだギリギリ深夜ではない、と思いたい。

リチャードとカトリーヌさんの長年にわたる確執、そしてマリ＝クロードさんとカトリーヌさんのわだかまりを思い、先人たちが俺に示してくれた轍《わだち》を考えつつ、男子高校生の頃にさんざん感じたこっぱずかしさを彼方に吹き飛ばしてから、俺は彼女にメールをした。

『元気ですか。俺は元気です。そろそろフランスからスリランカに戻ります』

『ずっとひろみって呼んできたけど、そろそろお母さんって呼んでもいいですか』

送信したあと、一秒で俺は頭を抱えた。『呼んでもいいですか』って。そんな逃げるような言い方があるか。俺はＴＧＶのガタガタに身を委《ゆだ》ねながら自分にツッコミをいれまくった。ひろみは俺の『ひろみ』呼びを一方的に許容してくれている側だ。カトリーヌさんのような無茶ぶりがあったわけじゃない。それなのになんだこの物言いは。そもそも何故メールなんだ。今度帰省したら問答無用でお母さんと呼べばいいだけの話だろう。

今まですみませんでした、ごめんなさい、これからはもっと大人になって――と、メッセージの第二陣を打ち込んでいると、早々に返事がやってきた。サンキューインターネット。もはやこの世はボーダーレスである。

相手はひろみだった。

『変なものでも食べたの？』

『今更そんなこと言われても、何だか馴染みません。ひろみ継続で』

『どっちにしろ意味は同じでしょ？』

そして彼女は、中田のお父さんと一緒にお寿司《すし》を食べに行って、とても楽しかったという報告をつけてくれた。

胸の奥がじんとする。嬉しいのか苦しいのか、よくわからない。多分その両方だと思う。

今まで積み上げてきてしまったものを、一朝一夕《いっちょういっせき》に違ったコースにのせようとしても、そう簡単にはいかない。堆積岩《たいせきがん》のようなものだ。積もりに積もった葉っぱや土や貝や死骸《しがい》が石の形をとったもので、地球の底から湧き出してくるような岩石とは異なる生まれ方のものである。でもそれも石だ。マグマから生まれた石のように硬く、どっしりとしていて、地球の一部である。

もうそこにあるものは、あるものとして受け入れるしかない。これからも俺は彼女を『ひろみ』と呼ぶたび、幼かった自分にぺしぺしと罰されるのだろう。

でもそのうち、十回に一回くらいの割合で、さりげなく呼ばせてもらおう。

お母さんと。

エピローグ

八月二十一日
ご無沙汰《ぶさた》しています。イギーです。
ヨーロッパに出かけていました。
スリランカの石の話を楽しみに、ブログを追ってくださっている方、すみません。バックナンバーに、ラトゥナプラでの買い付けの話や、石商人同士のやりとりの話が書いてあるので、よければそちらをお楽しみください。

初めてのヨーロッパ大陸は、全体的にきらきらしていました。
このあたりは観光地なので、写真をアップしても大丈夫かな。
エッフェル塔と、ルーブル宮殿、装飾芸術美術館。アールヌーボーやアールデコの様式の家具が、まだそこで人が暮らしているような形で展示されていて、ファッションの流行や、アクセサリーの進化などが勉強できました。お菓子もおいしかったのですが、こちらはアップすると際限がなさそうなので割愛します。

いろいろなことを考えました。

自分は今別に、ここにいなくてもいいんだよなとか。それでもここにいるんだよな、とか。オーバーに言うと命綱なしで宇宙遊泳をするような感覚があるのですが、それが今は清々《すがすが》しいです。

スリランカでの生活も、気合を入れ直して頑張れそうな気がします。それにしても、このスーパーの緑のエコバッグを持ってスリーウィラーで出かけられるのがこんなに嬉《うれ》しいとは思っていませんでした。

それから新しい家族を紹介します。

雑種犬のJくん！　短毛で、耳は大きめの三角形で、シュッとした細身の体形です。ちょっと狐っぽい外見かな？　オスです。詳しい年齢はわかりませんが、一歳未満程度かと思います。名前はちゃんとあるのですが、これもまた、誰が見ているかわからないので、イニシャルにさせてください。

正直に話すと、Jくんの名前をつける時、少し手伝ってくれた俺の知り合いに、このブログを見られるのがめちゃめちゃ恥ずかしいのです。お察しの通り、『ハキーヤイ』の人です。彼にはできることなら、俺の英語力の飛躍に驚いて「何もしていないのにそんなに上達するなんてすばらしい」と思ってほしいので。

文字にするとこの野望、相当子どもっぽいですね。恥ずかしいなあ。

Jくんは耳の裏側をもふもふしてやると、とても気持ちよさそうな顔をするので、にやにやしながら撫《な》で続けてしまいます。俺がおちこんでいる時に傍《そば》に来てくれたのがはじまりだったのですが、飼い主らしい飼い主もおらず、最近はやつれているように見えたので、意を決して引き取ることにしました。

これからよろしくな。

それにしても可愛《かわい》い。可愛いなあ。


実は昔から、犬を飼うのは夢だったので、それが一つ叶いました。

このあとの自分の身の振り方を考えると、最後まで責任を持たなければと気が引き締まる思いもありますが、とにもかくにも、今は嬉しいです。できるだけ早く、最寄りの動物病院を見つけて、抗体のチェックと予防接種の受診に行きます。

スリランカは今日も平和です。


可愛い、可愛いと、ジローを撫でていたと思ったら、いつの間にかベッドで目が覚めた。近くにジローの気配はない。もふもふの夢を見ていたらしい。就寝直前までブログを書いていたせいだろう。

犬を飼おうと思っているんだと切り出したのはパリで、リチャードは特に反対もせず、名前は考えてあるのかと尋《たず》ねてくれた。そういえば全然考えていなかったので、よければ考えてくれないかという言葉が喉《のど》から出かかったのだが、とどめた。

俺が飼うと決めた犬に、俺が名前をつけてやらなくてどうするのだ。

ゆゆしき問題だと一人決断し、楽しみにしててくれよとだけ言って、俺はリチャードと別れた。翌日空港に行くまでの間、フランスのパティシエの神髄《しんずい》を学ぶべきだと力説されたので、いろいろな店を巡ったりして、思えばあの日が一番、観光客らしい一日を送っていたと思う。

ジローという名前にした理由は、別にリチャードが昔飼っていた犬の名前がタローだったからというだけではない。いやそれもあるが、フランスには『ジロー』という名前の人が普通にいると旅行中に知って、少し驚いたのだ。イタリア語っぽく解釈すると『ジーロ』、すなわち『私は回転する』という意味になって、世界を飛び回る誰かさんのような雰囲気も出てくる。そういえば最近は俺も飛び回っているわけだし。

そんなわけでジローである。とにかく可愛い。首輪も予防接種もまだだから、心配なことはいろいろあるが、きっとうまくやれるだろう。うまくやれることを祈る。

庭でジローがくうくう鳴いている。家の中に犬を入れるのは、もう少し諸々《もろもろ》の手続きが済んで、シャウルさんの許可も改めてとってからにするつもりだ。あの人は俺が何をしても、基本的には「そうなさい」としか言わないが、生き物の存在は衛生管理にも直結する。繊細になりすぎるくらいでちょうどいいだろう。

それにしてもよく鳴いている。

時刻はまだ朝の六時だ。昨日の今日でもう甘えん坊を発揮したのだろうか。これまで野良で生きていた時には、目が合った時に会釈《えしやく》するくらいのよそよそしさだったというのに、もうお腹《なか》が減ったと主張しているのか。現金なやつである。耳をもふもふさせてもらおう。

徐々に目が冴《さ》えてくる。

ベッドの中で三回か四回、寝返りを打った頃、ひょっとしなくてもこれは、ジローの鳴き声ではないなと俺は悟った。にわかには信じられない。信じられないのだが。

これは銃声ではないだろうか？

がばりと飛び起きて、俺は階下に向かった。充電していた携帯端末を摑《つか》み忘れて、慌てて部屋に戻る。ニュースアプリをたちあげながら階段に向かうと、確かに音が聞こえた。遠いのか近いのかよくわからない。爆発音のようなものも聞こえる。

一体何が起こっているんだ。

リビングダイニングに下りて、俺はまっさきにテレビをつけた。国営放送。ニュースは早口のシンハラ語なのでまだわからない部分もあるが、英語放送に切り替えることも可能だ。いつも大事なニュースはそうやって、とりこぼしがないように英語で見ている。だが今回に限っては、そんな必要はなかった。

テレビ画面の中で何かが燃えている。店舗のようだ。あたり一面火事になってという感じではない。ピンポイントで燃えているのだ。馴染《なじ》みのない通りだが、字幕にはキャンディと書かれている。だからこの町なのだろう。俺が滞在して半年の、仏教寺院と象と貯水池のビクトリア湖が名物の平和な町が、何故《なぜ》こんなことになっている。銃声と何か関係があるのか。爆発音は何なんだ。

ニュースアプリがようやく起動する。

目に飛び込んできたのは、シンプルな単語だった。

マーシャル・ロー。

戒厳令《かいげんれい》。

俺は場違いなことを思い出していた。このイディオムは確か、高校受験の時に使った、そんなに収録数の多くない単語帳に、『できれば覚えておきましょう』の扱いで載っていたよなあと。国家戒厳令。今ならその意味がわかる。他国からの侵略、あるいは内乱などで、政府が軍隊に強権を与える命令だ。国家非常事態宣言である。

外で本当にジローが吠《ほ》え始めた。危ないかもしれない。ポーチの扉を開けてジローを中に招き、再び施錠《せじょう》をする。シャウルさんに怒られたら俺が謝ればいい。爆発音は聞こえるが、煙は見えない。ブラウン管の中でも、ジローに劣らずニュースキャスターが吼《ほ》えている。

キャンディで暴動。

複数人が死亡。正確な人数はまだわからないが、今のところは二人。

燃えている店舗は、焼き討ちされたとのことだった。

原因は宗教対立。

鼻づらをすり寄せてくるジローを抱きながら、俺はリスニング能力を総動員してシンハラ語を聞き取り、もう一度同じことを繰り返し始めた時英語に切り替えた。聞き取り違いはない。新しい情報もない。

今後どうなるのかは誰にもわからない。

ニュース画面は、通りを歩く軍服を着た人々の姿に切り替わった。銃を装備して歩いているようだ。外出禁止令、という赤文字が画面に出てくる。これはたった今申し渡されたものなのか？　人が死んだのも焼き討ちも、俺がうとうとしていた間のできごとだったのか？　これは本当に現実か？　本当にそんなことが？　外務省が発表している各国の危険情報の度合いで、スリランカはずっとレベル一だったのに。あれは一番安全ということではなかったのか。

もちろんこの国が二十一世紀になるまで内戦をしていたことは、この国に来る前に学んで知っている。スリランカに行くと話した友達にも、そのことを心配された。地域によっては今でも治安が悪いとも聞く。でもそれは宗教的な対立で、危ない所にわざわざ首を突っ込みに行かなければ大丈夫だと聞いていた。シャウルさんも、そこまで断言はしなかったが、大丈夫でしょうと言ってくれた。何より俺がやってきてから今までのキャンディは、とても平和な町だったではないか。

　気を取り直そう。今、俺が、最優先でしなければならないのは『無事です』連絡を各方面にすることだ。ニュースは一瞬で世界を駆け巡る。そのうち携帯がパンクするくらい安否確認の連絡が入ってくるだろう。その前に少しでも早く、俺の大事な人たちを安心させたい。

　でも本当に、俺は安心できるような状況にいるのか？

　何がどうなっているのかニュースも教えてくれない今、百パーセント安全だと言い切れるのだろうか。

　ジローが俺の不安を嗅《か》ぎ取ったのか、股《また》の下に尻尾をしまってクウと鳴く。ぐだぐだしていても仕方がない。おまけに俺たちは二人揃《そろ》って空腹だ。とりあえず何か食べて、何があっても万全に対処できるようにして、そのあとに連絡だ。そうしよう。

「ジロー、ごはんだ。一緒に食べよう。元気つけるぞ」

　返事はないが、話しかける相手がいるのは助かった。遠くでまた爆発音がして、地面がずんと揺れる。勘弁してくれ。何を飲む。決まっている。ロイヤルミルクティーだ。あんなに心が落ち着く飲み物は、世界のどこを探しても他に存在しない。と。

家の中の厨房《ちゅうぼう》で湯を沸かし始めた頃、俺の端末は揺れた。誰だろう。リチャードだろうか。中田《なかた》さんか、ひろみか。

差出人の名前は、俺の想像するいずれの人物でもなかった。

ヴィンスさん。

安否確認か？　違うかもしれない。

何しろ件名は『話をしましょう』だ。

遠くで銃声が聞こえる中、俺は彼からのメールを開いた。

参考文献

『セザンヌの地質学』持田季未子　青土社（2017）

『南フランスの休日　プロヴァンスへ』町田陽子　イカロス出版（2017）

作中使用曲

Dalida&Alain Delon "Paroles, paroles" 1973（訳詞・辻村七子）

※この作品はフィクションです。実在の人物・団体・事件などにはいっさい関係ありません。

集英社オレンジ文庫をお買い上げいただき、ありがとうございます。
ご意見・ご感想をお待ちしております。

● あて先
〒101-8050　東京都千代田区一ツ橋2-5-10
集英社オレンジ文庫編集部 気付
辻村七子先生

宝石商リチャード氏の謎鑑定

夏の庭と黄金《ドール》の愛

集英社
オレンジ文庫

2018年12月23日　第1刷発行
2019年 8 月13日　第3刷発行

著　者　辻村七子
発行者　北畠輝幸
発行所　株式会社集英社
〒101-8050東京都千代田区一ツ橋2-5-10
電話【編集部】03-3230-6352
【読者係】03-3230-6080
【販売部】03-3230-6393（書店専用）
印刷所　図書印刷株式会社

※定価はカバーに表示してあります

ISBN 978-4-08-680226-0 C0193